ハヤカワ文庫JA
〈JA1293〉

旧暦屋、始めました
仕立屋・琥珀と着物の迷宮2

春坂咲月

早川書房
8054

目次

旧暦屋、始めました　仕立屋・琥珀と着物の迷宮2

登場人物

八重………………奈良の大学に通う女子大生
宝紀琥珀…………仕立屋。一級和裁技能士。旧暦屋店主
佐山祭文…………琥珀の友人兼商売仲間。通称「サの字」
由依………………八重の友人。旧暦屋の離れの下宿人
銀三………………由依の夫。表具師
吉栖久良岐………琥珀の従兄。喫茶店〈セルネル〉のオーナー
奥百合子…………〈セルネル〉の女給
キタヨシ…………塵除けコートと人形の振袖を注文したご婦人
ゆでお……………キタヨシの夫
タカムナ…………「セルジュの仲間を探す」地味男
二宮寿三…………八重の大学の友人。通称「ニイさん」
佐和………………祭文の叔母
宗貞………………良音寺の和尚
史朗………………良音寺の修行僧
栄秀………………能楽師
雛菊さん…………旧暦屋のお向かいさん

プロローグ

「本気か？」

思わずたずねた。だが琥珀《こはく》の奴は小首をかしげただけ。なにが悪いんだい？　なんていって平然とちくちく針を動かしていやがる。

「フラれっぞ、おまえ」

「どうして僕がフラれなきゃいけないんだい？」

「大学生といや遊びたい盛りだろう」

平日は無理でも、休日くらいは彼氏と一緒に出かけたがるもんじゃねぇかと祭文《さいもん》は続けかけ、ふと思いついてたずねた。

「そもそもおまえ、本当にあの子と付き合ってんのか？」

「好きだとはいってある、けど」

そういえば「好きだといったのは嘘」といったところで喋るのをやめちゃったことがあるなあ、などと琥珀は呑気に呟いている。

「おまえなあ……」

こりゃ駄目だ。祭文はぐったりした。こいつはフラれるなんて微塵も思っちゃいねぇ。女をフッたことはあってもフラれた経験がないのだ。なにせ本気になった女は五円の娘一人だけ。それこそ初恋を温め続けて十余年。

恋愛経験皆無のくせに、なんで破局を疑わない？　初心《うぶ》ゆえの根拠のない自信か。それともなんぞ策でもあるのか。

ぎくりと悟って、祭文は顔を上げた。

対策実行委員は俺か！

琥珀を見れば、果たして「なんとかしろ」と眼差しでいって来る。

思わず渋面になった。

「俺みたいな恋愛下手にそんなことやらせんなよ」

「そういえば、祭文のほうはどうなったの？　八重《やえ》さんの友達とは」

「聞くな」

短く嘆息して、祭文は暖簾《のれん》を手に外へ出た。出来上がってきたばかりの、新しい春の桃色暖簾である。

軒下に掛けると、路地が一段明るくなった気がした。祭文はしばしその場に佇んで、春風に揺れる暖簾と、隅に記されている屋号に目を細めた。風はまだ冷たいが、首筋に当たる陽の光は、日を追うごとに強くなっている。

「よっし、開店だ」

勢い込んでそういって、祭文は暖簾をくぐって店に戻った。

旧暦屋、始めました

ならまちのすみっこ。

というのは嘘。微妙にならまち界隈からはみ出している。

せやけど、そう硬い事いわんで。な？

てなわけで、奈良町のすみっこ。座布団でいうなら、四角右下の飾り紐。小さな路地を入ったところ。

一

大学入学式、オリエンテーションと立て続けにあった後、いきなりの授業開始で忙《せわ》しなかったけれど、本日土曜は小休止。やっとこさ、店に来ることができた。

春霞の空の下、ピンク色の暖簾がふわりふわりと揺れている。前は合歓《ねむ》の花柄の青い着物を引っかけているだけだったが、ちゃんとした暖簾に変えたらしい。しかし――

うーん、と唸《うな》ってしまった。

暖簾の隅に、屋号が白く染め抜かれているのだが、

〈旧暦屋〉


なんの店だか判らない。

暖簾の真ん中にでかでかと染められているのは、奴凧《やっこだこ》ふうに両袖を広げた着物の絵。梅桃桜の模様がとっても愛らしくてお洒落《しゃれ》だが、このポップな柄ではやはりなんのお店か判然としない。右側のショーウィンドーにおかれているのも縮緬《ちりめん》の干支人形だし、きっと、小物屋かなにかと勘違いして暖簾をくぐる客がいるだろう。

もしかして、それ狙い？

小首をかしげていると、路地表で、さりっと履物の底を擦《こす》るような音がした。ふり返れば、羽織姿の小柄な老婦人が立っている。彼女も暖簾を見て足を止めたようだ。店の主の目論見《もくろみ》が当たったのかと思いきや、老婦人は、

——なんや、あのけったいな暖簾は。

とでもいいたげな眼差しをこちらに向けている。

ぷい、とそっぽを向く音が聞こえそうな感じに、老婦人は鼻緒を返した。

視界から消える一瞬、婦人の羽織の裾で小菊の美しい花が煌《きらめ》いた。

春咲きのピンク色のデイジー。

季節が限られる羽織をさらりと着こなすあたり、彼女はきっと着物上級者に違いない。そ

んな達人が眉をひそめるなんて、
　ポップな暖簾、逆効果……？

　少々心配になりながら店のほうに視線を戻すと、左の建物の貼紙が目の端に入った。

〈喫茶店開店スタッフ　女給さん募集〉

　路地にもう一軒お店が増えるようだが、
　女給さんって……いつの時代よ。

　けれど出店は大歓迎である。なにせ寂しい路地なのだ。右側は入ってすぐが駐車場で、その奥に旧暦屋《きゅうれきや》がぽつんと開いているだけ。左には町屋が三軒肩を並べているのだが、奥の二軒は明らかに空き家だし、手前の住人がいるらしき一軒も、ぴたりと門戸を閉ざして人を寄せつけない感じ。

　もっと賑やかになるといいなあ、と思いつつ、八重はそろりと暖簾をめくった。

「こんにちはぁ――」

　からからと格子扉を引いて身を滑り込ませると、外の光に土間の石畳ふうタイルが鈍く閃く。

　明かりはついているが、店内に客はいなかった。それどころか、店番の姿すらない。人影といえば、姿見に映る自分だけ。

　お留守？

　左手の、大きな沓脱《くつぬぎ》石の向こうに目をやっても、畳の空間には誰もいない。続き部屋のほうから、店の主が顔を見せる気配もない。表も裏も深閑としている。

開店休業かしら。

細長い店の突き当たりに丸窓があり、隣の茶室が覗けるのだが、今日は白い障子が閉まっていて奥が窺い知れない。

丸窓の脇にある柿渋の暖簾――〈仕立て〉の文字が染め抜かれた暖簾をちらりと見やってから、八重は店内に一つだけおかれた和簞笥《わだんす》に近付いた。上に並べられている本の中から、月ごとのお出かけを提案している一冊を手に取って、ぱらぱらとめくる。


〈今年こそ着物でお出かけ〉


目に飛び込んできた一行にどきりとした。

まるで自分にいわれているよう。

いや、〈今年こそ〉というには遅すぎる。なにせもう一年の三分の一が過ぎているし。

四月はどうか、とめくってみる。花残月《はなのこりづき》と記された章の出だしは〈お花見へ行きませうだ。花冷えに備えてショールをおさおさお忘れなく――

はあ、とため息をついてしまった。

お出かけ以前に、着物、持っていないし。

着物どころか、下着も小物も、なーんにもないし。

この店の主に一言いえば、嬉々としてすべて揃えてくれるに違いない。あの模様この文様、この織この帯と組み合わせ、着付けまでしようとするだろう。

でも、着せ替え人形になるのは嫌。着るなら、まず自分の好みのものを手に入れてからだ。

だが、まだ着物に手を出す気になれない。それが今の八重だ。

子供の頃、着物の古裂《こぎれ》が元で少々怖い思いをして以来、ずっと着物から逃げていた。この店の主に再会した後色々あって、以前のように避けることはなくなったものの――

いきなり気持ちが傾くかといえば、すんなりいかぬのが乙女心。

嘆息しながら本をめくった。

五月の頁には、小紋の着物に名古屋帯の組み合わせが提案されている。

着物の柄については高校のときに少々齧《かじ》ったので、〈小紋〉なるものが、同じ図柄がぐるぐる出てくる型染めの文様であることは分かる。しかし、

名古屋帯……？

……ってどんな帯？　名古屋で作られている帯？

実地となるとからっきし。いまだ初心者マークの八重である。

本の写真を覗き込めば、さらりと髪が落ちてきて視界を暗くする。やっぱり括《くく》ったほうがいいかしら、などと考えながら、耳に引っかける。大学入学を機に一つに束ねるのをやめて下ろしてみたのだが、なかなか慣れない。

そこへ、つと暖簾が上がって、二十代半ばくらいの若い女性が入ってきた。

背の低い、ふんわりおかっぱ頭のぽっちゃりさんだ。羽を膨らませた小鳥を思わせる。スプリングコートの玉子色がカナリアっぽい。

カナリーさん、かな？

こっそり観察していると、カナリーさんがきょろきょろしながら近付いてきた。八重の脇まで来て、そっと簞笥のほうに首を伸ばす。そして腰を折ったまま声をかけてきた。

「あのう、ここってなんのお店ですか？」

無理もなし。

雛壇《ひなだん》式に前に引かれた簞笥の段々からは、帯締《おびじめ》や帯揚《おびあげ》、半衿《はんえり》などが顔を覗かせているが、本当に申し訳程度。これが商品ですとはとてもいえない。

「ええっと、ですね――」

答える代わりに、簞笥の上の本に目をやった。

題名を見れば一目瞭然。

『きもの美』

『きもの中毒』

『きもの名人』

ああ、とカナリーさんの瞳が明るくなる。

「着物屋さんなのね」

仕立屋です、といいかけてやめた。なにせ、どこにも反物の類は見当たらず、あるのは小物ばかりなり。

　けれど、カナリーさんは興味をそそられたようだった。箪笥の中を覗き込み、しばし眺めて、最上段に手を伸ばす。

「これ、可愛い」

　ひょいとつまみ上げたのは、水色の箸置きみたいな丸い七宝焼きの帯留《おびどめ》。行儀よく早苗が並ぶ水田すれすれに飛んでいるような、羽を広げた燕《つばめ》が描かれている。カナリーさんはためつすがめつ、ひっくり返して、

「あら？　ブローチじゃない？」

「それは——帯留、です」

「帯留？　これで帯を固定するの？」

「そうじゃなくて、帯締に——」

「帯締？」

　これです、と八重は箪笥の抽斗から、十五センチほどの長さに折りたたまれた、一センチ幅の青い組紐を取り上げた。

「帯留は、この帯締の紐に通して使う飾りで」

「飾り？　じゃあ、帯を留めるのはそっちの紐のほう？」

「そう、ですね」

「単なる帯飾りなのにどうして名前が帯留なの？」

カナリーさんがちょこんと小首をかしげる。

「それは――」

答えに詰まった。八重も知らない。

まあともかく、と胡麻化《ごまか》して、八重はカナリーさんの手から燕柄の帯留を取り上げた。

「こんなふうに帯留は帯締に――」

後ろの金具の穴に通そうとする。しかし、

「あら？」

房が邪魔して入らない。

「な、なんで？」

焦ったそのとき。後ろから手が伸びてきて、ひょいと帯締をつまみ上げた。

「基本的に帯留は、三分紐じゃないと駄目なんですよ」

反射的に後ろに首を捻《ひね》り、うわ、と八重は目を見開いた。

と、遠山の金さん！

薄墨の地の着流し姿。肩先から覆い被さるようにして描かれた八重桜の枝。そこから胸に、袂《たもと》に、裾の下まで、
花びら、びらびらと豪奢に散る、桜吹雪。

まるで、忽然と現れた桜の大木から、突然花びらが降り注ぎ始めたような――

「そ、その着物」

のけ反り気味にたずねると、この店の主——宝紀《とものり》琥珀さんは、にっこりしながら見せびらかした。

「いいでしょう？　学生絵師くんの新作なんです」

ひらひらと嬉しそうに袂をふれば、袖の花びらが舞い躍る。

いい、というか、似合いすぎて、このまま舞台にでも乗せたほうがよさそうな。

「歌舞伎かなにかの役者さん？」

カナリーさんが、こそっとたずねる。

確かに、こんなド派手な着物に負けないお顔で平然としている男の人なんて、梨園の人くらいだろう。

苦笑しかけたところへ、地響きのような喝が飛んできた。

「くぉら！　そんな珍奇ななりで表に出んじゃねぇ！」

どすどすどす、と足音を響かせて、畳敷の間から厳《いか》ついスポーツ刈りの男が姿を見せる。

サの字、いたのね。

佐山《さやま》祭文。琥珀さんの友人兼商売仲間である。琥珀さんとは対照的に、渋い海老茶色の羽織姿だ。

「っとと」

客に気付いたサの字がたたらを踏んだ。カナリーさんを見て息を呑み、畳の上で素早く膝を折る。

「いらっしゃいませ。申し訳ございません……お見苦しいところを」

おおっ、接客の見本。

ちょっとばかし見倣ったら、と横目で琥珀さんを見ても、彼はカナリーさんに微笑みかけるだけでしれっとしている。

かと思ったら、いきなり講釈を始めた。

「それはそうと、先程、なぜ帯を留めもしないのに帯留という名前なのかと、おっしゃっていましたが」

これ、と琥珀さんが袂に手を入れて、なにかを引っ張りだす。

出てきたのは、紐の両端に留め金がつけられた、古びた茶色の紐ベルトのようなもの。

「これは、明治時代の帯留です。帯留は元々主に男の装身具で、徐々に女性にも広まっていきました。最初は帯留と帯締の一体型だったんです」

こうやって留めます、と紐を腰に巻いて、両端の金具を前で合わせる。

「左右を重ね合わせて、ぱちん、と留める。なので、明治の初め頃は、ぱちん留め、なんて呼ばれていました」

締めと留めが分離して、装飾的に紐に通す今の形になったのは、明治の半ばを過ぎてからだという。

「そんなわけで、結びのアイテムとして独り立ちした帯締ですが――」

琥珀さんは簞笥に近付くと、中から組紐を三本ばかり出して、簞笥の上に並べた。

「いくつか種類がありましてね」

これは丸組、と指さしたのは、管のように丸い立体的な紐。

「こちらの平べったいほうは、平組です」

まんまですね——と琥珀さんがカナリーさんに微笑みかけると、ふうっと彼女の頰が上気する。

「で、丸組と平組の中間の厚みのこちらですが」

琥珀さんは、八重の手から青い帯締をひょいと取り上げた。

「冠に組むと書いて、ゆるぎぐみと読む帯締です。山型に盛り上がっているほうが表。代表的な帯締なのですが、厚みがあるので、一般的な帯留には通りません」

三分紐と呼ばれるこちらの帯締でなければ、といいながら、簞笥の上に出した三本のうちの最後の細い一本を指さす。

燕模様の帯留に試してみると、三分紐は難なく通った。

「帯留を通した後、結び目はお太鼓の中に隠すので三分紐は短いんです」

そうなのか、と八重は納得したが、カナリーさんは首をかしげた。

ん？　と琥珀さんがカナリーさんを見る。

「なにか、ご不明な点でも？」

「はあ、なんていうか……帯締と太鼓の関連性が——」

「太鼓……？」

琥珀さんがきょとんとする。

サの字のほうは、なんともいえない表情になった。あれは以前、シルクの真綿（蚕が吐きだす糸なので動物性たんぱく質）を木綿（綿花から紡いだものだから植物繊維）だと思っていた女子高校生に、「たはー」と頭を抱えながら向けたのと同じ顔だ。

それでぴんときた。

カナリーさん、太鼓の意味を取り違えている。

しかし八重だって、知らないという点ではどっこいどっこいなのだ。

「そういえば、帯締めってどうして必要なんでしたっけ？」

たずねると、琥珀さんの笑顔が凍りついた。眩暈《めまい》に襲われたみたいにふらりとよろめく。

その肩を、サの字が苦笑しながら、ぽん、と叩いた。

「着ないと、わからんもんだ」

「着ないと――」

琥珀さんが目をしばたたく。突然花びらの袖を翻し、ぴゅっと奥の柿渋暖簾の向こうに引っ込んだ。かと思えば、すぐに戻ってくる。

その手には、平たい畳紙《たとうし》に包まれたあれやこれやが。

「では、実際に着てみましょうか」

満面の笑みを向けられて、今度は八重の笑顔が凍りついた。

しまった。

いきなり着せ替え人形！

二

「彼女に着せながらご説明しますので、こちらへどうぞ」

琥珀さんに招き寄せられたのは、姿見がおかれた小上がり。

鞄は脇の唐櫃《からびつ》の上に、はい靴を脱いで——と指示されるままに手足を動かして畳に上がった。

「セーターの下は？」

「ブラウスです」

「じゃあ、ブラウス一枚になってください。本当は、ジーンズも脱いでほしいところですが」

じろりと睨むと、琥珀さんはあははと笑って、

「勿論、そのままでいいですよ」

八重を鏡の前に立たせ、自らも草履を脱いで脇に立つ。

手始めに、白い嘘つき半衿を八重の首にかけ、胸元でX字に交差させて、下の紐に挟み込んだ。続いて、八重の肩に、ふぁさりと薄い衣を着せかける。

ほとんど重みを感じさせない、軽い衣。

だがモダンな柄だ。積木ふうの薄青の四角、黒の三角、銀色の菱形がリズミカルに並んで、別の大きな模様を作りだしている。

三角や四角に施されている、エアーブラシでさっと黒を吹きつけたような、御影石を思わせるざらっとした質感がなにかに似ているな、と袂を見下ろし、思いだした。

そうだ。三越伊勢丹の紙袋。

「げっ、おまえ、それ——」

サの字が低い悲鳴を上げた。鏡越しの顔が蒼ざめている。

だが、琥珀さんは意に介さない。流れるような動きで八重に衣を着せていった。まずは正面、右左右と着物の前を合わせ、裾の長さを調節しながら布をたくし上げる。

あら？　と鏡を見ていたカナリーさんが、ひょいと八重の実体を覗き込んだ。

「左が前に来るのは死装束じゃなかったっけ？」

「〈前〉という表現が、紛らわしいんですよね」

琥珀さんが手を止め、ふっと微笑む。

「今いわれた〈前〉とは、〈上〉のイメージでしょう？」

「……そういえば、そうね」

「着物でいうところの〈前〉は、〈先〉とイメージしてください」

つまり、右肩のほうの布を〈先〉に体に巻くわけだ。

「そうすれば、仕上がったときに、重ねの前が右側に来ますので」

「わかりにくいわねえ」

「迷ったら、和封筒の裏を見るといいですよ。真ん中に合わせがあるものは、同じく右前になっていますから」

他にも、障子や襖《ふすま》、至る所にお手本があるという。

「はあ――」

分かったような分からないような、というお顔のカナリーさんの横で、琥珀さんはたくし上げた布を腰紐で留めた。折り上げた部分と着物の前後ろの形を整え、胸元にも一本、紐を巻きつけて結ぶ。さらに伊達《だて》締めと呼ばれる細い帯を巻けば、モダン着物の似非《えせ》小町娘の一丁上がり。

八重のほうは、自分を包み込む光景にうっとりしていた。

琥珀さんの指が胸元を滑るたび、紐を背からまわし結ぶたび。

着物の袖の桜が舞い躍る。上から下から、花びらが降りかかる。

まるで、スノードームならぬ花びらドームの中で、桜吹雪に包まれているみたい――

陶然としているうちに、琥珀さんはもう帯に手を伸ばしている。

「では、これからお太鼓を結んでみましょう」

サの字が雑誌を開いて、カナリーさんに差しだした。

「この、ランドセルを平べったくしたような形の四角い帯が、お太鼓です。歴史的には割合新しいのですが、現在では一番ポピュラーな結び方になっております」

「あっ、これなら見たことあります」

写真を見たカナリーさんが、嬉しそうに瞳を輝かせる。

「でも、どうして太鼓？」

「東京の亀戸《かめいど》天神社でお太鼓橋が再建されたとき、深川の芸者衆が太鼓橋のように膨らみを持たせた帯で新しい橋を渡って評判をとったのが始まり、といわれております」

「ああ、それでお太鼓」

「西日本の方には、亀戸といっても馴染みがないかもしれませんね。太宰府と同じ菅原道真公を祀った神社ですよ」

しかつめらしく説明するサの字にちらと苦笑しながら、気さくな感じに琥珀さんが続けた。

「お太鼓には一重と二重があるんですが、今日は名古屋帯の一重太鼓でいきますね」

「名古屋帯ってなんですか？」

名古屋、の名に八重が思わず袖をふると、琥珀さんが手を止めた。

「短めの帯のことですよ」と帯の端を見せる。「よくあるのは、こんなふうに片側の〈て〉の部分が半分に折られて縫われているものですね」

体に巻くときに一々折らずに済む、初心者向けの便利な帯だという。

「〈て〉の反対側は〈垂《た》れ〉というのですが、その説明は後で」

横向きになって鏡を見てください、と八重にいいながら、琥珀さんは帯を結び直した。垂れ下がった帯の長いほうを凹の字形に窪みを作って折り曲げてから、つとカナリーさんをふり返る。

「S字の盛り上がり部分がお太鼓の山になります。ガーゼでキャンディー包みにした小さな枕を帯の下に入れ、背負うようにして山の形を作るんですが、ガーゼが見えると艶消しなので、帯揚にくるんで隠します」

歌うように説明しながら枕で山を作り、帯の上に乗せてから、ガーゼと帯揚を前にまわし結ぶ。

「最後に、お太鼓の膨らみを——」

琥珀さんは、山から垂れ下がった布を内側にたくし上げ、端を下から数センチ顔を出すようにしておいて、平たいランドセルのようなお太鼓を作った。

「これがさっきいいました〈垂れ〉です」

お太鼓の下からぺろりと覗いた帯の端を指さす。

「でもって、残ったこちらの〈て〉のほうはお太鼓の中に——」

千代紙でも折るように布を折り返し、琥珀さんはお太鼓の下に〈て〉を入れ込んだ。

「ようやくここで、帯締の出番です」

彼がつかんだのは、燕柄の帯留を通した濃紺の三分紐。

「この折り返した〈て〉と下の帯をきっちり帯締の紐で一緒に留めます」

ぎゅっとですよ、といいながら、琥珀さんが後ろから帯締をまわした。

抱きすくめられるような感じに、思わず身を固くする。琥珀さんは、「きついですか」なんていいながら、手探りで帯締を結んでいる。

「はい、仕上げ」

すっと腕を離して、琥珀さんが八重の正面に来た。帯締の結び目を後ろにまわして、七宝焼きの帯留を滑らせ、帯の真ん中に据える。

「はい、できました」

八重は袖を開きながら、鏡の前で右へ左へ腰を捻った。淡い桜色の無地の帯かと思いきや、お太鼓に桜の花枝の模様がある。

「はやーい！」

感嘆しながらカナリーさんが拍手した。

「そして、二人が並ぶと、なんだか役者と小町娘の道行《みちゆき》みたーい」

「道行？」と首をかしげると、

『曽根崎心中』の最後の部分かな」と琥珀さんが教えてくれる。「男と女の心中の道行だね」

サの字がいきなり朗々と詠った。

「未来成仏疑いなきぃ、恋の手本となりにけりぃ」

「そうそう！　それそれ！」

いい声ですねえ、とサの字を褒めた後、カナリーさんはぺこんと頭を下げた。

「どうもありがとうございました。着物の着付けって、初めて見ました。面白かったです」

「実際に見ていかがでした？　少しは着物を着てみたいな、とか思われましたか？」

営業スマイルでたずねる琥珀さんに、んー、とカナリーさんは考える瞳で人さし指を顎に当てる。

「着物って難しいって聞いていましたけど、本当にそうなんですねぇ」

しみじみという。

「だから、まずは帯留とか買って、眺めてみてからかしら。何度もキュンキュンするようだったら、着物にトライしたくなるかも。でも――」

自分でお太鼓を結ぶって、絶対無理だと思いますけどね！

カナリーさんは笑顔で言い放ち、また寄せてもらいます、と手をふって暖簾の外へ出ていった。

確かにこの帯が曲者だよなあ。

八重は首を捻って背中のお太鼓を見下ろした。

どうして、いまってお太鼓が主流なんだろ？

こんなランドセルみたいな帯が幅を利かせている間は、着物を着る気になれそうもない。

すると、心を読んだかのように、琥珀さんの手が伸びてきた。

「もっと可愛い帯結びもありますよ」

昔々、帯結びは二百種類以上あったのだといいながら、帯締をほどこうとする。

「ちょ、ちょっと」

琥珀さんの手をぺちりと叩こうとしたそのとき、店の奥から声が聞こえてきた。

「せやから、どこへ行くんか聞いてるだけやないか」

「だから、この恰好を見てわからない人間は、連れていけない場所だといってるだろう？」

きゃんきゃん言い合いながら現れたのは、着物姿の初老の男女――由依《ゆい》さんと銀三《ぎんぞう》さん。

二人は八重が仙台で篠笛教室に通っていたときからの知り合いだ。

おや、と由依さんが八重に目を向けて、にやりと笑った。

「八重ちゃん、とうとう着せ替え人形デビューかい？」

やっぱり、はたから見ても着せ替え人形なのね。

思わず袂を見下ろすも、

「なあなあ」

そんなことはどうでもええ、とばかりに、銀さんが割り込んでくる。

「どない思う？　旦那をおいて、この派手ななりでどっかに遊びにいくゆうんやで、この嫁はん」

口を尖らせているが、目元が微妙に笑っているあたり、単に「嫁はん」という言葉を使いたいだけなのかも。

なにせ、再婚ほやほや。

　出会いは仙台のお二人だが、紆余曲折の末、奈良へ来て、現在はこの店の奥の離れで暮らしている。

　それはともかく、銀さんの言い分にも一理あると思えた。ショートカットの髪は普段と変わらないものの、星座をちりばめた黒地の帯をきりりと締めた由依さんは、いつになく気合が入っている様子。着物のほうも艶めく萌黄で、若干派手だ。色無地かと思いきや、よくよく眺めれば、花や雪輪、三日月の文様が細かく施されている。雪月花の小紋だ。

「なあ、ほんまにどこ行くんや」

「ああ、もう、うるさいねぇ」

　ふり切るように草履の鼻緒を引っかける由依さんを、琥珀さんがちらと笑った。

「ははぁ、宝塚ですか？」

「宝塚？」

「雪月花の小紋に、星の宇宙の帯。全部合わせれば、花雪月星宙《そら》、宝塚歌劇団の五つの組の名前になる。どの組の公演にも使えて汎用性抜群ですねぇ」

　新調したんですか、と琥珀さんがにやにやしながら由依さんの衣を眺める。

　由依さんは「バレた」というふうに目を泳がせていたが、

「花組公演ですか？」

　サの字にいわれて、ぎょっとふり返った。

「そのバッグ、沖縄読谷山《よみたんざん》の〈はなうい〉ですよね」

紺の地布から、Xや逆三角などの明るい模様が浮き上がるように施された織布のバッグだ。花織と書いて〈はなうい〉と読むそうである。

花組公演に花織のバッグなんてお洒落！

二十歳前の娘は感嘆したが、

「宝塚ぁ？」

七十過ぎの銀さんは、そんなもんが好きやったんか、と目をむいた。

「ああ、好きなんだよ」開き直るふうに由依さんが言い返す。「折角関西に来たんだ。ちょっとくらい醍醐味を味わったっていいじゃないか」

「せやけどやな――」

「まあまあ」

とりなすように琥珀さんが銀さんに近付いた。

「心配しなくても、由依さんは気持ちの上では銀さんと一緒ですよ」

ほらあれ――と、由依さんの帯の真ん中に注意を向けさせる。そこには、菅笠を互い違いに重ね並べたような形の、不思議な銀細工の帯留が。

「恐らくあれは三笠山。銀の三山で、銀三さん」

「こっ、これは、奈良に来た記念に買ったんだよっ」

由依さんが顔を赤らめ、ひよこ色のショールを羽織りながらそっぽを向く。

「ったく、自分だって、若い娘に国宝着せて喜んでるくせに」

尻目に琥珀さんを睨んで、彼女は出かけていった。

「国宝？」と首をかしげれば、

「人間国宝」とサの字が横目で八重を見下ろす。

「あんたが着ている長着は、人間国宝の作品だ。気に入って衝動買いしたくせにそのまま放置していやがるから、いつか買い叩いてやろうと思っていたが、とうとう着せちまった」

げ。

慌てふためき帯をほどく。

しかし――脱いだはよいが、畳み方が分からない。

まごついていると、琥珀さんがやってくれた。

「こう、折目に沿って畳んでいけばいいんですよ」

成程、畳み始めた着物には元から折目がついている。

「折目正しいという言葉があるでしょう？　あれは元々、着物を折目に沿って正しく畳むと余計なしわがつかない、というところから来ているんです」

蘊蓄《うんちく》を傾けながら、さささささーと畳んでしまう。

着せてもらった本人は、横でぼんやり眺めるばかりだ。こんなふうに他人の手を煩わせているうちは、着物デビューなんて夢のまた夢だとは思うけれど、やっぱり手を出す気にはなれない。

「さてと、店じまい、店じまい」

着物を仕舞うついでに、自分も紫紺の無地に着替えてきて、琥珀さんはいそいそといった。

「待て、まだ五時にもなっちゃいねぇぞ！」

「開店祝い、まだしていなかったし、いいじゃない」

サの字が止めても、勝手に外へ出て暖簾を外してしまう。そして嬉しそうに八重に問うた。

「夕飯、食べていくでしょう？」

手料理をふるまってくれるのかと思いきや、

「祭文が作る飯は旨いんですよ」

「はあ？　俺が作んのか？　お前だって作れんじゃねぇか」

「だって祭文のほうがうまいし」

「ほな、こっちに来て作ってぇな。みんなで食べよ」

なんで俺が、とぶつぶついっているサの字をみんなで宥《なだ》めて、内暖簾をくぐった。

旧暦屋の三分の二は畳敷である。

店を入って左手に上がれば八畳間。商談スペースの四畳半を挟んで、六畳間の琥珀さんの作業場へと続く。四畳半の奥の押入っぽい板戸を開けると、出てくるのは階段箪笥。建物の二階の琥珀さんの住まいへと続いている。上がったことはないが、

「ありゃ、住居というより納戸だな」

サの字がしかめっ面でいっていた。

土間になっているのは入ってすぐの細長い空間と、柿渋暖簾の向こうの畳一枚分ほどの通

路部分だけである。その短い通路から、右手にある小さな茶室と、左の和裁室へも上がれる。

ちなみに、茶室からは通路越しに坪庭が見渡せるが、定番の灯籠も石もなくて面白みがない。その代わり色男の仕事風景が――襖がぴしゃりと閉められていなければ――眺められる。

茶室の向こうは、トイレやお風呂場の水まわりだ。その奥にダイニングキッチン。作業場と庭を挟んだ向かいには、銀さん由依さんが暮らす離れがある。

今夜は、その離れで夕飯をご馳走になった。

文句をいいつつ、サの字が作ってくれたのは鴨鍋。

ほかほかの湯気に包まれ、仙台からの知己に囲まれ鍋をつつけば、それはもう、ひたすら愉しくて。

「嫁はんのアホー、帯留やのうてワシを連れてけー」

銀さんは一升瓶を抱えてへべれけになっているし、

「八重さーん。今日はどう？　楽しかった？」

琥珀さんまでが甘えるように肩を寄せてきたりして。

しかし、仕立屋の猫なで声にはご用心。

「古の都に来たのを機に、着物に目覚めてみませんか？」

誘い文句が、ご婦人方相手に商売しているときとまったく同じなんである。

「いまのところ、目覚めの日は遠そうですね」

まずは知識で武装しないと。とりあえずそう答えておく。

鍋に葱を足しながら、サの字がため息をついた。

「目が覚めたときには、柔らかい絹が硬い鎧になってそうだな」

「そういわれてもですね、そもそもいつどういう着物を着たらいいのやら――」

「教えます」

琥珀さんが短く応じる。酒を口にしていたが、酔った感じはしない。真剣な口ぶりで、かなり本気のご様子。

少々焦った。

「そ、そもそも、着物一枚ウン十万って、学生に買える値段じゃありませんよね？」

「手の届く値段のものもあるよ」

「知ってます……けど」

ネットで見ても、よくわからない。

仕上がり、纏《まと》ったときの重さ、肌触り。

「なかなか想像するのが難しくてですね……」

その他、難を挙げ連ね続けたが、琥珀さんはなかなか諦めてくれなかった。

「じゃあ、古着から入るのはどう？」

古着だと、裄《ゆき》だの身丈だの袖丈だの自分のサイズを覚えておいて、買うときに一々確かめないといけないではないか。

洋服ならＳＭＬさえ知っていればいいのに。

思わずため息が出た。

「どうして、そんなに面倒な着物が好きなんです？」

すると、十八の娘をくらりとさせるほどチャーミングに琥珀さんが笑った。

「面倒だからこそ楽しいんです」

面倒臭い人だ。


帰りは、琥珀さんが家まで送ってくれた。

家に着いて、玄関扉の前でおやすみなさいをいおうとしたとき、

「そうだ。遅くなったけれど」

琥珀さんが袂から、袱紗《ふくさ》に包まれたなにかを取りだした。

四方に開かれた布の上には、リボン掛けされた箱型の包みが。

「はいどうぞ。入学祝いです」

「えっ、ありがとう、ございます」

包装紙をはがせば、ビロード張りのケース。蓋を開けると、中には五百円玉ほどの大きさの、金縁の懐中時計が入っていた。

「うわぁ」

組紐をつまんで持ち上げる。裏面は幾何学文様の七宝焼きで、万華鏡を覗き込んだような

世界。またもや、うわぁ、と歓声を上げる。

「素敵素敵！　ありがとうございます」

笑顔でもう一度お礼をいえば、ふふ、と琥珀さんが不敵な感じに微笑み返した。

「やっぱり、着物には懐中時計だよね」

え？

「ほら、今日のお客様もいってたじゃない。まず帯留を眺めてみて、心が動かされるようならば次だって。八重さんも、まずは着物小物にキュンキュンしてみてよ。これから事あるごとにプレゼントするからさ」

誕生日にクリスマス、旅行土産にホワイトデー。

指折り数えて、琥珀さんは明るくいった。

「八重さんがいつ落ちるか楽しみだなあ」

落ちる……？

上機嫌で帰っていく琥珀さんの羽織の背を見つめながら、その場に残された娘は、口をぱくぱく。どこからか舞い込んだ、遅咲きの桜の花びらが上から下へと落ちる間《かん》、ずっと彼の人が去った方向を眺めていた。

待って、待って待って。

ホワイトデーまで含まれているって、バレンタインにこっちからチョコを渡すことが前提になっているんですけど！

それから。

大学の帰りに遠まわり、路地表から旧暦屋の暖簾を眺め、

――いつ落ちるか……――

心に響き渡る彼の人の声にどきりとし、小鹿のように逃げ帰る毎日。

メールさえためらわれ、じりじりと日ばかり過ぎていったが、琥珀さんからも連絡はない。

待つ身となれば、今度は去年の夏にいわれた言葉が思いだされる。

――僕が八重さんを好きといったのは嘘――

なのか、そうじゃないのか。

はっきりしてよと懐中時計を睨もうとしても、どうにも頬が緩んでしょうがない。秒針の音を聞きながら、気がつけば胸は甘酸っぱい想いで一杯。

まずい。キュンキュンしてきた……！

三

そんなこんなで、一週間。

そろそろ旧暦屋に顔を出したほうがいいかしらと悩みながら、いつものように大学帰りの

遠まわり。すると、今日は路地表で半纏《はんてん》姿の銀さんが初老の男性と立ち話をしていた。

「もう、そんな時期かいな」

「そうでんねん。まだちみっと高いけど買わしたろと思うて買物にくっついて来たのに、かみさんの奴、あちこち引っかかってちいとも商店街に着かへんのですわ」

「ただでは質草にはならん、っちゅうこっちゃな」

がはは、と笑った銀さんが八重に気付いて手をふった。

「あ、来た来た。おかえり、待ってたで」

おいでおいで、と手招きし、旧暦屋のほうに顎をしゃくる。

「ちょっと寄って帰り。面白いから」

「面白い？」

「ええから、ええから」

訳の分からぬまま路地を覗き込めば、常とは景色が違っていた。観光客と思《おぼ》しき金髪の若い男女が、旧暦屋のショーウィンドーを覗き込んでいる。

先行っといて、と銀さんに促され、八重は一人で旧暦屋に向かった。しかし、な、なにこれ。

店のショーウィンドーの前で、ぎょっと立ち止まった。

飾られているのは、二体の大きな青いお目めのフランス人形。アンティークドールやビスクドールと呼ばれる類のものだが。

ブロンド巻毛のお人形が着ているのは、レースのひらひらのドレスではなく、豪華絢爛花模様の赤い振袖。

すぐ脇にあるお隣の建物のウィンドーにも西洋人形がずらり。こちらは青を基調とした振袖姿だ。

お隣とのコラボ企画かしら。

しかし、喫茶店の内装工事はまだ終わっていないようだが。

お隣を気にしつつ、旧暦屋の暖簾をくぐった。そして、再び仰天してたたらを踏んだ。

先週はがらんとしていた店内の壁一面に、和箪笥がずらり。

その上では、着物姿の西洋人形がぎゅうぎゅう押し競饅頭。

金茶黒のうねる巻毛と虹型の長い眉毛。青茶黒の大きなガラスの瞳。揃いも揃ってかっと見開かれた眼の縁には、一センチの間に何本あるのかというくらい細かく引かれた睫毛の線が。

ドールミュージアムさながらの光景。ちょっと怖い。

だが衣装はショーウィンドーのものより地味だった。色無地の娘もいる。ショーウィンドーにいるのが華族のお嬢様だとしたら、店内は小町娘大集合といったところ。

お人形たちの前にはプレートが立てられていて、
寒露から立夏前　〈袷《あわせ》（裏地あり）〉

立夏から小暑前〈単衣《ひとえ》（裏地なし）〉
小暑から処暑すぎ〈薄物（盛夏用の生地）〉
白露前から立冬前〈単衣（裏地なし）〉

二十四節気によって分けられ、並べられているようである。

いまは〈白露〉なんて文字を見ても驚かない八重だが、旧暦屋と係わりを持つまで節気のことをよく知らなかった。というか誤解していた。旧暦の、月齢に則した一年を二十四に分けたものだと思い込んでいた。けれど実際には、現在と同じ太陽暦の一年を等分したもの。つまり、寒露から立夏前、なんて大仰にせずとも、十月八日頃から五月六日頃まで、と書けばいいわけで。

また人を煙に巻くような真似を……。

呆れながら眺めていると、すいと隣に誰かが立った。

「驚いた？」

琥珀さんである。薄紫と青の大胆かつ大きな格子模様の着物に、縞帯の着流し姿で、今日も朗らか。

だが八重は一瞬言葉が出なかった。

そこはかとなく琥珀さんから薫物の香りが。

いい匂い――

男の人でも着物に香を焚《た》き染《し》めるんだ――…。

雅な香にほわぁとしてしまう。

居並ぶ青い目の人形たちを紹介するように、琥珀さんが袂を上げた。

「八重さん、この間いっていたでしょう。反物を体に当ててたくらいじゃ、仕上がりが想像できないって。なので、とりあえず人形に着せてみました。ビスクドールというのは、元々衣服の宣伝目的で作られた観賞用の人形だし、ちょうどいいかと思いまして」

え？

八重はぱちんと目覚めた。

まさか、小娘の戯言《ざれごと》を真に受けて人形に着物を誂えた？

「おうよ」

いつの間にやらサの字が後ろに来ていて、ぬっと顔を出す。

「土間はきぬぎぬ屋のスペースなのに、こいつ、好き勝手模様替えしちまったんだぜ」

「いつどんな着物を着ればいいのか悩んでいる様子でしたので、節気で分けてみました。まずは、着物地を俯瞰《ふかん》する感じで」

本当に、私のため？

「そもそも、絹以外のもっと安価な生地はないのかといっていたでしょう？」

だからほらいろんな生地を集めてみましたと、琥珀さんが近くの人形に手を伸ばす。

栗色巻毛の人形が持っている団扇《うちわ》には、〈木綿〉の文字が。

他にも、人形が手にした手拭い、扇、鞄に、〈絹、麻、ポリエステル、ウール、シルクウール〉などと書かれている。箪笥ごとに同じ素材の着物地で固めて並べてあるらしい。

「他にも、貴重な意見を賜ったとかいってだな」

サの字がコワい笑みを浮かべた。

「インターネットの写真じゃあ、布の厚さも肌触りもわからんが、呉服屋の店頭で反物に触ったら叱られそうだとか」

そ、そんなこといったかしらん。

「なので、小物類を増やしてみました」

ショールやハンカチなら、気軽に触れて手触りや布の厚さを確かめられるでしょう？　と琥珀さんが小物のコーナーへと足を運ぶ。

抽斗が階段状に開いていて、そこに小物類が並んでいるのは以前と同じだったが、種類が増えていた。木綿のハンカチや腰紐、袋類まで並べられている。

小物類には紙の帯が一々掛けられていて、

遠州木綿
会津木綿
伊勢木綿
片貝《かたかい》木綿

などと書かれている。

琥珀さんが嬉しそうに抽斗を開けた。

「下には、上におかれた小物と同じ産地の反物が入っていて、大体の手触りを確かめつつ、柄を選ぶことができるんです」

こだわりは分かるけれど。

細かすぎるよ……？

開いた口が塞がらない八重を見て、あれ？　と琥珀さんが不思議そうな顔になる。

「なにか……わからない？」

「だからいったろう」

サの字は、それ見たことかといわんばかりの渋い面。

「細かすぎんだよ、てめぇは」

つけつけいいかけて、暖簾の向こうに差した人影に、ひゅっと口をつぐんだ。

次の瞬間、ピンクの暖簾が上がった。

現れたのは羽織姿の初老のご婦人。こんにちは、と小さく挨拶しながら入ってくる。

ご婦人がそぞろに歩きだすのを見て、客一人きりでは寂しかろうと、八重も客のふりをして店内を見てまわることにした。

ふと、サクラになろうとしている自分に気付く。

八重がサクラって――

こっそり笑いながら歩いていけば、太い柱の周りに面白いものを見つけた。着物の胸に、〈亜子〉〈米子〉〈聖子〉の名札をつけた三体のフランス人形である。

アコとヨネコとセイコ？

否、フランス人形だからＡＢＣ。アー子とベー子とセー子。

人形の衣装から行先を当てる判じ物らしく、人形の頭上にはでかでかと、

〈着物でなぞなぞ！　三娘のお出かけ先はどーこだ？〉

そう掲げられている。首を捻っている客がいれば、琥珀さんあたりがささっとやって来て、

「和の柄、小物類には個々に意味を持つものが多く、組み合わせ次第で、様々に洒落ることが可能なんですよ！」

などと得意満面、解説するのだろう。

こういうの、よく由依さんがやってたなあ。

懐かしさに、ふと胸をつかれる。今日の趣向を当ててごらん、といわれても、高校生の八重は逃げてばかり。だがいまは、面白そうだと人形を眺められるくらいには強くなった。

さて、と亜子を見る。Ａ子の着物には既視感があった。この前由依さんが着ていた、萌黄色の衣によく似た雪月花の小紋である。帯は宇宙空間のような濃い藍染めの手拭いで、アク

セントに銀の星型の帯留。

つまり、Aの答えは宝塚。

お次、米子。水色の無地の着物に、赤青紺の縞の帯。白い帯締に、四角を重ねた形の帯留がついているが――

なんだろう？　この四角？

「やあ、面白い趣向やなあ」

羽織のご婦人がなぞなぞに気付いて近寄ってきた。

どうやら着物の洒落に慣れているらしく、亜子を見上げて、

「宝塚かいな」

鼻息一つで即答し、雪月花の小紋なんてどっから見つけてきたんやとおかしそうに笑う。

「ほんで、お隣のヨネコは――」

べー子なのだが。

「歌舞伎やな。演目は『暫《しばらく》』」

人形を見るや否やそういった。名前の洒落には気付かずとも、着物の洒落は過たず、というところか。

八重は米子を見上げつつご婦人にたずねた。

「どうして、この人形のお出かけ先が歌舞伎なんですか？」

「これがな」ご婦人が米子の帯留を指さす。「この四角の入れ子は三升いうて、『暫』って

いう歌舞伎の演目のときの衣装にも使われる、成田屋の定紋なんよ」

「じょうもん……？」

「後ろにも紋がついてんのとちゃうかな」

確かめるふうにご婦人が人形を持ち上げ、ひょいと着物の背を覗き込む。

「ほら、あった」

そこには花葉の刺繡の丸い洒落紋が。

「これは杏葉牡丹《ぎょうようぼたん》ゆうてね」

円の底にある花が牡丹で、その上の、弧に沿って左右にある二枚の葉が杏子《あんず》らしい。

「成田屋の替紋やねん」

「なりたや？　かえ紋……？？」

未知の言葉を並べられて、八重は目をぱちくり。すると、ご婦人が気の毒そうに見返した。

「成田屋は歌舞伎の市川家の屋号やけど……まあ、若い子は知らんかな」

出た。「この頃の若いもんはこんなことも」発言。

しかし、ご婦人は若い娘に構わずさっさと次の謎へと行ってしまう。

「さてと、聖子ちゃんは」

八重もつられてC子に視線を移し――ぎょっとした。ABに気を取られて気付かなかったが、聖子の振袖は、先週の琥珀さんと同じ、桜吹雪の着物だったのである。

しかも、振袖の模様はわざわざ人形用に縮小したみたいに、肩から裾にかけてちゃんと一続きになっている。

学生絵師さんに、人形用のものまで頼んだのかしら……。

帯は金銀のだらり帯。舞妓ふうだが、帯留のぽっちりが妙だった。

「なにこれ、五円玉……？」

金色の新しい硬貨を見れば、仙台で琥珀さんに再会したときのことを思いだす。八重が渡した古い五円玉の代わりに、琥珀さんは新しい五円玉をくれたのだ。

五円でご縁が結ばれて、いま自分はここにいる。

「桜、八重、五円……硬貨……貨幣」

ぶつぶつ呟いて、あっ、と八重は声を上げた。

「造幣局！」

確か、あそこは八重桜が中心だったはず。

「正解！」

琥珀さんがひょこり横から首を出した。

「さすがは出戻り関西人だなあ」

いえ、それはあなたもでしょう。

「ああ、造幣局の桜の通り抜けね」

そろそろ終わりかいな、とご婦人が呟いて、琥珀さんを見上げた。

「ここのお人形のおべべ、着物の端切れで作らはったん？　せやけど普通、こんなに布は余らんよね」

「何枚かは人形用の布を買ってきて作ったものです」

洋服の生地みたいに、着物地を尺売りしている店が神戸にございまして、と琥珀さんが笑顔で応じる。

ちなみに、和裁用の鯨尺は一尺約三十八センチだそうだ。

「けれど、大半は、お仕立ての残り布を使わせていただきました。時々、着尺で羽織やコートを仕立てられるお客様がいらっしゃるので」

着尺とは、大人の長着一枚分に必要な幅と長さがある反物のことで、羽織用のものは羽尺と呼ばれてそれより短い。

「その方にお願いして余りを頂戴しているんです。ここにあるのは、祖母のものも併せて三十年分くらいですかね」

「成程なあ。ほんなら私も塵除けコート作って、お揃いの着物を家のお人形さんに着せよかな。お人形さんの分も頼んだら、この店で仕立ててもらえますの？」

「別料金になりますが、それでもよろしければ」

人間と同じ仕様で、長襦袢《ながじゅばん》と長着、両方袷で仕立てるのであれば、長襦袢と裏の生地代込みで二万円。半衿と袂だけ別布をくっつけて、それらしく見せるだけなら一万円。こういう注文をあらかじめ想定していたらしく、すらすらと琥珀さんが答える。

「ほな、それらしく見せかける、ちゅうのでお願いしよかな」

青葉の反物があったら見せてくれはる？　というご婦人を琥珀さんが奥へといざなっていく。

仕事の邪魔にならないように帰ろうと、八重はサの字にひらひら手をふってから、暖簾をくぐって外に出た。そこを、

「ちょい待ち」

サの字が追いかけてくる。

「来週の土曜日、三時ぐらいから空いてたら、二時間ほど店番してくれねぇか。ちゃんとバイト代は出すから」

三時からとは中途半端な。

「俺も琥珀も用事でな。いつもなら由依さん銀さんに頼むんだが、二人とも外せない用事があって、三時までに帰ってこられるかどうかわからないそうなんだ」

「でも私、着物のことたずねられても答えられませんよ？」

着物に詳しい人を雇ったほうがよくないかとそういえば、

「まだ人を雇う余裕はねぇ。小遣い稼ぎ的にちょっとだけ来てもらえるほうがありがたいんだ」

「はあ……」

「一人のときは反物の抽斗を閉めて、小間物屋みたいな顔でレジに立ってりゃいいから」

いまのところ、着物より小物の売り上げのほうがずっといいんだよ、とサの字が苦笑い。

「着物も着なくていいからよ」

それなら、と八重はうなずいた。

「おし、決まりだな。じゃあ、八重どん――」

「八重どん……？」

「おうよ。旧暦屋のバイトだからな」

頼んだぜ、八重どん。笑いながらサの字は暖簾を跳ね上げ、店に戻っていった。

四

一週間経って、土曜日はちょうど二十四節気の穀雨。

曇天だったが、吹く風はぬるかった。

東北だと、穀雨の頃に雪が降ったりする。桜は咲いておらず、スプリングコートどころか冬のコートがまだ活躍中。それに比べて、奈良の四月は本当に春だ。盆地ということもあって、朝晩は冷え込むが、それでも。

暖かいなぁ。

旧暦屋へと向かう身は、寒風に縮こまることはない。

しかし気持ちのほうは、初めてのお遣いならぬ初めてのアルバイトに少々緊張気味。八重はいつもの道をカチコチと歩いていった。

けれど、店に行ってみれば、琥珀さんと——由依さんもいるではないか。

穀雨らしく水色の紬にアラベスク模様の洒落帯、紺地の長羽織の由依さんは、どこから見てもお出かけ姿。だが、琥珀さんのほうは褪せた茶色のウールに縞帯の着流し。

琥珀さんは出かけないのかと思いきや、

「あ、僕はそろそろ出かけますよ」

「あたしは、いま帰ってきたばかりさ。思ったより早めに用事が終わってね」

どちらにせよ誰かがいてくれてよかった、とほっと胸をなで下ろす。

「いきなり独りで店番って、ちょっと不安だったんです」

「だろうね。祭文くんも無茶をさせるよ」

「僕が隣にいるし、大丈夫だと思ったんですよ」

「隣？」

「ええ。隣の喫茶店です。もうすぐ開店なんですが、開店日にちょっと篠笛を吹いてほしいと頼まれていましてね。いまから打ち合わせを兼ねたリハーサルがあるんですが、面倒で」

「なんていって、ぐずぐずしてるんだよ、この子はさ」

ほらさっさと行っといで。由依さんに尻を叩かれ、琥珀さんは笛を手にしぶしぶ出かけていった。

「さてと。客が切れてるいまのうちに」

羽織を脱いで戻ってくると、由依さんは小物の袋詰めやレジの打ち方、在庫の位置などを、ざっと八重に教えてくれた。とりあえず頭に詰め込んで不明瞭な点をたずねると、

「やっぱり若い子は飲み込みが早いねぇ」

由依さんは感心して、ついでのように、

「あ、外国人の相手も頼むよ。あたしゃ英語は全然だから」

由依さんがいうところの外国人とは、欧米系の人たちである。

「ショーウィンドーの人形を見て、自分んちの人形にも着せたいと思うらしくてね。ミニチュアの着物はないのかって来るのさ」

いきなりの大役だが、

「いつもはどうしているんです？」

「ああ見えて、祭文くんは英語が達者なんだ」

サイモン、って洋風の名前がいいのかね、と由依さんが笑う。

「琥珀くんなんて、フランス語まで喋れるしさ」

「そういえば、ムッシューの言葉を通訳してくれたことがありました」

ムッシューとは仙台の篠笛教室にいた日本国籍のフランス人。

「ムッシューねぇ」

名を聞いた途端、由依さんが顔をしかめた。

「聞いたよ。あの人、悪い奴だったんだって？」

というより、諦めが悪い奴だった。希少な花の古裂を手に入れるために八重のお父さんを陥れ、見つからないとなると娘までつけ狙った。終いには、琥珀さんが張った策略の網に引っかかって、捕まったけれど——

去年の夏をぼんやり思い返していると、

「ごめんよ」由依さんが慌てたふうに謝った。「嫌なこと思いださせちゃったかね」

「いえいえ、大丈夫です」

八重は笑顔でかぶりをふった。

「おかげで、亡くなった父が泥棒ではなかったことが証明されましたし」

「そうかい？」

由依さんはまだ喋り足りなそうだったが、話はそこで打ち切りになった。彫りの深いのっぽの人たちが店に入ってきて、本当に人形用の着物はないかと聞いてきたのである。

客が客を呼び、にわかに忙しくなる。由依さんにいわれるまま、八重は小物を袋に詰め、レジを打ち、お金を受け取って釣銭を渡した。

ようやく客足が途切れたのは、一時間もしてから。

「あっという間に四時半か」

由依さんが柱の掛け時計に目をやる。

「五時になったら寺を追いだされた観光客で、もう一波来るよ」

「じゃあその前に、商品の補充をしちゃいますね」

「まめだねぇ」

「いえ、お給料分くらいは働かないと」

せっせと励む八重を、由依さんは初めこそ、真面目だねぇ、と笑っていたのだが。

そのうち、うーん、と悩ましげに唸った。

「どうかしました？」

「いや実はさぁ、八重ちゃんを店の手伝いに雇うって祭文くんから聞いたとき、あたしゃ反対したんだよ」

「えっ」

どうして？　と見返れば、由依さんは口を尖らせている。

「だって魂胆丸見えじゃないか。店を手伝えば門前の小僧だ。八重さん着物を教えます、としつこくしなくても、おのずと詳しくなってくれる。だろ？」

「誰です……その台詞」

「あたしゃそういう小賢《こざか》しいのは好かないんだよ」

八重の呟きを無視して、由依さんはぐっとこぶしを握った。

「あっちにしてみれば、好きな娘を囲い込みやすくなって万々歳だろうけれど、こっちは将来を左右されかねないんだから」

え？

将来？

きょとんとすれば、

「考えたことなかったかい？　そうかい、琥珀くんはまだそこまで重くはなれていないんだね」

安心したよ、と由依さんがほどけたように笑う。

「なにせあの子はあの容姿にあの才能だろう？　八重ちゃんがぽうっとのぼせていないかって、ちょっと心配だったんだよ」

「それは――」

否定しようとして、言葉に詰まる。

いいんだよ、と由依さんが受け入れるようにうなずいた。

「学生の間は、軽やかでいればいい」

「軽やか――ですか？」

「相手を軽んじろというわけじゃない。重しにせずに軽く抱えていればいいってことだよ」

じゃなきゃ、そのうち持ち重りがしてくるからね。

「人間の体にしたって、贅肉を抱え込むと軽くするのは大変だろう？」

あははと由依さんは笑ったが、

「そんなんで、大丈夫かな……」

八重は思わず不安な真情を吐露していた。

メトロノームの針みたいに、気持ちが彼に向かって大きくふれるまで、琥珀さん――

「琥珀くんなら大丈夫さ。打たれ強い大人なんだから」

俯《うつむ》き気味の八重を覗き込み、由依さんが励ますようにいう。

「こういうときこそ、十もある年の差を活かさなきゃ」

焦ることはない。待たせている、なんて考えなくてもいい。女と違って男なんていつ結婚したって子は望めるんだから。

「——とまあ、琥珀くんに恨まれるのはこれくらいにして」

老婆心的だった由依さんの眼差しが一転、恋バナモード全開の乙女の瞳になる。

「で？　実際琥珀くんにはなんといって口説かれているんだい？」

それをいうなら、こっちも銀さんのプロポーズの言葉を聞かせてもらいますよ？

やり返そうとしたそのときだ。

「ちょっと、すんませんけどな！」

ぱっと暖簾が上がって、店に小柄な中年男が飛び込んできた。

走ってきたのか、髪が乱れに乱れて逆立っている。ただ髪の量が少ないので、怒髪天をつくというより、茹《ゆだ》った頭の湯気でふわふわ遊ばれている感じ。

茹で男、来たりて——？

ゆでおは鬼の形相でずんずん店の奥までやって来た。

「これ作ったんは、ここの店やんな！」

ぽん、とレジカウンターに投げおいたのは着物姿のお人形。お店のものと同じビスク顔ブロンドのアンティークドール。

　しばし眺めて、由依さんが応じた。

「着物のほうは、当店で承ったもののようですが」

　成程、ゆでおが「これ」と指先でつまんで引っ張っているのは人形のべべだ。八重は青葉の柄を見てはっとした。ひょっとしてこれ、先週あのご婦人が塵除けコートと一緒に注文したものでは。

　少々お待ちください、と由依さんは内暖簾の向こうに引っ込み、閻魔帳のような分厚い冊子を持って戻ってきた。

「キタヨシ様でございますね？　お人形の着物のほうを特にお急ぎだということで、昨日お渡ししたようですが」

　冊子をめくりながら確認する。

　ゆでおは、ぎゅっと顔をしかめてぎゃあぎゃあいった。

「せやから、ここの店で作ったたて、そうゆうてるやないか」

　これについて聞きたいことがあるんや、と早口に畳みかけるも、

「申し訳ありませんが、これを承った者はいま、隣の店で笛を吹いておりましてね」

「笛？」

「ええ、笛吹き童子なんですよ」

　ゆったりうなずく由依さんのほうが一枚上手。ゆでおは二の句が継げずに押し黙った。

一瞬店内が静まると、ぴら〜と、お隣から、からかうような笛の音が聞こえてくる。

「ま、まあ、なんでもええけど」

毒気を抜かれたふうにゆでおがいった。まだせかせかした口調だが、もう店に入ってきたときほどの勢いはない。ただ憎らしげに人形を見下ろしている。

「この人形をおいて、家内がどっか行ってしもたんや」

「奥様と喧嘩でもなすったんですか？」

「いいや。せやけど、儂《わし》がちょっと出かけて戻ってきたら、おらんようになってたんや。代わりにこの人形が儂の机の上に、ちん、と座っててやな」

膝の上にこんなメモが、とカウンターに乗せたのは、小さなメモ用紙。白い紙には短く、

〈今日の料理〉


料理番組？ と八重は笑いかけたが、ゆでおは真剣そのもので、

「この人形をおかずに飯食えっちゅうことか？ そもそもこの人形は一体なんやねん」

「なんやねんって……これは元々お宅にあったものではないんですか？」

由依さんが苦笑気味に言い返す。

「そうや、家のもんや。せやけど、今朝まで普通の洋服着てたはずなんや。それが、昼にはこんなおべべ着せられてわざわざ儂の机の上におかれてたんやから、着物のほうになんぞ意

味があると思うんは当然やろ」

　この店、着物のなぞなぞ出してるんやろ、とゆでおが噛みつく。

「家内がこんなこと思いついたんは、絶対それのせいなんや。責任とってなぞなぞ解いてんか」

「さいですねぇ」

　きゃんきゃんいう男を鷹揚にいなして、ちょっと拝借しますよ、と由依さんはお人形を持ち上げた。

　お人形さんは、青葉紅葉がちりばめられた淡い藤色の振袖で、初夏の装いである。帯の前部分に模様はなかったが、帯留が洒落ていてミニチュア鳩時計のブローチだ。帯に末広と呼ばれる小さな扇まで差しており、小物が凝っている。

　由依さんがしげしげ前を眺めて、くるりと人形を半回転させた。

「あら、面白い帯」

　風呂敷かなにかを帯にしたのかね、と瞳を輝かせたが、八重はちょっとびっくりした。なにしろ、小さなお太鼓にあったのは三猿。見ザル聞かザル言わザルの絵だったのである。

「これやこれ！」

　ゆでおが帯を指さし叫んだ。

「儂が気になってんのはこの柄や。なんでこないな帯締めさせたんやと思う？」

　さいですねぇ、と由依さんがちょいと頬に指を当てる。「けれど、着物の柄というのは、遊ぶときにはなんでもありですからね」

なので三猿もそう珍しくはないだろう、と説明するも、ゆでおは納得がいかない様子。

「せやけど、なんか説教臭いやろ」

「そういわれれば、そうですけどねぇ……」

「帯にくっついてる鳩時計の時間が三時やから、それまでに帰るいうことかと思うて待ってたけど、帰ってけえへんし」

口をへの字で腕を組み、ぶつぶつ、いらいら。

持て余すように、由依さんがちらとお隣のほうに視線を向けた。通訳すれば、

「早く帰って来ないかねぇ、あの子は」

というところ。

とそこへ、願いが届いたのか、暖簾が上がって琥珀さんが現れた。

「すみません、遅くなりましたー」

「あ、担当者が戻ってきましたよ」

やれやれやっとバトンタッチとばかりに、由依さんがいそいそと迎えにいく。事情を伝えながら細い店内を戻ってくる。

「キタヨシ様……？」

初めこそ要領を得ない様子の琥珀さんだったが、奥のカウンターに着いたときには、興味深げに瞳をきらきらさせていた。挨拶もそこそこに、人形を取り上げ、

「着物以外は、僕が仕立てたものではありませんね」

　ぶつぶついいながら検分し始める。

「鳩時計に……三猿かぁ」

　お太鼓を見て、なぜか痛そうな顔になった。

「僕の想像通りだとすれば、ここには──」

　おもむろに帯の末広を引き抜き、ぱらりと開く。

　扇にあったのは、孔子風老人が海辺で魚釣りの図。

　と、それだけいえば面白くもないが、しかし、老人が釣具にしているのは、脇に生えた松の枝なのだ。ぐいと枝を引っ張るようにして老人が水面に垂らした松葉の針先に、魚が食いつこうとしている。不可思議な構図だ。

「ははあ、やっぱり」

　琥珀さんは満足そうに笑って、ゆでおに顔を向けた。

「失礼ですが、夫婦喧嘩といかないまでも、ちょっとした言い合いくらいはされたのじゃありませんか」

「いいや」

　むきになってゆでおが否定する。

「まったく身に覚えがない？」

「あらへん」

「では、お帰りください」

ぴしゃりと琥珀さんがいった。ゆでおだけではなく、その場にいた全員が驚いた。

「ちょっと、いきなりなんだい」

由依さんが窘《たしな》める口調で琥珀さんの袖を引く。

「いえ、いまのは、心配せずにお帰りください、という意味です」

帰りが遅れていらっしゃるだけですよ、と琥珀さんがゆでおに微笑みかける。「恐らく目当てのものが見つからなくて遠くまで足を延ばされているだけでしょう」

「せやけど――」

「失礼ですが、明日、なにか勝負事を控えていらっしゃるのでは？」

帰れといわれたときより、ゆでおが驚き顔になった。

「せ、せや。明日、商店街の将棋大会がある」

「去年もあったでしょう？」

ゆでおがうなずく。

「そのとき奥様が出された料理は――かつ丼あたりかな？」

少々怯えた顔で、ゆでおがこくこく。

「けれど、ご主人はそれにケチをつけたでしょう？」

首をふるのをやめて、ゆでおは顔をしかめた。そんな昔のことを蒸し返されても困るなぁ、と渋面になる。どうやら、まったく身に覚えがないというのは嘘で、ちょっとは心当たりがあったみたいだ。

「せやけどやなぁ、頭脳戦にかつ丼みたいな消化の悪いもんはようないゆうやないか」

「そうですね。ですから奥様も言い返さず、喧嘩にもならなかった。しかし、奥様は気を利かせたつもりの料理をくさされて、少々気を悪くされていたんですよ」

「気ぃ悪した……」

ゆでおが、しかめっ面をさらにしわくちゃにする。

「かちん、と来たってことか」

「ええ。かちん、です」

これは、ささやかな意趣返しといったところでしょうね、と琥珀さんは微笑みながら人形を抱き上げた。しげしげとビスクドールの白い面を眺めていたが、

「――少々お待ちを」

人形をカウンターに座らせ、柿渋暖簾の奥へと消える。そしてすぐに、黒っぽい細布を手に戻ってきた。

遠目には黒だが、手元で見ると濃い藍色である。同じ色糸で花の刺繍が施されている贅沢な布だ。

「ちょっと失礼しますよ」

ゆでおが諾《だく》ともいわないうちに、琥珀さんは人形の帯をほどき始めた。青葉の着物を脱がせて、長着の内側に半衿っぽく縫いつけられている白い布を外し、代わりにその藍色の布を縫いつけていく。

半衿を掛け直されたお人形を見て、八重はわっと感嘆した。

「半衿一つで、ずいぶん雰囲気が変わるんですね！」

白い半衿だと、フランス人形が元から持つ清楚で淡い感じが色濃く残るが、藍色に変えると、ぐっと引き締まって見える。人形の青い瞳の色と合っているのも、洒落感が増してすごく素敵。

にこやかに、琥珀さんは人形を差しだした。

「このお人形と一緒に奥様の帰りをお待ちください」

笑顔に押されて、ゆでおは一瞬人形を受け取ろうとしたが、

「ちょお待ち。まだなぞなぞの答えを聞いてへん」

「わからなくても、この半衿があれば大丈夫です」

琥珀さんが自信たっぷり請け合って、人形の衿元を指さす。

「なぜなら、この半衿の色は、かちん色ですので」

「かちん……？」

「ええ、かちん、色です。勝つ色ともいいます」

中世からある日本の伝統色だという。

「この色を見れば、奥様は、自分が気を悪くしたことが夫に伝わったのだと察してくださいます。かちん、を水に流して、喜んでなぞなぞの答えを教えてくださるはずです」

「かちん色、ねぇ――」

大丈夫かいなそんなんで、とゆでおが懐疑的な目で人形を見下ろす。

「あ、一句、思いつきました」

八重は面白半分、川柳を口にした。

堪忍や　謝る袷に　かちん色

「おお」と由依さんとゆでおが異口同音に感嘆する。

「さすがは俳人の娘！　素晴らしい！」

琥珀さんが絶賛して、笑いながらゆでおに人形を押しつけた。

「いまの句、奥様に伝わらなかったときの切り札にするといいですよ」

半信半疑の顔のまま、ゆでおは再び人形を抱えて帰っていった。

けれど、八重は微妙に心配。

ゆでお……フランス人形小脇に抱えて、変な目で見られなけりゃいいけど。

五

「それで？　答えはなんだい？」

ゆでおの姿が暖簾の向こう側に消えるなり、由依さんがたずねた。

「――といっても、想像はついてはいるんだけどね」

だが、なぜそうなるのかが分からない。そういって、ちょいと首をかしげる。

「八重さんはどう？」

琥珀さんが袂に手を入れつつ見返った。八重は首をふった。

「ヒントが、将棋大会とかつ丼なのはわかるんですけど――」

つまり、〈今日の料理〉は勝利を呼び込むかつ丼以外のなにか。

「魚だよ」

由依さんが追加のヒントをくれる。「ほら、松で魚を釣り上げていただろう？　あれは、待つ魚、の駄洒落じゃないのかね」

「カツがつく……さかな？」

「カツ、ウオ」

「鰹？」

当たり、と琥珀さんがうなずいた。

「鰹は昔から〈勝つ魚〉とか〈勝男〉に繫がるとされて、武家に好まれていました。勿論、着物の意匠にもなっているし」

勝男武士、ということで、鰹節が陣中食に用いられたこともあったという。

「けどねぇ」由依さんが頰に手を当てた。「なんであのお人形の着物で鰹になるんだい？」

それはですね、と琥珀さんが答えようとしたときだ。

「たーだいまー」

暖簾が上がって、銀さんが帰ってきた。

「鰹のたたき、買うてきたでぇ」

ナイスタイミング。

店にいた三人は、同時にぷっと吹きだした。

「なんやなんや？　どないしたんや？」

訝しむ銀さんに、

「いや、あんまりタイムリーだったからさ」

由依さんがひらひら手をふる。

「せや、タイムリーや。時期のもんやさかい」

銀さんは納得したふうにうなずいたが、会話が嚙み合っていないことには気付いていない。

「嫁はん質に入れな買えへんかと思たけど、そこまで高なかったしな」

それとも質草になりたかったか？　と銀歯を覗かせ、由依さんに向かってへらりとする。

要するに、これも嫁はんのろけなのだろうけれど。

鰹のたたきを買うのに、どうして奥さんを質に入れる必要が？

クエスチョンマークを飛ばしていると、琥珀さんが笑った。

「八重さんは、妻を抵当に入れる必然性が理解できないようですよ、銀さん」

ほへ？　と銀さんが一瞬不思議そうな顔をして、すぐに、ああ、と理解した顔になる。

「そういう川柳があるんや」

　女房を　質に入れても　初鰹
「いまよりも昔々はな、めっちゃ初もんに飛びつく習慣があったんや。普通は初もん食べたら七十五日寿命が延びるいうけど、初鰹は十倍の七百五十日延びるいうて、えらい高値がついたりして」

　銀さんの、昔々――って、いつの話？

「一本三両やで！」

　あ、江戸時代か。

「いまの四十万くらいや。庶民じゃ手が出ぇへん」

だが、初物を好む者は嫁娘を質に入れてまで食べたがった――とそういう江戸っ子の気質を詠んだ句らしい。

「初鰹ゆうたらな、こういうのもあんでぇ」

　白いビニール袋を揺らしつつ、銀さんが上機嫌で詠じた。

「目に青葉やま〜」

　ぱちぱちぱち、といきなり琥珀さんが手を叩いた。何事かとふり向けば、先程八重の句を褒めたときと同じ顔。「素晴らしい！」と目が輝いている。

だが、由依さんは鰹の袋を受け取りながら苦笑い。

「青葉山、じゃ仙台みたいじゃないか」

ちなみに、青葉山は京都と福井の県境にもある。

「それは、あれだろう？　山口ナントカの」

「ソドウや、山口素堂」

「だったら、〈目には青葉、山ほととぎす〉だよ」

銀さんがきょとんとする。

「〈目には〉やったら字余りやんけ」

「字余りなんですよ」

琥珀さんがおっとりと後を受け、八重をふり返った。

「銀さんがいま詠もうとしたのは、こういう句です」

目には青葉　山ほとゝぎす　初かつお

「字余りになると、句が滞る。その停滞の間に、瞼の裏に青葉の情景が浮かぶ。この句について は、『とくとくの句合』の判詞の中で素堂自身が説明しています」

さらりと解説して、諳《そら》んじた。

目には青葉といひて耳にホトトギス、口に鰹とをのつから聞ゆるにや

「句に示されているのは〈目には〉だけ。しかし字余りの効果で、自然と読み手の中には、耳、口、と初夏が広がっていくだろう、とそういう感じでしょうか」

視覚〈青葉〉、聴覚〈ほととぎす〉、味覚〈初鰹〉。

目、耳、口。

句を舌の上で転がしていた八重は、あれ？　と動きを止めた。

「目、耳、口……？」

呟けば由依さんも、ん？　という顔になる。目耳口、と順々に手を当てて、

「もしかして、見ザル、聞かザル、言わザル……？」

「ご名答」

琥珀さんが再び手を叩いた。「あのお人形に隠されていたのは、山口素堂の句です。ついでに、妻の好意を無下にする夫の欠点を私は見ざる聞かざる言わざるとあてこすったのでしょう」

「でも帯留は鳩時計で、ほととぎすじゃないですよ？」

「わかった！」

由依さんが鰹の袋を大きく揺らす。

「ホトトギスは時鳥とも書くだろう？　時を告げる鳩時計で時鳥！」

「惜しい！　けれど今回は違います」

では種明かし、と琥珀さんはにっこりしながらペンを取り上げた。

まず扇のほうの絵ですが、と、メモ用紙にさらさらと書く。


〈松魚〉


「由依さんは、松と魚で、待つ魚、であると解釈していましたが、松魚はカツオの異名です。いまでもそのままカツオと読むんですよ」

「なんだ、そうなのかい？」

「ええ。それから帯留は――」

琥珀さんが〈松魚〉の横にもう一つ並べて書く。


〈郭公〉


「山口素堂が生きていた江戸時代初期あたりまでは、こう書いてホトトギスと読んでいたんです」

実際、『とくとくの句合』中の判詞にも〈郭公〉の文字が使われているのだという。

それでも鳩には繋がらないと八重は反論しかけたが、琥珀さんが待ったをかける。

「でも……」

「さて、鳩時計の鳩はなんて鳴く？」

短針と長針が合わさる様を思い浮かべた。

十二時ちょうど。

チン、ポッポ、ポッポ、カッコウ――

「あっ」

「そう。鳩時計は日本の呼び名で、元々はカッコウ時計だ」

「カッコウ、時計……」

全部の謎が解けた瞬間、お人形さんの着物がふわりと瞼の裏に浮かんだ。

金髪がかかる肩には、青紅葉。

腹時計ならぬ帯時計は、郭公の音色で。

扇を開けば、仙人が松で松魚待つ――

「キタヨシ様は、ご主人が人形の謎を解かれるとは、まったく期待していませんね。はなから人形がうちに持ち込まれること前提です」

苦笑気味に琥珀さんがいう。

「じゃあ、奥さんがなぞなぞを出した相手って」

旧暦屋？

「ご主人に鰹縞のなにかを売りつけて、奥様にプレゼントさせるのもありだったかなあ」

やりかえすべきだったかと、琥珀さんが残念がる。

「鰹縞なんてものがあるんですか？」

「これですよ」

抽斗から持ってきてくれたのは、藍色の足袋だ。遠目には藍色に見えたが、手元に来れば色々な青の縞模様である。

「前に琥珀さん、こんな感じの足袋を履いてましたよね」

「ああ、七五三縞か」

七五三は、その名のとおり七、五、三本ずつの細い線が固まって縞模様を作りだすが、鰹縞は一本一本が主張する太い線。

水色、青、群青、藍、紺などの筋が織りなす美しい縞の足袋を眺めて、八重は思わずため息をついた。

「これをプレゼントしたら、奥さん、喜んだでしょうねぇ」

「しかし、足袋のサイズがわからないでしょう？」

「――ほしたらさっきそこで見かけた人形オヤジは、ここの客やったんやな」

由依さんから事情を聞いていた銀さんが、納得した様子で鰹縞を見下ろしそういった。

「なんや変なオヤジがおんなーて、思たんや」

銀さんの言い様に少々心配になる。

「その人、道行く人たちにじろじろ見られたり――」

「してたで。大きな人形抱えてぼーっと突っ立ってたさかい」

「突っ立ってた？　歩いていたんじゃなくて？」

「せや。なんや、途方に暮れてる感じやったな」

きっと、このまま詫びの品なしで帰って本当に大丈夫だろうか、と迷っているに違いない。

無意識のうちにふり返っていた。

「琥珀さん！　鰹縞の品って、他にないんですか？」

「ありますよ。ハンカチと、確か吾妻袋《あづまぶくろ》が」

「じゃあ、吾妻袋をください！」

三角形を三つくっつけたような形の袋をしゅぴっと包装して旧暦屋の袋に放り込み、大慌てで外へ出る。

路地表に駆けていくと、ゆでおはまだ人形を抱えてうろうろしていた。

「あのっ！」

声をかければ、ゆらりとふり返る。懊悩が透けているその顔に、八重は紙袋を突きだした。

「これ！　鰹縞っていう縞模様の布で作られた吾妻袋です！　奥様に差し上げてください！」

「あずま……袋？」

そんな袋があるんか、とゆでおが紙袋を見下ろす。顔を上げたときには、憂い顔が少し明るくなっていた。

「これ、ほんまにもろてええんか？」

「はい！」

改めて紙袋を差しだそうとした八重の手に、すいっと着物の袖が被さった。

「――どうぞ、お持ちください。機嫌を直していただくための品があるに越したことはありませんので」

琥珀さんが八重の手を包み込むように持ち手をつかんで、ゆでおに紙袋を渡す。

琥珀さんの手は温かかったが、八重は内心ひやりとした。

ああ、やっちゃった。

バイトなのに勝手なことを。

ゆでおが人形と紙袋を手に去っていくのを見送りながら、とりあえず謝った。

「すみません、勝手なことして」

「いえいえ。素晴らしい気の利かせ方でした」

「アルバイト代から差っ引いてください」

「八重さんを雇っているのは祭文で、僕じゃありません」

琥珀さんはあしらうふうにいって、それに、さっきの吾妻袋は八重さんにあげたもので、それを八重さんがどうこうしようが勝手ですから、なんてうそぶく。

子供だと思って――

かちん、と来かけた瞬間、名案が浮かんだ。

「じゃあ、誕生日プレゼント、お先にいただきました」

踵《きびす》を返しながら言い返せば、はあ？　と琥珀さんが間抜け気味の声を上げる。

「なんだいそれ」

「琥珀さん、事あるごとに着物小物をくれるといってたでしょう？　次の事は誕生日ですから。吾妻袋を前倒しにいただいたということに」

「そんなの駄目だ」

「じゃあ、アルバイト代から引いてください」

「むっ」

声に出しつつ、琥珀さんが唇を引き結ぶ。

八重は笑いながら路地に戻った。

旧暦屋の暖簾をくぐろうと手を伸ばし、つと動きを止める。

「あ、またもや一句思いつきました――」

　鳩時計　時鳥ならぬ　郭公で

字余り！

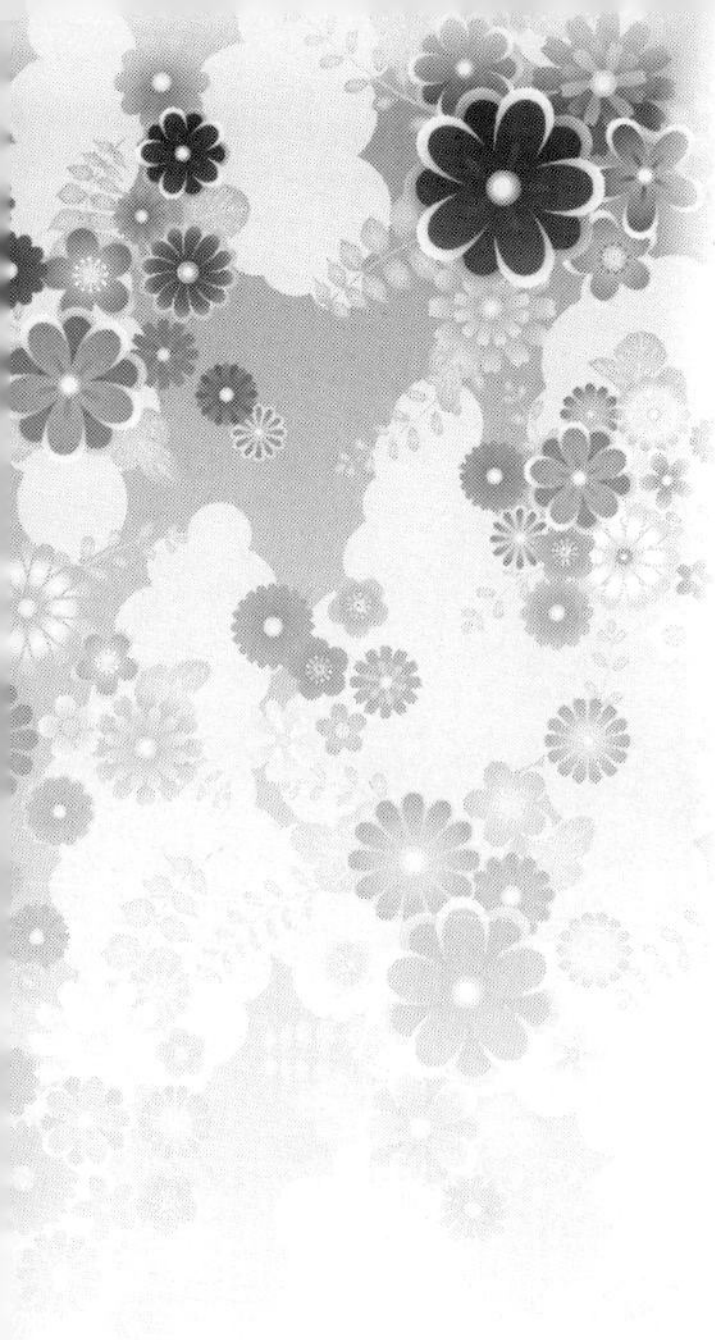

セルの頃

一

明日から黄金週間。

だが旧暦屋の暖簾をくぐると、えいえいオー、とサの字が鬨《とき》の声を上げていた。

「もうすぐ夏だ！」

「――まだ五月にもなってませんが」

「いいんだよ。旧暦屋の夏はゴールデンウィークからだ」

となれば単衣に衣更え――と歌うように返して、ん？　とサの字がふり返る。

「あ、八重どん」

今日はバイトじゃないんですけど。

だが、明日からは手伝いとして来ることになっていた。ゴールデンウィークは小間物屋の書き入れ時だということで。

しかし、売れているのは小物ばかりとはいえ、曲がりなりにも旧暦屋は着物の仕立屋。どこその奥様がお仕立てを頼みにきて、ついでだからあなたちょっと寸法測ってちょうだい——などと八重を捕まえて言い出さぬとも限らない。その万一のために、採寸の基本と仕立屋目線でメモっておいたほうがいい点などを教わりにきたのだが。

「琥珀なら隣の店だ」

あ、やっぱり。

お隣さん、今日からだったのね。

さっき旧暦屋の暖簾をくぐろうとしたとき、聞いた気がしたのだ。しっとり唄うような笛の音を。

このものすごーく上手で、澄んだ音色は。

琥珀さん？

暖簾の内に入りかけてふり返り、音のほうへ目をやれば、路地裏にあったのは、〈喫茶セルネル〉の看板だった。

ここで琥珀さんの帰りを待つか。それとも喫茶店に演奏を聴きにいくか。

どうしよう、と逡巡しながら旧暦屋の中をうろうろしていると、中央柱のなぞなぞ三娘のうち、一つの意匠が変わっていることに気付いた。

米子である。紺地の絣に白い前掛けで、奉公人のような恰好だ。袖をたすき掛けした手にまな板を持っているので、料理中かもしれない。しかし、ただの奉公人でないことは明らかで、たすきは小紋のような可愛い魚柄だし、前掛けにも額に小判を張りつけた招き猫の模様が。

米子の横には、〈今日の料理を当ててみよう〉とある。

なんだろう？

首を捻っていると、

「〈まな板に小判一枚初鰹〉の句が隠れているんだよ」

サの字が来て教えてくれた。

「キタヨシ様のために誂えたがちっとも来てくれねぇ、って琥珀の奴が嘆いてる」

しかしそろそろ引っ込めないと、と人形に手を伸ばす。

「初鰹って、いまからのものじゃないんですか？」

「江戸の頃はな、初鰹は花まつりまでに食べなきゃ粋じゃねぇってことになってたんだよ」

「花祭？」

「お釈迦様の誕生日。四月八日の灌仏会《かんぶつえ》」

「四月八日？　ならとうの昔に終わって――」

「旧暦の、だよ。グレゴリオ暦ならゴールデンウィークくらいだ」

ああ成程、と納得しつつ、八重はまな板の鯉ならぬまな板の一両鰹を見ながら遠い瞳になった。

「きっとキタヨシ様が見えるのは、ゴールデンウィーク過ぎてからでしょうね……」

「いや、最悪取りにこねぇかもしれん」

それは勿体ない。

結局、喫茶店に行ってみることにして、八重は外へ出た。

お隣のショーウィンドーには、相変わらず着物姿のアンティークドールが並んでいる。今日は真ん中の子がメニューを持っていた。中身を見れば、ソフトドリンクと甘味だけ。コーヒーはブレンドのみだが、紅茶と日本茶が充実しているようだ。加えて、和洋スイーツも数種類。女性を惹きつけそうな店である。

喫茶店の入口は、ステンドグラスがはめ込まれた飴色の木戸だった。ステンドグラスの、狐と狸のイラストが愛らしい。

扉を引けば、笛の音がふわっと大きくなった。

吹抜け天井の、広々と奥に長い店内である。中央の太い木の梁から下がっている、乳白色ガラスに黒い鉄枠のシャンデリアが印象的。そこかしこに吊られている、色鮮やかなレンガ壁みたいな八角形のペンダントライトもお洒落だ。

ペンダントライトの光を追いかけていくと、奥のカウンターの手前に、桜吹雪の着物姿の笛の吹き手を見つけた。鼻下まである狐の面で顔を隠しているが、考えるまでもなく琥珀さんだ。

職替えしても食べていけそうだな、と覗き込もうとしたところへ、桃色地の振袖に白いエプロンをつけた娘に視界を遮られた。

「いらっしゃいませぇ。奥のお席へどうぞぉ」

袖をひらひらさせつつ案内する。はためく彼女の袖にちりばめられているのはなんと、大胆な苺柄だった。こつこつ音がする足元は、極細ヒールの白いパンプス。

大正ロマンふうな着物姿は、スタッフ募集の貼紙にあった〈女給さん〉を彷彿とさせる。あれは単なる時代錯誤ではなく、着物で働いてもらうよ、という仄《ほの》めかしだったわけだ。

その証拠に、あっちに小鳥、こっちに枇杷の実、檸檬の輪切り。他の給仕の娘も、それぞれに大胆柄の着物姿で、賑わう店内を飛びまわっている。必ずしも振袖とは決まっていないようで、料亭の中居さんみたいな、桜色の無地にお太鼓帯も見える。履物は自由のようで、草履、編み上げブーツ、バレエシューズとまちまちだ。

ほわぁ、と八重は女給さんの衣装を目で追いかけながら歩いていったが、途中で別の意匠に目を奪われた。

右側の壁。

三角、四角、八角形の木枠の連なりが、縦に均等に三つ、壁に和文様を作りだしている。手前の二等辺三角の連続は麻の葉紋。

奥の、一辺の長さが全て同じ正方形と八角形の連なりは、蜀江と呼ばれる中国の川を模した紋だろう。

中央の互い違いの台形は――分からない。

木枠は飾り棚としての役割も果たしているようで、所々に着物小物がおかれている。後でじっくり見させてもらおう、と思いながら席に着いた。

しかし、座ってからも落ち着かない。

なにせ、店の奥壁面のそこかしこにビスクドールが飾られているのである。

そのいずれもが旧暦屋と同じべべ姿。

そういえば、お人形さんたちをどこから調達してきたのか、たずねたことがなかった。もしかして、ここのお店から借りたのか。それとも——

貸したのは旧暦屋のほう？

とすれば、十中八九琥珀さんのコレクション。

それはそれで……なんというか……。

うーむ、という感じで人形を眺める。けれどそのうち、別のことでうずうずしてきた。栗毛の人形が着ている、明るい緑地の衣が気になってしょうがない。

あれって、紬かな。

旧暦屋に出入りしているうちに、いつの間にか、かなり着物地の種類が見分けられるようになってきている。まさしく誰かさんの思う壺だが、しかし知識が増えればそれを確かめたくなるのが人情というもので。

答えは人形が読んでいる絵本の表紙に見つかった。〈結城《ゆうき》紬《つむぎ》〉と書いてある。

愉しくなって、あちらこちらに目をやった。「紅型」や「江戸小紋」と口の中で呟いては、人形が手にした団扇や扇に同じ文字を見つけて喜ぶ。

当て物をして遊んでいると、テーブルの端に、くっきりした青い袖が見えた。案内してくれた彼女とは違う大きな白百合柄の袖。

「失礼しまーす。お水をお持ちしました」

顔を上げると、見知った顔だった。カナリーさんである。八重を見て、あら、と瞬きする。

だが八重は、彼女の変貌ぶりに目をまるくした。

ボブの髪をリボンのカチューシャで留めた彼女は、まるで着物上級者のよう。墨絵ふうの蝶々が舞う青地の着物の首元に、薄桃色の七宝繫ぎの半衿を覗かせて、とってもお洒落。

カナリーさん、お太鼓結びも知らなかったのに。

「バイトですか？」

社会人だと思ったんだけどな――と内心首をかしげつつたずねれば、「私、大学院生なの」と彼女がうなずいた。

「この前、ここの募集のポスターを見つけて、募集内容を聞いたら、制服が着物だっていうのでね。やってみようかなぁって。着物も貸してくれるっていうし」

帯留を眺めてじわじわと形から、はやめにして、さっさと実地に入ることにしたらしい。

「その着物、貸与なんですか？」

そうよ、とカナリーさんが微笑みながら、「旧暦屋さんのお友達の彼――」と演奏中の琥珀さんをついとふり返った。

「彼個人の持物なのだって。一人一人に合うものを見繕って、貸してくれているの」

私みたいに小さな人間に合う着物まで持っているなんてね、と嬉しそうに右袖を開く。

旧暦屋さんのお友達？

八重は小首をかしげた。

カナリーさん、サの字が店主だと勘違いしている？

訂正しようかと思った。しかし、

「彼、着付けまでやってくれて」

というカナリーさんの言葉に、きゅっと喉がしまって、なにもいえなくなってしまう。

「彼って凄いわねえ。ぼーっと私が突っ立ってるうちに、あっという間に帯まで結んでくれちゃって。この前、あなたに着せたときよりも、数倍早かった。目にも留まらぬ早さって、ああいうのをいうのかしら」

私も着付け覚えなきゃ、と明るく注文を取って、カナリーさんは去っていった。

残された八重は、演奏中の狐面の人を見やりながら、もやっとした気分。

腰紐帯締を結ぶとき、女給さんたちの体にぎゅっ。

ぎゅっ、ぎゅっ、ぎゅぎゅぅ——

裏腹に、もやもやの張本人から紡ぎだされるのは、まことに涼やかな音色。

琥珀さんは師範代が務められるほど笛が上手なのである。プロ級なのである。でも本人は「趣味なので」と言い切るのである。

彼の本職は着物の仕立て。これも凄腕らしい。

そんな人が、十も下の女の子を好きとか、やっぱり冗談——

一年も前から心に渦巻いている思いが、またもやぐるぐるし始める。注文の品が来てからも、スプーンで紅茶をぐるぐる、ぐるぐる。機械的にカップを持ち上げ、口をつける。

はっとした。

なにこれ。美味しい。

程よい苦みと優しい甘み。まろやかな口当たり。

なんていう紅茶を頼んだのだっけ、とメニューを確かめると、

〈奈良県（月ヶ瀬）産　べにふうき〉

日本の紅茶、侮れない。

ストレートで、次はミルクを入れて、と夢中になって飲んでいるうちに、いつしかぐるぐるは止まっていた。落ち着きを通り越し、まったりした気分。琥珀さんの笛も癒しの音に聞こえてくる。

「篠笛は、笛吹き狐さんでしたー。皆様もう一度盛大な拍手をお願いしますぅー」

なんとなく間延びした司会者の声に、笑顔でぱちぱちと手を叩く。

演奏が終わったのを潮に八重は立ち上がった。レジへ向かい、先に清算をしているご婦人方の後ろに並ぶ。

すると、柔らかなハスキーボイスがした。

「ご来店、ありがとうございまーす」

うわ、と叫びそうになるのを、すんでのところでこらえた。

微笑みを浮かべながら横に立っていたのは、三十半ばくらいの背の高い男性。この店の主だろうか。唇厚く、眉毛濃く、全体的に男々《おお》しい感じの人だ。

ただ、もやしのようにひょろひょろ伸ばした顎鬚の先を、赤い水引で括っているのはいかがなものか。

「す――」凄い、と口にしかけて言い換えた。「素敵なお店ですね」

お人形が気になって仕方ありませんでした、と奥に目をやれば、水引さんの笑みが深くなる。飾り棚のほうをふり返り、

「あっちがブリュ」

目を細めながら、

「その隣がジュモー」

愛しくてたまらないといった口ぶりで呟く。

だが、八重には呪文にしか聞こえなかった。

「ジュモ……？」

「十九世紀フランスで流行った人形工房。ここにあるものは、ほとんどそのレプリカ。あるいはリプロダクション」

「リプロ……？」

「アンティークドールふうに作った、現代の作家物」

本物も混ざっているけれどねー、と水引さんは目尻にしわを寄せて、うふふうふふ。

「いつの間にか、こーんなにたくさん、たーくさん」

ため息交じりにうっとりと人形たちを見つめるその表情が、絹の手触りにうっとりしている誰かさんに似ているような。

「どこにもおく所がなくなっちゃってねー。そしたらくんのこが声をかけてくれて。ありがたいことだねー」

くんのこ、とは琥珀さんの幼名というかあだ名である。つまりやはり、水引さんは琥珀さんの知り合いなのだ。

類は友を――という諺《ことわざ》を思い浮かべて、なにやらしみじみしてしまう。

壁の棚の模様もとってもきれいですよね、と八重は微妙に話題を変えた。

「左右は麻の葉と蜀江だと見当がついたんですけど、真ん中はなんの模様ですか？」

「あれは、蜘蛛の巣。客を絡めとる、素敵な呪《しゅ》のかかった文様」

うっとりした口調はそのままに、水引さんが答える。

「僕のアイディアじゃないけれど」

誰かさんが考えたのだなと思ったところへ、レジの順番がまわって来た。

しかし、八重が差しだした伝票を、水引さんが取り上げてしまう。

「代金は不要」

ふよーお、と間延びした声でそう告げる。「くんのこのスイートハニーから代金を取るなんて、そんな恐ろしいことできなーい」

「スイートハニー？」

レジにいた檸檬振袖の女給さんがぴりっと眉をつり上げた。宝紀さんって彼女がいたの？と八重に視線を向ける。

しかし、八重の心にちくりと引っかかったのは、彼女の鋭い目つきではなかった。開店一日目にしてくんのこと聞いて琥珀さんだと判るほど、女給さんたちがもうお隣の店主に馴染んでいる事実のほうだった。

くいっとひと捻りほど、八重の心がねじくれた。雑巾みたいによじられて、じんわり苦いなにかが染みだしてくる。

「違います」

私は琥珀さんの彼女なんかじゃありません——

しかしあにはからんや、八重の否定の言の葉は、別の明るい「違います」にかき消された。

ぬっと間に割ってきたのは、狐の面。

「違います。僕はこの人の追っかけなんですよ！」

「追っかけ？」檸檬振袖さんが聞き返す。

「ええ、そうです。追っかけなんです」

そうなんです、そうなんです、とうなずきながら、琥珀さんは八重の手をつかんで、さっさと喫茶店から出てしまった。

　旧暦屋の暖簾の前で立ち止まり、つとふり向く。狐の面を外しながら微妙に苦い顔になった。

「やっぱり、信じてないんだね」

「なにをです？」と返した八重の声は、まだ半分ほどひねている。

「じゃあ、こうしたら信じる？」

　なにを、と繰り返す前に腕を引かれていた。琥珀さんの胸の中に閉じ込められていた。

「僕が、八重さんを好きといったのは嘘――」

「くぉら！」

　カミナリが飛んできた。

「店の前でいちゃいちゃすんな！」

　ふり向けば、サの字が暖簾の間から首を出して睨んでいる。

「こんなの、挨拶だろ」

　冷たい視線で見下ろす琥珀さんに、おや、とわざとらしく言い返す。

「信じる信じないの、痴話喧嘩じゃなかったのか？」

　八重はといえば、琥珀さんの腕の中で、じたばたじたばた。彼の注意が逸れた隙に、腕から逃れて暖簾の内に逃げ込んだ。

　といっても店の主は琥珀さん。結局は彼の手の平の上――

二

翌日、ゴールデンウィーク初日。

バイトのときはできるだけ琥珀さんから離れていよう。そう固く心に誓って、店に向かったのであるが。

暖簾をくぐると、琥珀さんが待ち構えていた。客が少ない午前中に、是非八重にやってもらいたい仕事があるという。

「この子の衣更えをお願いします」

彼が八重に差しだしたのは金髪のベベドール。

あの子たちも全員、と壁際の和簞笥をふり返る。

簞笥の上に目をやれば、ぎゅうぎゅう詰めだった人形が、横一列にゆったりと座っていた。

「あれ？　少なくなってる」

「ええ。お隣が開店したので里帰りさせました」

それでも十人はいるんですけど。

「あれ全員、衣更え——？」

「ええ。立夏ともなれば裏地なしの単衣の着物、が旧暦呉服界のお約束ですので」

はいこれ、と陶製の小さな物を手渡される。

白いドラジェを二つ合体させたふうのそれは、帯留のようだったが、

「……ハイジの白パン？」

「空豆です」

琥珀さんは微苦笑して、さらりと詠じた。

空豆の　花に追われて　衣更

「一茶の句です。初夏に咲いている空豆の花を見て、ああもうそんな時期だったか、早く衣更えしなければ――と考えている」

「空豆の花って、見たことないです」

「僕も、生地に描かれた花しか見たことありません」

顔を見合わせ、あははと笑ってしまう。

「ですが、意外や意外、空豆は着物と繋がっているんです。豆の形が繭玉に似ているところから、空の字に〈蚕〉を当てることがあって」

「蚕豆――」

小さな帯留を目の高さに持ち上げれば、向こうに皐月の青空が広がる気がする。

琥珀さんが、お人形の頭をぽんと叩いた。

「この子には、その帯留をつけてあげましょう」

さっそく、金髪娘の花柄の着物を脱がしにかかった。

お人形の着衣といっても人間とまったく同じ本格仕様。お太鼓帯に、ちゃんと帯締帯留をつけている。長着もきちんとからげて細紐でまわし留め、伊達締め代わりのリボン紐できゅっと締めてある。長着の下には、長襦袢まで着込んでいるこだわりようだ。

長襦袢はそのままで、

「あ、これも替えます」

長襦袢だって夏物冬物があるし、長着との組み合わせも大切ですよ、と琥珀さんがさらなるこだわりを見せる。

「脱がした着物はどうするんです？」

「売ります」

即答だ。

脱がした着物をささっと畳んで脇におくと、琥珀さんは金髪娘をドールスタンドに差し込んで、支柱の上から新しい長襦袢を着せかけた。

「着物は、後ろから両肩に着せかけるのが基本です。そうすれば、自然と袖に腕が通る。前の合わせは、自分の側から見て、アルファベットの小文字のyになっていればオッケーです」

「右前左前って、ややこしいですよね」

「左上、って言い方を改めるべきだよね」

珍しく琥珀さんが同意する。

「元々、日本古来のものは左が上位なんです。京雛はいまでも左がお内裏様ですし、右大臣左大臣も、左のほうが上位。能や歌舞伎の舞台だって左が上手でしょう?」

客席側から見れば右手だが。

「日本舞踊の踊りの型にも、左右、というのがある。左手を先に差しだし、右が後」

「左右——」

「着物も同じように、左が優位なんです。その証拠に、絵羽の模様は左にある」

成程、と八重が感心している間に、琥珀さんは腰紐伊達締めを結んで、

「お人形さんは寸胴体形なので、補正が要らなくて楽ですねぇ」

さて長着、と出してきたのは、勿論単衣の着物。

「木綿やウールの単衣は絹の柔らかものより着せやすいですが、よーく見ておいてくださいね」

帯は後まわしでまずは長着を着せるところまで、と金髪娘でお手本を見せてくれる。

「じゃあ、やってみましょう」

二人目の青い目さんは、琥珀さんが手取り足取り教えてくれた。

「裾と身幅、下前上前を合わせるときには、お人形に正対して」

「下前は左手、上前は右手で。はい、ふらふら動かない。動くと着付けが歪みますからね

――」

「腰紐は前から手をまわしてぎゅっ、前下がりになるように」

「衿は下前、上前の順でぴたりと位置を決めて」

「胸紐は、胸の下と胃の辺の二段で巻くと苦しくないです。そうそう。はい背中のたるみをとって、伊達締めを締めればお終い」

一体着付けただけで、ぜいぜい息切れしそうである。

手助けなしでできるようになるまで、ざっと七、八体はかかった。しかし、最後まで着付けても気に入らず、何度も何度も着せ直し。

なにせ琥珀さんが接客ついでに、

「あ、褄《つま》をもうちょっと上がり気味にすると、スマートな感じに仕上がりますが」

と左身ごろの裾の角を指さしたり、

「あ、この子はちょっと太めですので、衣紋《えもん》をもっと抜いてあげるとこなれた感じになりますよ」

後ろ衿を外向きにぐいぐい引っ張ったりして、コツを教える顔でダメだしして行くのである。

いわれてしまうともういけない。再びほどいてやり直し。

泣きそうだったが、このまま帯を結んでも人形たちが着崩れた姿で客を迎えることになる。

それは可哀そうだとむきになってやり続けていると、

「今日はそのへんにしておかないかい」

由依さんがやって来て、嘆息交じりにそういった。

「そろそろお客が増える頃合いだ。売り場を手伝ってくれないと」

かしてごらん、と八重からやりかけの人形を取り上げる。

「あ、その子は衣紋の抜き加減が足りない――」

「人形相手にそこまでやることたないさ」

由依さんはぴしゃりと返して、憂い顔を近付けこそこそ囁いた。

「ここの店主のスパルタに、一々付き合ってやらなくてもいいんだよ」

「スパルタ？」

「そう思ってないところが心配なんだ」

眉間にしわを寄せたまま手を動かし、どんどん帯を結んでいく。

八重は着付けが終わった人形の腕下に支えの棒を入れて表情をつけ、バッグや扇子、本を持たせていった。小物の内側には、布地の種類が書かれている。お人形の着物地を見極めて正解の小物を持たせなければいけないのだが、それがまた当てもののようで楽しい。

単衣姿の人形たちを箪笥の上に並べていけば、重々しい雰囲気だった店内に、軽やかな初夏の風が吹くようだ。

「ウールや木綿なんかが、裏地をつけなくてもいい生地なんですね」

ずらっと並んだお人形を見て、面白いなあと眺めていると、またもや由依さんが渋い顔になって一言。

「さ、門前の小僧どん、レジ手伝っとくれ」

ゴールデンウィークは小物が売れる、というサの字の言葉に嘘はなく、連休前半は小物の売り上げが好調だった。

意外なことに、

「あのー、隣の喫茶店に飾ってあったショールは」

「あのー、お隣にあった縞の袋は」

とセルネルからお客が流れてくるのである。

どうやら、喫茶店の壁際の棚——麻の葉、蜀江模様の中に飾られていたのは、旧暦屋の商品だったらしい。

「ほとんど全種類おいてあるんだよ。考えたもんだよねぇ」

由依さんが笑って、

「美しくスポットライトを当てりゃ、そりゃ良く見える。きらきら光る友禅やら紅型やらを、お土産はどうしよう、ってお茶をしながら悩んでいる観光客の近くにおけば、心を鷲掴みにするってもんだ」

こう、とぐっとねぇ、とこぶしを握ってみせる。

だが、お隣からの客はほとんど全員小物目当て。仕立てを頼む客はちっとも現れない。

こんなんで大丈夫なのかしらん――

心配しているとサの字が腕を組みつついった。

「まあ、今年のゴールデンウィークは、前半が短かったからな。連休後半が勝負だろう」

待つことしばしで、みどりの日。

本当に仕立て目当ての客が来始めた。

ほぼ百パーセント若い女性で、しかも関西弁ではない人たち。全員ひらひらと袖をふって、

「宝紀さーん！」

「遅ればせながら開店おめでとう！」

「やっとここに来ることができたぁ！」

「もう、どうして奈良なのよぉ！」

遠い、と口を揃えて可愛らしく文句をいう彼女たちは、明らかに泊りがけで来た客だ。恐らく、宝紀さんの父の店〈一勢《いちせい》〉のときからの常連だろう。一様に艶やかな着物姿で、中にはいまからパーティにお呼ばれか、というような派手な衣の者もちらほら。

勿論、彼女たちが纏っているのは、長着に襦袢、羽織に至るまで、琥珀さんの手によるものでで――

当然、彼女たちは「見てみて」と目で訴えながら、仕立屋の前で両袖を開く。

しかし、仕立屋の視線は首から下にしか向いていない。

「ああ、この刺繍がすばらしいんですよねぇ」

「ああ、この小紋は、染めむらの風合いが実にいいんです」

「ああ、これは佐藤さんにお願いして直していただいた帯ですね。美しく蘇って重畳です」

お似合いです、の一言もなく、ひたすら職人の手ばかり褒めている。腕なんか組んで、匠の技に唸ったりしている。

そこへ、揉み手で割り込むのがサの字だ。

「高橋様、お待ちしておりました。ささ、こちらへ」

「田中様、ご連絡ありがとうございました。お探しの紬、入荷しております」

「渡辺様、いつもありがとうございます。本日は今年の薄物をお目にかけたく――」

次々に左の座敷に案内していく。

あら私がお喋りしたいのは宝紀さんなのよ、とふり向き加減の客には、営業スマイルで琥珀さんもついていく。そして、二人掛かりで上客を四畳半へと連れ込むのだ。

商談スペースでは、空だった衣桁に高そうな絵羽と紬の着物が魔法のように現れ、お客様をお出迎え。

由依さんにいわれて客に茶を運んだ八重は、床の上を見て目をむいた。

四畳半に広げられていたのは、手織り手描きの絹の極上品。普段、土間の箪笥に入れられているものとは明らかに違う品ばかり。

サの字の狸……。

いつもは、「絹じゃなくても着物だ。木綿を馬鹿にすんな」と息巻いているくせに。

琥珀さんの狐……。

「こちらの色のほうがお顔映りがよろしいようで――」などと客を眺めているふりで、ちゃっかり高いほうを薦めているじゃないの。

土間に戻った八重は、簞笥に並んでいる単衣のお人形たちを見て、ちょっぴり哀しく思った。

同じ幕府直参でも、将軍に拝謁できる、できないの区別があった江戸時代と同じだな。御目見《おめみえ》の旗本、御目見以下の御家人。

ウール、木綿は御目文字以下といったところ。沓脱石を上がった先では、絹以外、上客の目に触れることすらかなわない。

しかしそのうち、ちょっとした下剋上に気付いた。

土間のほうの小上がりで、誰かがウール木綿を体に当てていても、客の入りに変化はない。しかし、段上の畳敷でお得意様が得意げに生地を体に当て始めると、客足がぱったり途切れるのだ。暖簾をくぐって入ってきても、じきに出ていってしまう。

「あ、ここって（ちゃんとした）呉服屋さんなのか」

どうやらそう思ってまわれ右するらしい。

サの字に指摘すると、

「そうはいってもなあ」

渋い顔をされた。絹一本と、木綿着尺プラスたくさんの小物の売り上げ。どっちが儲かるかとか、そういう単純な話ではないようだ。

しかし小物が売れないと、八重にはお茶を出す以外の仕事がなくなる。それはそれで気を遣う。

なにせ、お茶とおしぼりを出しにいくと必ず、

「なに？　このジーパンの子？」

そういう目で、お姉様方に見られるのである。彼女たちには差しだされる一本千円の高級ペットボトル茶よりも、洋服姿の八重のほうが目をむく存在らしい。実際、琥珀さんたちに聞こえない場所ですれ違いざまに、

「呉服屋の店員なのに洋服って――不思議」

くすりと鼻で笑われたりした。

お茶汲みしかしていないのに、なんか疲れた……。

客が途切れたのを見計らって、八重はこっそり肩を揉んだ。

反対に、接客に忙しかったサの字は元気潑剌、電卓を叩いて、

「うっし。これで当分食える」

さあ気張って縫え！　と琥珀さんの背中をばしばし。

「気張ったって、縫う量は増えないよ」

「なにいってやがる。琥珀縫いのくせに」

仲良しだなーと眺めていると、琥珀さんがこちらに顔を向けた。

「八重さん、疲れたでしょう？　三十分ほどセルネルに行って休憩しましょう」

「一々行かなくても、届けてもらえばいいじゃねぇか」

「祭文はそうすればいい。くゆりさんに頼んでおくから」

由依さんはどうします？　と琥珀さんがふり返る。

「え、あたしかい？　どうしようかねぇ」

由依さんは珍しく迷うふうだった。八重に目を向け、サの字を見て、琥珀さんを眺める。

結局、

「あたしゃ、いいよ。奥でチョコでもつまんでる」

「じゃあいまから休憩」

琥珀さんは笑って暖簾を仕舞い、〈四時まで留守にします〉と書いた紙を入口に貼りつけて、八重を外に連れだした。


「いらっしゃーい」

セルネルに入り、入口近くの席に座ると、店主自らおしぼりと水を運んできた。相変わらず水引で鬚を結んでいるが、今日は藍色の作務衣姿。なんだか狐狸の山里に隠れ住む仙人のようで、妙に似合っている。

「どうもー。オーナーの吉栖久良岐《くらき》ですー。クラって呼んでくださーい」

さらりと告げられた姓に、はっとした。

ヨシズミ。

──ヨシズミ琥珀さんはいるすか？

去年の元旦、琥珀さんのアパートを訪ねてきたほくろの男が口にしたあの苗字。後で琥珀さんにたずねたけれど、はぐらかされたあの──

上目遣いに窺い見れば、琥珀さんは観念した顔で笑っていた。

「宝紀は母方の苗字で──久良さんは父方の従兄なんです」

「従兄……？」

そういわれてもぴんと来ない。驚くほど似ていないのだ。

久良さんがうふふと笑って、

「ＤＮＡの螺旋《らせん》が絡んでいたら、僕もイケメンで、もうちょっと使える男だったかもしれないけどねー」

「なにいってるの。あんなに美味いケーキを作っておいて」

琥珀さんが反論し、「ここのケーキ、本当に美味いんですよ」と八重に力説する。

持ち上げられた久良さんは、嬉しそうに口を押さえてくふふふ。

「祭文くんの注文は？　あっちに持っていく？」

「奥さんに頼むよ」

「りょーかい」

久良さんは、近くの棚にいるお人形の頭をなでなでし、ふわふわとした足取りで戻っていった。

「旧暦屋のドール、久良さんのものだったんですね」

お隣からの里帰りで、さらに人形の数が増えた店内を見まわしながら八重がそういえば、

「集めに集めたり、煩悩の数も超えそうだよ」

僕もそうだけど久良さんも吉栖では浮いていてねぇ、と琥珀さんが苦笑気味に応じた。

「普通、人が惚れるのは生身の女か男。久良さんの場合はお人形。たったそれだけの違いだけど」

吉栖の連中は頭が固くてそれが受け入れられない、と嘆き節。

「でも、結局人間のお相手が見つかってご結婚されたんですね」

「いや？　久良さんは独身だよ」

「でも、さっき奥さんって——」

「失礼しまーす」

すいと横に青い影が差した。ご注文はお決まりですか、と注文票片手に微笑んだのは、この間と同じ百合着物姿のカナリーさん。

「あ、まだ決めてなかった」

慌ててメニュー表を引き寄せる。

なになに、ケーキセットは、本日の緑茶、紅茶あるいはコーヒーと、五種類のケーキの中から一つ。本日の緑茶紅茶はどちらも月ヶ瀬のもので、ケーキセレクトは自家製シフォン、パウンド、チョコレート、ホットケーキ、パンデピス。ちなみにお抹茶セットのお菓子は、老舗和菓子屋さんの柏餅……。

どれもこれも美味しそう、とメニューを睨んでいると、琥珀さんがカナリーさんにいった。

「僕はシフォンケーキと緑茶で。祭文には抹茶セットを持っていってもらえますか、くゆりさん」

つと顔を上げて二人を見てしまった。

カナリーさんって、くゆりっていうのか。

可愛い名前。そう思うと同時に、ふっと胸がしまる。

琥珀さんが自分以外の娘を下の名前で呼ぶのを初めて聞いた——見つめていると、琥珀さんがひょいとこちらに向き直った。

「あ、八重さん、彼女が奥さんです」

「は？」

「さっきいったでしょう？　奥さんって」

「はあ？」

「それじゃ混乱しますって」

あはは、とくゆりさんが笑いながら袖をひらつかせる。

「私ね、奥百合子っていうの。でも奥にさんをつけられると、あらゆる場所で誤解が生じちゃうのよね。だから、オクユリコの中三つをとって、〈くゆり〉って呼んでもらっているのよ」

奥百合子。

それで百合柄の着物だったのか。

注文を取ってしゃなしゃなと去っていくゆりさんを見送りつつ、なんだかよく分からないため息が出た。

待つことしばしで、ケーキセットが運ばれてくる。

「お、お、お、美味しい……！」

頼んだパンデピスを口にした途端、フォークを宙に浮かせたままぶるぶると震えてしまった。

「アイシングのビターな甘みと生地のかすかな苦みが最高」

それに、ふわっと香るシナモン、ナツメグ、ジンジャー、クローブ！

「スパイスとオレンジピールが絶妙すぎて倒れそう……」

実際テーブルに突っ伏しかけていると、琥珀さんが笑った。

「八重さんはお菓子を作るから、さすがに詳しいね。僕なんてクローブ味なんていわれても想像もつかないけど」

「丁子《ちょうじ》」

八重はしたり顔で身を起こした。

「〈宝尽くし〉の柄にあるじゃないですか。クローブは丁子ですよ」

その昔、舶来品の香辛料は高級品。だからお宝の中に加えられて着物の文様になった。

いわれた琥珀さんはぱちりと瞬きして、「これはしたり」と額を叩いた。

「やられた。確かにそうだ」

「私もやられました。こんなに美味しいパンデピスって初めてです」

普通もっと硬いですよ、と指摘すると、そうなのか、と琥珀さんは小さく目を瞠《みは》って、

「人形相手のおままごとが、こんなふうに役に立つとはね……」

ケーキセットを見下ろしながら呟いた。

おままごと遊びをするとき、旦那さんは自分で、奥さん役はお人形。けれど人形妻はお茶を入れてはくれないので、久良さんは黒子的に人形の手となり足となって、自らお茶お菓子を用意していたそうだ。

初めは草のしぼり汁や泥水だったのが、そのうち本当のお茶紅茶になり、入れ方も上手くなる。長じて茶葉の種類にも凝り始め、果てにはお菓子も手作りするようになって――

いつの間にか久良さんは、お茶入れ、菓子作りの名人になっていたという。

「人形と一緒に半分ひきこもり状態だったんだけれど、まあ、お人形共々外に出られてよかったかな」

そうですねぇ、と八重がうなずいていると、その久良さんが栗毛のお人形を抱えてやって

来た。

「くんのこー、すっかり忘れていたんだけどー」

セルジュ、なるものに心当たりはないー？　とお人形の腕を持ち、琥珀さんに向けてふりふりする。

「開店した日に、お客さんに聞かれたんだ。セルジュの仲間を知らないかってー」

外国人の誰かを探しているわけではなく、セルジュとか、それに似た名前のお人形さんはいないか、という問い合わせだったらしい。

「うちにそんな子はいないし、心当たりもないし。くんのこなら知っているかもしれないと思ったんだけど、ちょうど笛の演奏中でね。後でと考えていたら、もうそのお客さんが帰っちゃってたの。でも、ちょっと思い詰めているふうだったし、また来るかもー」

「セルジュ――」

琥珀さんがきらりと瞳を光らせる。

「あ、なんか閃いた？」

久良さんは人形の両腕を持ち、万歳させながら裏声でいった。

「わかったぞー。わかったぞぉー」

三

翌日、立夏の夕。

旧暦屋の入口では、青い暖簾が薫風に揺れていた。

今日から夏仕様の水色暖簾に掛け変わっている。春のポップなものとは違い、目に涼しげな水色から紫藍のグラデーションのみの暖簾だ。

薄い瑠璃色が落ちる店内には、ふんわりお香のよい匂いが漂っている。

午後になってから、思いついたみたいに琥珀さんが焚き始めたのだ。茶室の床の間の香炉から流れてきて、建物全体を包み込んでいる。

外は初夏の陽気だし、暖かくてなんだかまったりしちゃうなあ。

由依さんが休憩にいって、土間には八重一人。お客も来ないので眠くなる。

欠伸《あくび》をかみ殺していると、三十半ばくらいのジャケットの男性がふらりと入ってきた。

「あのー」

暖簾をくぐった弾みでなにかをいいかけたが、店先にいる八重を見てふっと口を閉じる。

不安げな眼差しで、ここでは着物の直しもやってくれはるの、とそうたずねる。

少々お待ちください、と応じた八重は内心苦笑い。

大学にもいるよなあ、こういう男子。

目立たない容姿で、物静かで背も低いため、埋もれてしまいがちなヂミぃくん。だが温和そうな見てくれに反して、時々あからさまに嫌な顔や不満顔を見せたりする。思ったことが素朴に顔に出すぎる、損するタイプ。

ヂミぃさんもそのケがあった。だって明らかに「こんなジーパン娘しかおらんのか」というお顔。

八重が柿渋暖簾の向こうに声をかけると、琥珀さんが出てきた。着流し姿の琥珀さんに、ヂミぃさんが目に見えてほっとした顔になる。だから、正直すぎるって。

ヂミぃさんは、この店でお直し云々と琥珀さんにたずね直した。

「うちの親父の着物なんやけど……えーとお袋はなんていったっけ……そう、衣《ころも》の、衣のナントカって――」

「衣のタテですか？」

「そうそう、それそれ。衣のタテなのがあるから頼みたいって」

かしこまりました、と宝紀さんが迷うことなく首肯する。

「元払いでお送りいただくか、直接お持ちいただければ、こちらで状態を確かめまして、見積もりをお出しいたします」

「そ、そうですか」

ヂミぃさんは拍子抜けしたふうにいって、しかし、困ったようにこりこりと眉を掻いた。

「引き受けてもらってからいうのもなんなんですけど、実は自分はなにを頼んだのかわかってないんですわ。そういえばわかるからとお袋にいわれて来ただけで」

衣のタテって一体なんなんです？　とたずねるヂミィさんに、琥珀さんは微笑みながら短歌で応じた。

年を経し　糸の乱れの　苦しさに　衣のたては　ほころびにけり

「鎌倉時代に編まれた『古今著聞集』中の説話の中に出てくる歌です。タテとは館——住まいのことで、ここでは陸奥にあった安倍貞任《さだとう》らの居城のことです」

衣川の岸辺にあったので衣の館だそうだ。

その衣の館が、伊予守源頼義の息子八幡太郎義家らに攻められた。貞任らは耐えることができずに、城から逃げ落ちた。追いかけた八幡太郎義家は、衣川のところで貞任を呼び止め、

「衣のたてはほころびにけり」

（衣の経糸《たていと》がほころぶように、衣川の館は滅んでしまったぞ）

と歌を投げかけた。すると、安倍貞任は馬上でふり返り、

「年を経し糸の乱れの苦しさに」

（年月を経ると着物の糸に乱れができるように、長きにわたる戦いで意図（作戦）が乱れて持ちこたえられなかった）

と上の句を読んで返したというお話である。

「ようするに、衣の館とは、縫糸が古くなって着物がほつれてきてしまったということです」

呉服の世界の古い隠語のようなもので、と説明する琥珀さんに、

「へーえ」

ヂミぃさんがぱちぱちと目をしばたたく。

そりゃそりゃ、と口の中で呟いていたが、突然ぶわっと頬を紅潮させて、

「すんませんっ」

いきなりぺこりと頭を下げた。

「お直しを頼みたいゆうんは嘘なんです。お袋に頼まれたいうのも嘘で」

全部、ある課題を解くための前ふりの嘘だった、と白状する。

「実は――」

と続けかけたが、そこでまたぱあっと赤くなった。

「い、いや、ええと」

口の中でもごもごいって、俯いてしまう。

なんなんでしょうこの人。

八重は訝しげに琥珀さんを見上げたが、琥珀さんの視線はヂミぃさんに向いていた。

「もしかして、隣の店にセルジュについて問い合わせた方というのは、あなたですか」

え、と不意を打たれた顔でヂミぃさんが面を上げる。

「そ、そうですわ。実は、セルジュの仲間を探してきたらって――」

驚きに引っ張られてなにかをいいかけたとき、由依さんが休憩から戻ってきた。

「お先ぃ」

ヂミぃさんを見て、あらお客さん？　と動きを止める。

「ちょうどよかった。由依さん、店番をお願いします」

琥珀さんはそういって、休憩がてら話を聞かせてもらいましょう、と八重を見下ろした。

そして、こちらへどうぞ、とヂミぃさんを内暖簾の奥へといざなった。


お茶を入れて戻ってくると、茶室の覗き窓の障子は閉められ、ヂミぃさんが座布団にちんと座っていた。

茶を配り終え、八重は琥珀さんの横に正座しながら、書の掛軸の下の香炉に目をやった。

まるでお客さんが来ることが分かっていたみたいな――

いきなりの客で、床の間には花も飾られていないが、茶室は薫香で満たされている。

ヂミぃさんは一口二口茶に口をつけ、それから観念したように、湯呑をおいた。

「実は――」

いいかけて、またもや頬を赤らめる。

「あ、すんません。まだ名乗ってなかった。タカムナいいます」

両こぶしを膝につけて、ぐっと頭を下げる。そして、俯いたまま続けた。

「実は、だいぶ前から好きな女がおるんです」

一息にいって、はあ、と力を抜きながら顔を上げる。

「相手は自分の気持ちを知ってます。バレンタインにチョコをくれたり、まんざらでもないような感じもする」

だが、付き合ってほしいと何度いっても、彼女は曖昧な答えしか返してくれない。

「はぐらかされ続けてもう二年ですわ。ええ加減、諦めなあかんと思うて。彼女にもそういったんです。ほしたら」

――セルジュの仲間を探してきたら、考えたげてもええよ。

そう言い出したのだという。

しかし、セルジュの仲間といわれても、彼にはなんのことやらさっぱりだ。だが彼女は、

――私にもわからないのよ。

などと笑ってはぐらかすばかり。

「頭を抱えていたら、一人だけなんとかしてくれそうな人物に心当たりがあると、彼女がこの店を教えてくれたんです」

――けどその前に、〈衣の館〉についてたずねてご覧なさいね。それが答えられないようじゃ、セルジュの仲間だって怪しいものだから。

そ、それって、相良《さがら》のお袋様がやったことと同じじゃない！

横で聞いていた八重はひやりとした。

琥珀さんは以前、父親と衝突して行方を晦《くら》ましていたことがある。家出中も着物の仕立てで生計を立てていたら、あるご婦人が「あれは一勢の息子の腕っこきの和裁士では」と見抜いて、息子に着物を持たせて試させたのだ。

あのときのテスト問題は〈瓔珞《ようらく》が下がった〉。相良のお袋様は、一勢の息子ならばそんな言い回しも知っているだろうと単純に考えただけのようだが。

その知識を使って客を選り分ける一勢を嫌っていた琥珀さんは、試されて物凄く怒った。

またあんなことになったらどうしよう。

八重は気が気でなかったが、

「ははあ、それでここに」

今日の琥珀さんは至極冷静。興味深げに聞いている。

「タカムナさんは、セルジュの仲間についてまったく心当たりはないんですね？」

「はあ、まったく」

「じゃあ、どうしてまずお隣に行かれたんです」

「ここの店主――つまりあなたのことですが、どんな人か見てみたかったんですわ。喫茶店の開店日に笛の演奏をすると聞いたんで、それで」

「成程」

琥珀さんは腕を組み、ちょっと考えるふうだったが、つとタカムナさんに目を向けて、

「隣の喫茶店はセルネルです」

なんの前置きもなしにそういった。

「はあ――」

タカムナさんは、それがどうした、というお顔。八重も右に同じ。

琥珀さんはひらひらと手をふった。

「いや、すみません。いまのは忘れてください」

笑いながら立ち上がり、なぜだか店から電卓を持ってくる。そして、ぱしりと着物の裾を払って、タカムナさんの正面に端座し直した。

「委細承知之助。この旧暦屋が、セルジュの仲間を探すお手伝いをさせていただきます」

「本当ですか」

はい、と琥珀さんが鷹揚にうなずく。

「それでは――」

ぱちぱちと算盤《そろばん》を弾くような音を立てて電卓を叩いた。

「このお値段でいかがでしょう」

営業スマイルで琥珀さんが見せた数字は、
159,500

「じゅ、十五万？」

タカムナさんがぎょっと目をむく。

いや、ほとんど十六万。

しかし琥珀さんは「はい」と平然と応じる。

「これで彼女と付き合うことができるなら、お安いほうだと思いますが」

「しかし、一体なにを探すと」

「それは、後のお楽しみということで」

「しかし、物を見ずに値段だけというのは」

「ご不満でしたら、仕立屋にこんな金額をふっかけられたと彼女に言い付けてご覧なさい。きっと彼女は、妥当な値段だ、とそうおっしゃってくださいますよ」

すぐにでもどうぞ、といわれて、タカムナさんはさっそく携帯を出し、彼女にメールで訴えた。

彼女からはワン・ツーで返事が来た。

〈勉強代としては安いくらいよ〉

「では、失礼して」

体の寸法を測らせていただきます、と琥珀さんがメジャーを手にして、びゅーっと伸ばす。

「な、なんで測るん？」

「ご想像にお任せいたします」

困惑顔のタカムナさんを、さささサーと手早く採寸して、琥珀さんはにっこり微笑んだ。

「十日ほどお時間いただきますが、品をお渡しするその日に、必ず彼女と会う約束を取りつけてきてください」

念を押され、タカムナさんは首を捻り捻り帰っていった。

暖簾の前で見送っていると、琥珀さんがおもむろに口を開いた。

「八重さん、さっき僕が怒りだすんじゃないかと思ったでしょう」

さっき、というのは、〈衣の館〉云々のときだろう。

気付いていたのか、と少々焦る。しかし、十も年上の人間に向かって、はらはらしました、と直截にはいえないもので、

「ちょっと心配しましたけれど……」

琥珀さんは大人だし同じことはしないかと、とそう返せば、それほど大人じゃないんだけどねぇ、と琥珀さんが苦笑した。

「まあでも、複雑は複雑だ。衣の館にせよ、空豆にせよ、僕の古典の知識の大部分は一勢に教わったものだから」

袂に手を入れながら嘆息しきり。

しかし一転、憂い顔を柔らかい笑みに変えて八重を見下ろした。

「いいものですね。自分の弱い部分を解ってくれている相手が傍にいるというのは」

心の臓が撃ち抜かれそうな笑みに、八重はひょいと目を逸らした。

「お、男の人が弱音を吐く相手って、どうでもいい相手なんですってね」

「え、なんだいそれ」

「男の人って、惚れた相手の前では弱みを見せず、恰好つけたがるものだって」

「誰だいそんなことといったの」

「なにかの小説です」

「小説？　無責任な」

「でも、意外と本質をついていると思いません？」

「いや、そんなことない」

「それはそうと、セルジュってなんですか」

「それこそ、仕上げをごろうじろ、だ」

わいわい言い合いながら暖簾をめくる。

立夏の暖簾は、水のヴェールをくぐるように指に軽かった。

四

十日後。

五月もすでに中旬。

平日だが、学校帰りに店に寄ってほしいと琥珀さんからメールが来た。セルジュの仲間が集まったらしい。

旧暦屋に行ってみれば、五時前だというのに暖簾は仕舞われ、タカムナさん一人が左の座敷にいて貸し切り状態である。

挨拶していると、琥珀さんが奥から大きな風呂敷包みを抱えて現れた。

「あ、八重さん、ちょうどいまから始めるところです」

手招きされて、そのまま沓脱石から上がる。

四畳半のほうにサの字が控えていた。袂に腕を入れ、むっつり不機嫌そうな顔で座している。

琥珀さんは風呂敷包みをタカムナさんの前に下ろすと、八重に品を挟んだ向かい側に座るようにいって、自分もその横に膝を折った。それから、おもむろに風呂敷の上におかれた紙とフェルトペンを取り上げる。

「それではさっそく。まずはセルジュからご説明します」

セルジュとはこう書きます、と蓋を取り、さらさらとペンを走らせる。

大きく書かれたのは〈serge〉の文字。

「オランダ語から入ってきたといわれていますが、英語もフランス語もこの綴りで、サージのことです」

「サージ？」

「大雑把にいうと羊毛の織物――ウールです」

人形の名前ではなかったわけだ。

「当初はセルジだったのが、音のせいで〈セル地〉だと勘違いされて」

琥珀さんが〈セル地〉と紙に書く。

「省略されて〈セル〉と呼ばれるようになりました。いまではセル自体が消えてしまいましたが、単衣の生地として大正昭和にかけて一世を風靡したんですよ。夏の季語にもなって」

ゆきちがふ　いづれもセルの　をとめたち

「なんて句に詠まれましてね」

久保田万太郎の句にもこんなものがありますよ、と嬉しそうに口ずさむ。

セルとネル　著《き》たる狐と　狸かな

ちょっと待った。

大人しく聞いているつもりが、八重は思わず声を上げていた。

「セルとネル？」

「ネルというのも略語です。元はフランネル」

どちらも着物地。だが――

〈と〉を抜けば、セルネルになる。

「お隣の店名って、着物地から取ったものだったんですか」

だから琥珀さんは、どうしてまずセルネルに行ったのかとタカムナさんにたずねたのだ。

琥珀さんは八重とタカムナさんの両方にうなずきかけた。

「セルジュを探してセルネルに行く。私からすれば、答えがわかっているとしか思えない。

しかし、どうやらタカムナさんはまったく気付いていらっしゃらないようでしたので」

とりあえず仕事として受けてみようと思ったという。

「しかしその前に、セルジュの仲間とは一体なにか、でした。ウール生地の仲間か、あるいは別物か。恐らく後者だと思ったのですが、確証がなかったので、タカムナさんの想い人におたずねしました」

たずねたのは値段だ。この金額でいいかどうか。

十五万九千五百円。

一五九五〇〇。その数字になにか――

「あっ」

ぱちん、と閃いて八重は声を上げた。

「が……い国語！　一五九五で〈異国語〉」

つまり、外国語由来の着物単語を探せ！

「正解」

琥珀さんがふっと目尻にしわを寄せる。再びさらさらとペンを走らせ、タカムナさんに差しだした。

「私が思いついたのは、大体こんな感じで」

襦袢
金巾
呉絽服連
繻珍
別珍

タカムナさんは紙を見下ろし、

「読めん……」

八重も覗き込んで以下同文。

眉間にしわを寄せる二人に、琥珀さんは目を細めて単語を読み上げた。

「じゅばん、かなきん、ごろふくれん、しゅちん、べっちん。最初の〈襦袢〉——着物の下に着る、長襦袢くらいは聞いたことがおありでしょう。襦袢は、ポルトガル語の〈上着〉ジバゥンが由来の言葉です」

元をたどればアラビア語のジュッバに行きつくらしい。

「〈金巾〉もポルトガル語です。キャラコともいいまして」

これは、平織の木綿生地。

「〈呉絽服連〉は江戸初期にオランダから輸入されたラクダや山羊、羊などの毛織物です。〈粗めの織物〉を意味するオランダ語から来ているそうで、ゴロや絹細ゴロ、唐縮緬などとも呼ばれていました。いまでいうモスリンやメリンスに通じています」

モスリンにしても元はフランス語。もっと遡ればメソポタミアの首都モスール。

「〈繻珍〉とは唐の言語の七糸緞《しちんたん》から転じたものだともいわれています。繻子——サテンの地に、七色以上の絵緯——つまり横糸で紋様を表した織物で、七彩と呼ばれたこともありました」

朱珍、とも書くという。

「〈別珍〉は比較的新しく、二十世紀初頭に英語から取り入れられた言葉です。足袋の商標として使われ、通称として広まりました」

いまでも、別珍足袋は売られている。

「なんやぁ。彼女が探して来いゆうたんは、着物の単語やったんか」

ほっとした声でタカムナさんがいった。十五万というのは洒落やったんですね、と胸をなで下ろす。

しかし、琥珀さんは首をふった。

「いえ、代金はそのまま頂戴いたします」

へ？　とタカムナさんがぎょろ目で顎を出す。

「なんで単語を探してもろただけで十五万も払わなあかんのですか」

そもそもこの包みはなんですの、と琥珀さんを睨《ね》めつけながら風呂敷を叩く。

だが、琥珀さんは笑みを浮かべたまま、

「よく思いだしてください。彼女になんといわれたかを」

「だから、セルジュの仲間を探してきたら、やろ」

「探して来い、といわれたと解釈したんですね」

「そうや」

そこが違うんです。琥珀さんはきっぱりと否定した。

「来る、ではなく、着るのが正解なんです」

紙に大きく〈探して着たら〉と書いて見せる。

「そうでなければ、私が値段を提示したときに、彼女は安いなどとはいわなかったはずです。あなたに与えられた課題は、セルと同じく外国語から入ってきた着物地を身に纏うことなんですよ」

「身に、纏う?」

タカムナさんが狐につままれたような顔になる。

「寸法まで測られて、なにも思わなかったのですか」

対する琥珀さんは冷たい口調。

「『セルジュの仲間を探して着たら』というお題に関して、旧暦屋ならばなんとかしてくれるだろうと、彼女はあなたをここに送り込んだ。それはとりも直さず、セル地の仲間であなたに着物一式誂えさせて、という彼女から仕立屋への注文でした。私は依頼に応じて、値段を提示した」

了承していただいたと思っておりましたが、と風呂敷に手を伸ばし、結び目をほどく。はらりと解けた布から、畳紙やビニール袋に包まれた品が顔を出した。琥珀さんは包装の下に両手を差し入れ、一つひとつを畳の上に並べていった。そして畳紙を開けた。

現れたのは、海老茶のウール着物と浅黄色の襦袢。

「まずはセルですが、裏地なしの単衣に仕立てました。襦袢のほうは袷です。表地が呉絽服連のモスリン、裏地は東レシルックで」

襦袢のほうが高級そうに見えるのは、気のせいだろうか。

「金巾には、ちょうど白無地金巾の鯉口シャツがありましたのでそれを。ステテコも金巾で用意しました」

タカムナさんは依然として狐につままれ顔で、ただぽかんと聞いている。遠慮していたらこのまま終わってしまいそうだ。八重は身を乗りだし質問した。

「コイグチってなんですか？」

「着物用の下着です。お祭りなんかでよく着られていますね」

琥珀さんが中身を出して見せてくれたが、
これって、バカボンのパパが着ているやつじゃ……。

「次に別珍ですが、別珍足袋は厚地で夏には向きませんので、別珍鼻緒の雪駄を用意しました」

足袋には別のものを、と紺地の足袋を出す。

江戸小紋のような細かい模様が散る足袋だった。眺めてみても、なんの模様か分からない。

「なんですか、これ？」

「竹の子です」

旬ですので、と琥珀さんはしれっと応じたが、
竹の子の旬って三月頃だよね？

どうして早春柄？

しかしその問いは、燦然と目の前に現れた袋の輝きに吹き飛ばされた。

「繻珍に関しては女物の帯が多いので、今回は古い帯をほどいて吾妻袋にしてみました」

お、お洒落なんですけど！

光沢のある銀の地に、淡い色のアラベスク模様。渋可愛いとでもいおうか。銀色が、甘く

なりそうな袋の雰囲気を一歩手前で押しとどめている。

これいい〜、と無音でじたばたしていると、琥珀さんがふり返り、あれ？　こんなのがいいの？　と目顔で聞いてくる。八重は小さくこくこく、こくこく。

小刻みにうなずいている目の端に、四畳半にいるサの字の姿が映った。いままで気配を消して岩になっていたものが、片手で両目を覆っている。

その姿はまるで、「目も当てられん」というような。

どうしたんだろう、と眺めていると、琥珀さんが立ち上がった。

「帯には博多帯を用意させていただきました。さあ、それでは着てみましょう！」


十分後。

奥から現れたタカムナさんに八重は目をぱちくりさせた。

馬子にも衣裳――

失礼か。いや、それにしても。

小柄なタカムナさん。つるんとしたお顔で、目は一重。古代ローマ人的にいえば、〈平たい顔族その一〉でお終い。

だがそれはあくまで洋服姿では、のお話。

海老茶の着物を身に纏えば、もうワンダフルエキゾチック。

袖からちらりと覗く長襦袢は、角帯とお揃いの淡い浅黄色。着物の上下は、半衿と足袋の紺でぴりっと締めて。手にした銀の吾妻袋が、柄なし愛想なしに見える着姿のほどよいアクセントに。

ブラボー！　と拍手してしまった。

タカムナさんも首の後ろに手をやって、まんざらでもない様子。

「これなら、きっと彼女も見直しますね！」

「ええ、ご満足いただけることでしょう」

さあ、このまま彼女に会いにいってください、と琥珀さんが沓脱石の上に真新しい雪駄をおく。

そこへ、

「ちょっと失礼」

サの字がずいっと前に出て、羽織なしだと少し肌寒いでしょうから、と細いスカーフをタカムナさんの首に巻きつけた。

そのままタカムナさんを促し、土間のレジの所へ連れていく。

「お会計は、二十万になります」

金額が増えている。

「はあ？　一五九五やなかったんか？」

タカムナさんも声を上げる。しかしサの字は眉一つ動かさず、

「そのスカーフは作家物ですので。それも合わせますと、二十万ちょうどです」

サの字のドスに、タカムナさんが顔をひきつらせる。

「こんなん、まるで押し売り――」

いいながらスカーフをはぎ取ろうとする。

その手を、琥珀さんがぽん、と叩いて止めた。

「心配しなくても、彼女のお眼鏡にかなわなければ、全額返金いたしますので」

「ほんまか？」

「本当です」

ほんならええわ、とタカムナさんはこの店に来て初めて気っ風のよさを見せ、カード一括払いで二十万を支払っていった。


タカムナさんが帰った店内で、八重はくるりとふり返った。

琥珀さんとサの字、一人ずつに目を向けて、

「セルと――ネル」

着たる狐と狸かな。

「喫茶セルネルは、喫茶狐狸だったわけですね」

「考えたのは久良さんですよ」

琥珀さんが笑う。「彼はいろいろ造詣が深いんです」

「で、化かし代が二十万ですか？」

「勉強代ですよ」

そんな高飛車だから呉服屋は嫌われるのだと、ちょっと腹を立てつつそういったのだが、

「高すぎません？」

「なにいってんだ」

異議あり、とばかりにサの字が唸った。

「竹の子の足袋を探すのにどれだけ苦労したか――」

「まあまあ」と琥珀さんが宥めるように愚痴を遮る。「今日は僕が飯を作るから」とわざとらしくサの字の肩を揉む。

琥珀さんはそのままサの字を内暖簾のほうへ押しながら、八重さんも食べていってくださいね、とふり返った。

「二十万入ったお祝いです。今日は牡丹鍋ですよ」

ここで料理を口にしたら、自分も狐狸妖怪の仲間入り。しかも、

「共食いですね……」

ため息をつきつつ、八重は内暖簾をくぐった。

五

ゴールデンウィークが去り、旧暦屋には静かな日々が戻っている。

夜の店内には誰もいない。客も、バイトも。

ただ、柿渋暖簾の内側で、店の主だけがちくちく針を動かしている。

「そろそろ、充電したい……なっと」

呟きながら、ぷつんと糸を切った。

かれこれ一週間も、八重さんの顔を見ていない。タカムナの一件で一度来たが、あれ以降一度も来ていない。

「つれない……ねぇ」

ぶつぶつ、ちくちく。

「男は……つらい……よっと」

ちくちく、ぶつぶつ。

大学の帰り道、彼女は遠まわりして路地の前を通っていく。だが、呼びだしがなければ素通りで。週末なんて、手伝いがなければ近寄りもしない。

彼女が現れるのは決まって店表。裏にある私用の出入口から訪れたことは一度もない。

座敷に上がっていても、四畳半の隠し階段には、一段たりとも足をかけることなく。

脛かじりのうちは他人の生活に巻き込まれまい、もっといえば、世話女房にだけはなるまいと、固く心に誓っているようで。

それにしても、きっぱり一線引きすぎ。

八重さんに会うたび、目の前にすっと扇がおかれるのを感じる。

まあ、こちらのほうも暖簾の内に引っ込んでいるわけで、人のことはいえないが。

そろそろ、動き時かな――

そう考えたとき、店の扉が開く音がして、ふわりと内暖簾が揺れた。

女物の草履の音に、誰か来たのかと立ち上がる。柿渋暖簾をめくって店先に顔を出した琥珀は、そこでつと足を止めた。

「おや――」

「こんにちは」

灰鼠色の紬に薄羽織の若い客。胸元に巻いた継ぎはぎのスカーフは知っている。祭文がこの間タカムナ氏に売りつけたものだ。

しかし、スカーフだけでなく客の顔にも見覚えがあった。セルネルで働いていた女だ。祖母のものだといって、大きな檸檬柄の銘仙を着ていた。名前は忘れてしまったが、

「やはり、タカムナさんの彼女はあなたでしたか、檸檬さん」

あら、と女が目を細める。

「バレていたの」

「タカムナさんは、私の様子を窺いにセルネルへ行ったといっていましたが、あの日私は覆面奏者として吹いていました。旧暦屋の人間だと知っていたのは、セルネルのスタッフくら

いで」

「でもそれだけじゃ、あたしだって特定できないわ」

「あなた、私がくんのこだと知っていたでしょう？　でも私は、苗字しか名乗っていなかったし、久良さんもスタッフの前では宝紀と呼んでいた。くんのこが琥珀の方言だと知っていても、私と結びつけようがなかったはず」

最初から私のことを承知していなければね、と続ければ、

「つまらないわねぇ」

女が口を尖らせる。

彼女は近くの人形に手を伸ばし、髪をいじり始めた。

「それにしても、二十万はちょっとぼりすぎじゃないの」

「セルは手持ちの古着を直しましたが、襦袢は一から仕立てましたからね。代金には下着に小物、帯に雪駄まで含まれているのですから、安いくらいでしょう」

それに、と琥珀は女を睨んだ。

「この忙しいのに、注文通り十日で仕上げたんです。割り込み料金くらいいただかないと」

「あら怖い」

口元に手を当て、女がくすりと笑う。

「あたし、十日でなんていっていないわよ」

「いいえ、ちゃんと指定されていました」

タカムナ。彼の名前がそうだ。

女は含み笑いで応じた。

「私としてはね、新暦の五月十三日にしたかったんだけど」

「八十八夜の別れ霜ですか」

いわんとしているのは、春分ではなくバレンタインデーから数えて八十八日目。別れ霜に引っかけて、五月十三日は別れ話を切り出すのによいとされている。

「そうよ。でも旧暦の五月十三日ならまだしも、新暦は――」

「竹迷日、のように竹が入っていないし、ミミズが出るから駄目だと？」

女は肯定も否定もせず、ちらりと眉をつり上げた。

「けど、六月に入ってから単衣を仕立てたのじゃ遅いでしょう？」

結局着物の季節を優先してタカムナの呼称を採用したわけか。

「カード払いしたのには驚きましたが」

「抜けてるのよねぇ」と女が嘆く。

「偽名を口にしておいて、カード払いじゃ意味がないじゃないの」

「うちは暗証番号認証ですし、かっかしていて、そこまで頭がまわらなかったのでしょう」

女はくすくす。

「でも、筍の足袋はよかったわ。よくあんなのあったわね」

「佐山が探しまわって見つけてきたんです。苦労したみたいですよ」

「じゃあ、作家物だとかいうこのスカーフは仕返し？」

「それは余り布を継ぎ合わせて作った私の作品です」

暇に飽かして作ったものだが、作家物には違いない。

あらあら、と女はおかしそうに首に巻いたスカーフを引っ張った。

「ま、なんにせよ、助かったわ」

ありがとう、と気のない口調で礼をいう。

「あの人、地味のヂミオでしょう？　誰に注目されることなく大きくなったおかげで、いつでもどこでもトイレの個室状態なのね。顔に気持ちを出しっぱなしにする癖がついてしまっていて――どうもそれで、何度か仕事をしくじっているらしいの」

でも、地味男に視線を集めるのはなかなか難しくてねえ――と人形の髪を弄ぶ。

「そこで、着物ですか」

「口でいったってわからないでしょ。我がふり直せ、じゃないけれど、無理矢理視線を集めれば、あからさまに人前で不快な顔をしたりはしなくなるのじゃないかと」

「で、悪い癖が直ったら、別れ霜は考え直してあげるんですか」

「まさか」

ははっと女は乾いた感じに笑った。

「見られるようになれば、好い人が見つかるわよ」

「あなたは好い人ではないんですか」

女が流し目に琥珀を見る。

「そういえば、ここのバイトさん、ジーパン姿だったけど、なんなら他に好い人紹介してあげましょうか」

「大きなお世話です」

「あらつれない」

女はふふっと笑って、だがしつこくはいわずに、じゃあねと店から出ていこうとする。

その背中に琥珀は声をかけた。

「あ、あの長着、布がかなり弱っているので、近いうちに新しいものを仕立ててあげてください」

女の足が一瞬止まった。しかし、ふり返らずにそのまま暖簾をめくって出ていった。

「あたしはね――」


夜半に祭文が出先から戻ってくると、琥珀はまだ下で仕事をしていた。なにやらぶつぶついっている。

「どうかしたのか？」

「お節介な輩が来たのさ」

不機嫌な顔で布を持つ手をうねらせている。

「まったく、どいつもこいつも――」

　琥珀はそこまでいって、思いついたようにふと手を止めた。

「――そうか」

「なにが？」

「いや、なんでもない」

　その割に、目に炎のようなものが閃いているような。

「そろそろ充電したいな、とそう思ってね」

　薄く笑って、再び針を動かし始める。

「その件だが――…実はこの間、そろそろ手伝いを辞めていいかと八重どんが」

　琥珀の手が小さく揺れた。

「……早いな」

「思ったよりな。誰かになんぞいわれたか――」

　サの字としては舌打ちチチチだ。早晩こうなることは予想がついていたが、それにしても早すぎる。

「八重さんは辞める理由をいった？」

「やっぱり、ちゃんとした人を雇うべきだとさ」

「彼女以上に、ちゃんとした人なんていないだろ」

「まあなあ」

ちゃきちゃき働いて、飲み込みもよく、二度は間違えない。公私も間違えず、バイトのときは琥珀のこともきちんと宝紀と呼ぶ。関西を離れて久しかったくせに、いつの間にやら、おおきにありがとうございました、なんて古都風な挨拶を拾ってきて大いに使っている。

十代のくせに滅茶苦茶使える娘なのだ、八重どんは。――着物で働かないこと以外は。

しかし、承知の上で祭文たちは彼女に手伝いを頼んでいるわけだ。まったくもって祭文たちの都合で。

「あの手紙、渡しておいたが」

彼女が辞めたいといってきたらこれを、とあらかじめ琥珀から封書を預かっていた。祭文も内容を知っている。確かに、八重どんを引き留めておくには効果的な手だろうが。

しかし、八重どんがあれを解いちまったらどうすんだ。

俯いて手を動かす琥珀に祭文は内心問いかける。

真面目な彼女のことだ。あれを解いたらきっと、バイトを辞めるなんて当分いえなくなっちまう。

だが、そんな無理強いで、おまえ本当にいいのか？

傷を広げて、溝が深まるだけじゃねぇのか？

口にできない問いが心を駆け巡る。

しかし、聞こえたように琥珀が頭をもたげ、平坦な声で応じた。

「牡丹百　二百三百　門一つ――」

低い調子にぎくりとする。奈良出身の俳人、阿波野青畝《せいほ》の句だが、門のこちらとあちらの隔たり感が半端ではないし、それに――

ああ、どうして斯様《かよう》に面倒臭い娘を。

嘆息しそうになり、祭文はこめかみをこぶしでぐりぐり押した。

「今日は帰る」

「お疲れさん」

「おまえもほどほどにしろよ」

「ああ」

素直にうなずいてはいるが、ここのところずっと、祭文は琥珀が寝ているところを見たことがない。店から帰るときも縫っているし、早朝に来ても縫っている。

店の外へ出て、祭文は今度こそため息をついた。

月のない空を見上げながら、つれない娘に呼びかける。

気付いているか、八重どん。

奈良で会ったその日から、おまえさんを家に送ったとき以外、琥珀は一歩もこの路地から出ていないんだぜ――

小さく満ちて

一

「え？　八重ちゃん、明日誕生日なん？」

小《お》倉《ぐら》亜《あ》紀《き》が驚き顔で見返った。

授業開始のチャイムが鳴ったが先生はまだ来ていない。ざわざわしている教室に、「知らんかったぁ」という亜紀の声が響く。

そりゃ、いま初めていったからね。

入学式当日に親しくなった友達とは変わらず仲良くしているが、選択科目の関係で顔を合わせない曜日もある。それぞれにクラブ活動やバイトもあるし、高校のときのようにべったりとはいかないもので。

知らないことが多くなるのは仕方がない。

亜紀もなんとなくそう感じていたのだろうか。「ほな明日は帰りにカラオケでも行ってお祝いしよか」と殊更明るく提案してきた。

しかし八重は返事に詰まった。

「え、」

えーと。

「はは～ん」

隣の席で広瀬《ひろせ》茉莉《まつり》が目を細めつつ足を組んだ。茉莉は授業が始まってから出来た友人だ。選択科目がほとんど同じということもあり、大学では彼女と一緒にいることが多い。

「さては彼氏と二人きりでお祝いか！」

ざわっ。

ん？

いま、なんだか教室の空気が揺れたような——

「気のせいじゃないと思うよ」

なぜか茉莉がにやりとする。

「教室内に衝撃が走ったね」

「うん、走った走った」

亜紀もうなずく。

「——え、ほんまに八重っち、彼氏おるんや？」

背中で意外そうな声がした。後ろの席に座った二宮寿三《にのみやじゅうぞう》である。アイドルっぽくニノと呼ばれるのが本人の希望らしいが、どうしてもニイさんと呼ばれてしまう、語学再履修のお兄さん。

ニイさんの追及に、違う違う、と八重は慌てて手をふった。

しかし亜紀はにやにや。

「え？　入学式の日に会うてたイケメン、そうなんちゃうの？」

「あれは、その、仙台からの知り合いで」

「やっぱり彼氏や」

「そうじゃなくて、明日は他の知り合いも一緒で」

店を閉めた後みんなでお祝いしよう、と由依さんからいわれている。学校が終わったら直行しますと、すでに返事をしてしまっている。

でも、友達とカラオケに行くのも悪くないかも。

できるはずもないのに、心が揺れた。

本心をいえば、いま、旧暦屋が遠い。

ゴールデンウィーク中はあんなに親しかった旧暦屋が。

二

ゴールデンウィーク最終日のお昼過ぎ。バイトの日々もこれで一段落。

ほっとすると同時に少々寂しい気分で小物の補充をしていると、昼食から戻ってきたサの字がいった。

「八重どん、今日はこれから、前にやった採寸が役に立つぞ」

今頃？　と八重はふり向いた。採寸については教わったが、結局お姉様方の採寸の必要はなかったし、新たなお客にも八重の出番はなかった。

「新しいお客様がいらっしゃるんですか？」

「ああ。佐和《さわ》さんがたくさん――」

たくさん？　と聞き返そうとしたそのとき。

「こんにちはぁ」

明るい挨拶とともに暖簾が上がって、六十手前くらいの藤色の着物の女性が入ってきた。

「来たわよぉ、祭文くーん」

いらっしゃい、とサの字が明るく出迎える。すると、彼女の後から次々に若い女性が現れた。合計七名。全員着物姿だが、琥珀さん目当てに押し寄せてきたきらびやかな女性たちより、もっと砕けた雰囲気。しかしいい具合に肩の力が抜けていて楽しそう。店内を見まわすついでに、内暖簾の向こうから出てきた琥珀さんをちら見して、興奮気味になにかを囁き合っている。期待感で全員がきらきらと瞳を輝かせていた。

呉服屋の雰囲気を壊さないように、八重がレジカウンターの内側に引っ込んで眺めていると、サの字はまず藤色着物の女性を琥珀さんに引き合わせた。

「叔母の佐和さんだ。着物の布教活動をやってる」

布教じゃなく普及よ、と佐和さんが笑いながらサの字の背を叩く。琥珀さんも笑顔で頭を下げた。

「宝紀です。お噂はかねがね伺っております。このたびはお運びいただき、誠にありがとうございます」

「今日はよろしくお願いしますね」

名刺交換の後、佐和さんが声を張り上げた。

「はい、集まってくださーい！」

店主の前に女性たちを手招きする。

「本日、皆さんに着物地を紹介してくださる、旧暦屋の宝紀さんと私の甥の祭文くんです。特に宝紀さんは、この若さで仕立屋として抜群の腕を持っておられます」

よろしくお願いしまーす、と声が揃う。

「で、今日お連れしたのは、一枚目二枚目とプレタやリサイクルで着物を揃えてきて、次はお誂えを考えている女性たちでーす」

うふふふ、と七人のくノ一が一斉に笑う。

場が静まるのを待って、佐和さんは続けた。

「私が皆さんに旧暦屋をお勧めするのは、旧暦屋が数多くの単衣用の生地を扱っているからです。しかも、最初から仕立て代込みの値段で表示してくださっています」

「水通し代も込みですよ」

サの字が付け加える。綿や麻の生地は洗うと縮むので、反物の状態で水に通して先に縮ませるのが水通し。洋服で育っている人間からすれば、なんで売る前に縮ませておかないのかと首をかしげてしまう、着物販売常識の一つだ。

しかし、佐和さんは「わかりやすいでしょう?」と得意げ。

「でも、どんなによい生地に出会ったとしても、着心地が悪くては、好きになるものも嫌いになってしまう。着物の未来は仕立て次第、私自身はそう思っています」

ですから、初めてお誂えに挑戦する皆さんにこそ良い仕立屋さんを紹介したい、とぐっと手の平を合わせる。

「でも、はっきりいって、上手い和裁士に頼むと高いんですよね」

うんうん、と女性たちも賛同のうなずき。

「そんな皆さんにお勧めなのが彼!」

ぱっと佐和さんが琥珀さんに向かって手を開いた。

「上等な和裁士に普段着の仕立てをお願いするのには勇気が要りますが、宝紀さんなら木綿一枚から気軽に引き受けてくださいます。しかも、このお店を開いたばかりなので、料金もお安い!」

いまがチャンス! と力説する佐和さんに八重はカウンターの中で吹きだした。

そんな身も蓋もない……。

しかし、

「私のセレクトに間違いはないでしょう?」

という佐和さんの言葉に、女性陣は全員拍手喝采だ。

なんのセレクトなんだか。

笑っていた八重だったが、急に心配になってきた。この分だと七人全員が仕立てを頼むだろう。単衣とはいえ――否、単衣だからこそ大変なのだ。なにせ単衣の季節はもう目前。

お姉様方の豪華着物をごっそり請け負ったばかりなのに。

さらに抱え込んで大丈夫なのかしら、と接客中の琥珀さんを見やる。元々色白だったが、最近は白を通り越して蒼白いような。

眉をひそめていると、サの字が女性たちを上の座敷に案内し始めた。八重は慌ててもてなしの用意をしに行った。

お茶とおしぼりを運んでいってびっくりした。

畳の上に転がされているのは、木綿やウールの着尺ばかり。

「こちらが二万九千円の品で――……いまからお出しするのが四万九千円の品です」

土間の箪笥に入っていた八重にも見覚えのある反物たちが、どんどん並べられていく。

下剋上だ、と嬉しくなった。

たとえ、「これより高いのは?」という要望に、狸監督の手によって、シルクウールだの手織りの久留米絣《くるめがすり》だの、一軍選手がささっと出てきたとしてもだ。

うきうきしながら、八重はペットボトルのお茶とおしぼりを配り歩いた。

「あら――バイトさん？」

佐和さんの驚き顔も気にもならない。

上段の間に登場した土間の仲間たちに心の内で快哉《かいさい》を叫ぶ。

明るい民芸調縞の会津、パステル格子の片貝、モダンな遠州《えんしゅう》、ポップで楽しい伊勢、型染柄が美しい阿波しじら。すべて木綿の単衣生地。

お姉様たちが買っていったものの十分の一に届かない値段でも、なんと楽しく目に鮮やかであることか。

気安いなあ、着易いなあ。

着物って、あんなふうに無邪気に纏ってもいいんだなあ。

反物を体に当てて、わいわい感想を言い合っている女性たちが眩しく思えた。豪華さで張り合うお姉様たちには全然心が動かなかったけれど、彼女たちはしんから楽しそうで。

採寸大会にも参加した。メジャーをじゃーじゃーいわせつつ畳の上を飛びまわり、ほぼ全員の寸法を測ってまわった。

教えられたことがようやく役立って嬉しかった。

それなのに。

全員のお会計が済んだことを、奥にいるサの字と佐和さんに知らせにいったときに、聞いてしまったのだ。

眉をひそめているようなその声を。

「祭文くんらしくないわね。バイトだとはいえジーパンなんて」

「いいんだよ。彼女は」

「あら、カシ物件？」

貸し物件、と聞こえたが、なぜなのか分からなかった。

猫の手も借りたいではなく、借りてきた猫？

けれど、違ったのだ。

貸しではなく、瑕疵。欠点のある物件。

つまり、訳あり物件——

着物が着られないバイトは、それだけで旧暦屋の傷になる。


そろそろちゃんとした人を雇っては。その日の帰り際にサの字にそう告げた。

サの字は渋い顔であれこれいっていたが、ため息一つで奥に引っ込んで、

「はいこれ」

手渡されたのは、一通の手紙。

「これが解けるまでは辞めてはいけません」

サの字の口を借りてはいたが、琥珀さんの言葉だった。

家に帰って開けてみれば、白い便箋の真ん中に、
〈琥珀色の風が次のように娘に伝えて参りました。
旧暦屋にない蜜とはなんでしょう?〉
琥珀色の風が伝えてきたって……なにこの問題。
旧暦屋にない蜜?
って、旧暦屋にない甘いもの?
あの日からずっと頭を悩ませているが、見当もつかない。
蜜を調べても、蜂が集める花の蜜か、単に甘いものという意味しか見つからず、
蜂蜜関連の言葉なら、蜜蠟、糖蜜、餡蜜、花蜜、水蜜桃。
甘いだけなら、蜜月、蜜柑。
どれも旧暦屋には関係がなさそうで。
珍紛漢《ちんぷんかん》。まるで外国語から来た着物の言葉。
これが解けるまで、バイトを辞められないなんて。
どうしよう……
旧暦屋の手伝いを辞めるために、由依さんや銀さんに助けを求めるわけにもいかず。
悶々《もんもん》とするうちに、十九の誕生日がやってくる——

三

誕生日の朝は、小鳥の歌声で目が覚めた。

ぴーるーりぃ、というう仙台では聞いたことがない美しい旋律。耳にするたび、関西弁で「しゃーないなぁ」と聞こえる。なにがしゃあないのかは知らないが、小鳥の鳴き声まで関西っぽい。

がたごとと雨戸を開けると、途端に鳥が羽ばたいた。紫陽花越しの朝日が眩しい。見下ろすと、ぼさぼさと下草が生えていた。猫の額とはいえ、植栽すると手入れが大変だといって祖母はほとんどなんにも植えていなかったのだが、種が飛んできたのか緑の数が増えている。

顔を洗って鏡の前で考えた。

今日はお呼ばれだし、ちょっとくらいおめかししたほうがいいかしらん。

顔のほうはいつも通り日焼け止めと色付きリップクリームで済ませるとしても、せめて服装くらいは。

八重っち、ジーパンやめるってさ？

しかし他にどんな選択肢が。

悩んだ挙句、白シャツに淡いグレーのコットンカーディガン、下はデニムのガウチョパンツを合わせることにした。足首まで長さがあって、普段のいかにもブルージーンなものよりはだいぶお洒落。ベルト紐に懐中時計の組紐を通して、ポケットとの間に細い赤青白黒黄の五色を覗かせれば、ちょっと大人でいい感じ？

靴はいつもの赤いバスケットシューズだけどね。

そんなこんなで、そわそわ落ち着かないまま四時過ぎまで授業を受けて。はりきって、からは程遠く、独りとぼとぼと校舎から出た。

考えに沈んでいたので、いつの間にか正門を通り過ぎていた。敷地を囲んだ低いコンクリート塀が、一部分途切れているふうな出入口なのである。ぼんやり歩いているとうっかり境界線を見逃す。

大学を出たことを意識しないまま東に足を向けたとき、後ろから声が追いかけてきた。

「おおい、八重っち」

ふり向いた八重は、笑顔で立ち止まった。

「今日は着物の日？」

追いついてきたのは、紺羽織のアンサンブル姿のニイさん。

観光系専攻の彼は、あるとき外国人に着物のことをたずねられ答えられなかった。これではいかんと一念発起。着付けを習って、週に一度大学に着物で通うことにしたのだという。

勿論、大学中の注目を浴びた——いまでも浴びている。第二外国語のクラスにニイさんが着物姿で現れたときも、みんながみんなぎょっとした。しかし八重は親しみを覚えてつい声をかけてしまった。

「自分の知り合いにも着物大好き人間がいるのよ」と。

以来、ニイさんとはよく話をする。

「今日は若旦那ふうだね」

「そうや。朝ドラの若旦那を真似てみてん」

時代劇の若旦那はアホぼんみたいで好かんのや、とニイさんがにいと歯を見せる。精悍な目元にくっきりしわの線が出るのがニイさんの笑い顔だ。

「しかし、着物で走るんは骨やな。八重っちに追いつこう思ても、裾が絡まって大変やったわ」

何度も名前を呼んでんで、というニイさんに、あらそれは失礼しましたと八重は謝った。

「ぼんやりして、五月病か？」

「いえ、そんなことは」

「せやけど、疲れっちゅうんは慣れて緩んだところに出るもんや」

「緩んでるのは最初からだよ。ここって、あんまり大学らしくないというか、高校の延長みたいだし」

大学の建物をふり返りつつそういう。

正門もそうだが、年代物の校舎も図書館棟も、中庭の樹木さえも背が低くて威圧感がない。

一応受験した東京の私大みたいに、どーんとそびえ立って学生を見下ろすことなく、全体的に緩い空気なのだ。のんびりしたその感じに、八重はゆるゆると馴染んでいた。

ほんならええ、とニィさんがしわっと笑う。

「それはそうと、八重っち、いまから行くのってバイト先やろ」

知り合いの仕立屋で小物販売のアルバイトを始めたことは話してあった。

「一緒に行ってもええかな」

え？ と八重が驚くと、いや、とニィさんが手をふる。

「お店だけ見ときたいねん。そのうち仕立てとか頼みたくなったときのために」

まだ当分リサイクルやろけど、と藍色の袖をひらひらさせる。

いいよ、と八重は気安くうなずいた。

「ただ、ちょっと遠いけれど。構いません？」

「遠いってどれくらい？」

「歩きで三十分くらい」

「三十分？ そんなに草履で歩いたことないけどな」

ま、ゆっくり歩けば大丈夫やろ。気軽な感じでニィさんは歩きだした。

「八重っち、いっつも歩いて来とんの？」

「ううん、日によってはバス。行きは下りばっかりだから歩くことが多いけど」

「チャリとか乗らへんの？」

「帰りが上り坂ばっかりだからねぇ。あ、でもバイト代が入ったら、電動自転車を買うのもありかしら。そしたらバイトに楽に行ける」

「バイトに行くチャリのためのバイト、ってなんかループやな」

笑うニィさんを、こっち、と八重は東へと延びる民家に挟まれた道にいざなった。商店街は通らへんの？　と不思議がられて、ほら、と行く手を指さす。

「この道から上ると若草山が見えるでしょ。眺めながら歩くのが好きなの。曲がったところに呉服屋さんを見つけたりするし」

中を覗き込んだら、反物より洋服がたくさん掛かっていたが。

「新しい道を発掘しながら歩くのって楽しいよ」

いいつつ角を曲がると、全身黒尽くめの女性とすれ違った。

「あれも発見の一つ。朝とか、よく黒服の人を見かけるの」

女性を肩越しにふり返りながらいう。

「ここら辺ってお寺さんが多いから、そこにお勤めの方なのかな」

「せやな。一々黒服に着替えるんが面倒やから家から着ていっとんのかもな」

相槌を打って、ニィさんは「そういや」と思いだしたようにいった。

「この間京都に行ってん。土日の京都なんて行きたなかったんやけど、俺の連れが行ったことないいうんで連れてったったんや」

もんのすごい人やったで、と顔をしかめるニィさんは芦屋の人。芦屋市は大阪府をまたいだ兵庫県の東端だが、阪神電車が近鉄に乗り入れていて電車一本一時間強で奈良まで来られるので、ニイさんは自宅通学だ。

「――ほんでな、折角着物の本場に来たんやからって、いちびって高そうな呉服屋に入ってん」

いちびって、というのはいきがってというようなニュアンスの関西弁。

「ほんならな、ほんまにそこ、高い店やったみたいで。着物姿の店員の代わりに出てきたんが、黒服のねーちゃんやってな」

成程、と八重はうなずいた。話題が変わったのかと思ったが、黒服繋がりだったわけだ。

「内心ビビりまくりやったけど、いちびりついでに反物見せてもろてん。ほんなら今度は黒服のねぇちゃんが、びしぃとこう、白い手袋はめてやな」

ニイさんが手術前の医師のようにぴっと前で直角に肘を折って、手の甲をこちらに見せる。

「着物をなに宝石扱いしてんねん、と思たら、出てきたんが手織りの大島。値段見たら百万やったわ」

手袋はめてもしゃーないな、とニイさんがしわっと笑い、ぴーるーりぃ、と八重の頭の中で小鳥が歌ったが。

白手袋で宝石扱い。

琥珀さんが嫌がりそう……。

「なんや？」

「いえ、なんでも」

「おっと、そうや」

忘れよった、と呟きつつニィさんが鞄のポケットに手を入れた。

「京都土産も兼ねて、はいこれ。お誕生日おめでとう」

差しだされたのは、手の平に収まるほどの小さな紙袋。

「え。こんなの貰えないよ」

足を止めた八重に、大層なもんとちゃうちゃう、とニィさんも立ち止まりひらひら手をふる。「大島の千分の一くらいや」

ということは千円程度。ならば、と八重は恐る恐る手を出した。

中に入っていたのは、小さなヘアピン。銀色の留めの先に、つまみ細工の八重咲きピンクの花がついている。

「わあ可愛い。ありがとうございます」

「八重桜やし、八重っちにはぴったりやと思って」

それに、ナラノヤエザクラちゅうたら奈良の県花やし市章やし。そうニィさんがにこにこする。

やっぱりみんな、八重と聞けば桜なのね。

自分の名は牡丹だと打ち明けるべきか否か。

縮緬の花を眺めながら、袋にピンを戻す。そのとき、ふっとお香の匂いが鼻先をかすめた。

鼻を近付けると、思い過ごしではなく紙袋からかすかな香りが。

「いい匂い」

「そういや、それ買うた店、お香の匂いがぷんぷんしとったわ。包装紙にも匂いが移ったんやろ」

「移り香なんて、やっぱり京都は雅ですねぇ」

「ほんまや。千年の都って感じやなあ」

二人して感嘆しきり。しかし、奈良だって千年の都なのだが。


結局、ニイさんの歩調に合わせてゆっくり歩いたら、店にたどり着くまでに小一時間かかってしまった。

「ここかぁ」

ニイさんは水色暖簾の手前で旧暦屋の店表を見上げた。建物の二階には、虫籠窓《むしこまど》と呼ばれる細い縦格子の入った小さな窓がある。昔は物置、いまは琥珀さんの私室の窓。

上がったことはないけどね。

八重はニイさんの横に並んで、一緒に窓を見上げた。

「八重っちがいうとった着物大好きの和裁士って、ここの人？」

「そう」

「広瀬さんたちがいうとった仙台からの知り合いって、その人？」

「――うん、まあ」

「男やったんか」

和裁士というと、大抵の人は女性を想像するらしい。

「でも腕は確かだし、男物の仕立ても受けてるよ」

リサイクルに飽きたら贔屓《ひいき》にしてあげてください。

身内みたいにそういえば、ニイさんは小さく目元にしわを寄せ、袂に手を入れた。

「俺は当分リサイクルやろけどなあ」

「丈が合わないときの、ちょっとしたお直しもやってるよ」

口コミ感覚でそういったのだが。

「そうやなあ」とニイさんの目元のしわが深くなる。どちらかといえば苦笑いの顔だ。少々押しつけがましかったか。

結局ニイさんは店には入らず帰ってしまった。

残った八重はしばらく暖簾の前に佇んでいたが、漸う《ようよ》覚悟を決めて、えいやっと暖簾をくぐった。

だが、土間には客も店員もいなかった。店に漂うお香の匂いが、人の気配を感じさせるだけ。

なあんだ。

拍子抜けしながら小さく肩を落とす。すると、入ってきたときよりも強く香気を感じた。

雅な紙袋のせいで嗅覚が鋭くなっていたのだろう。

京の雅はついでに香りの記憶まで呼び起こした。

この匂い、前に琥珀さんの着物からしたのと同じ——

もう一度慎重に息を吸って、印象を確信に変えながら内暖簾に目を向ける。香炉がおかれているのは茶室の床の間。通路を挟んだ向かい側には、琥珀さんの仕事場がある。あそこで仕事をしていて、紙袋と同じく着物にも匂いが移ったのかもしれない。

けれど、焼き肉のきつい臭いじゃあるまいし、こんな仄かな香り、どれほどいれば衣服に移るのか——

ふっと奥へ行くのが怖くなった。

誰かが出てくるまで土間のほうにいよう、とそぞろに店内を漂う。

そこへ、簞笥の上におかれたままになっている人形の着物が目に入った。

つまみ上げれば、透け感のある薄手の衣。

他にも極薄の着物が三枚。長襦袢と一緒に重ねられている。端の同じ背恰好の三体を、盛夏の衣に替える準備をしていたのだろう。

金髪三人組が着ているウール着物は、どれもこれも八重が着せたもの。ゴールデンウィーク中に何度も着付けし直して、だいぶきれいに着せてあげられるようになっている。

面白いことに、うんしょうんしょと人形の着付けをやっていると、時々背中にふっと影が差す。ふり向けば、背が高くて淡い瞳の人たちが覗き込んでいる。人形用の着物を買って着せ方も習ったがやはり分からないといって、真剣な表情で眺めている。

そこから、八重を講師にお人形さん用着付け教室の始まりだ。みんなそれなりに着せられるようになって帰っていった。

忙しかったけど、楽しかったな。

人形を見ながら嘆息する。

そのままぼんやり人形を眺めていたが、やっぱり誰も出てこない。手持無沙汰なので、ウールの三人を着替えさせることにした。

その前に、いつもの習慣で内暖簾を入ってすぐの焼き物の鉢へと向かう。つくばいふうに趣よく作られたものだが、ちゃんとした手洗い場だ。茶室の客よりも、琥珀さんたちが頻繁に使っている。真似をして八重もよくここで手を洗っていた。

今日もざっと手を洗い、きれいになった手で人形用の薄衣を持ち上げる。

このつるりとした手触りは麻だろうか。

こっちの、透っけすけの生地はなに？

蚊帳《かや》の向こうを覗くみたいに、薄絹に透ける景色を眺める。夏用の薄物生地は羅、紗、絽、麻、竹——と、とかく一文字のものが多いが、どれがラでどれがロなんだか。

まあいいか、と人形を着替えさせていると、草履の音がして白髪交じりの老婦人がしずしず入ってきた。

来た。着物の達人。

渋い黄身色の無地の紬に、鼠色の帯。肩から羽織っている藤色かぎ針編みのショールが上品にお洒落。

反射的に、いらっしゃいませ、といいそうになり口をつぐんだ。今日はバイトじゃないんだから。

慌てて人形から手を離し、さりげなく鞄を持ち上げて、客のような顔で店内を回遊し始める。

タカムナさんの一件で旧暦屋を訪れた立夏から、季節は移りかわっていまは小満。

しかし、店の設《しつら》えにほとんど変わりはないようだった。五月の中旬から後半にかけては、端午の節句みたいな目立つ行事がなく、変化のつけようもないのか。

それとも、ちょっと中休みかな。

旧暦屋で働き始めるまで知らなかったのだが、旧暦には七十二候というのがあるそうだ。二十四節気をさらに細かく五日ずつ三等分したもので、名称が漢文になっている。〈蚯蚓《みみず》が出る〉とか〈蟷螂《かまきり》が生まれる〉とか、虫の名が多くて八重的には覚える気にならないのだが、サの字はそちらのほうが好きらしく、やれいまは葦だ牡丹だと、小物を入れ替えては悦に入っている。この間までは蛙柄の手拭いが簞笥の一角を占拠していた。抽斗に竹の子のリアルな帯留も――

ふと、引っかかった。

なんで竹の子？　竹の子の旬って三月頃だよね？

あれ？

つい最近、まったく同じ疑問を持ったような。

首を捻りつつ歩いていると、雑貨の中に新顔を見つけた。

合歓の花みたいに開いたピンク色の毛先に短い持ち手の、ころんとした形の化粧筆。四角い透明プラスチックケースに入った状態で積まれている。

熊野筆とか、滅茶苦茶高いよね。

そろりと手を伸ばしたが、値段はそれほど高くはなかった。二千円。内紙にカブキブラシと書いてある。

カブキブラシ？　一体なにに使うんだろう？

化粧筆と着物。なんの関係が？

眉を寄せていると、

「あの――」

先程の老婦人に声をかけられた。

「こちらの店員さん――ですよね？」

「ええと、今日は違うんですけど、時々ここの手伝いをしています」

そう、と老婦人はゆったり目尻にしわを寄せた。

「さっきお人形のお着替えしてはったでしょう？　上手に着せてあげてるなあって、感心してね」

「自分が着ることは、ないんですけどね……」

着物ってちょっと苦手で、と自虐的な笑みを浮かべてみせると、あら、と老婦人が意外そうに眼を瞠る。

「なのに、ここで働いてはるの？」

「なので、そろそろ辞めようかと思っていたんですけど……なぞなぞが解けるまで辞めてはいけないといわれてしまって」

「なぞなぞ？」

「はあ……〈旧暦屋にない蜜とはなにか〉って……しかも〈琥珀色の風が次のように娘に伝えて参りました〉なんて変な詞書《ことばがき》までつけて」

「よう知らんけどイキったはんねえ、その問題出した人」

いきなり始まった打ち明け話に困惑するふうもなく、老婦人は明るく返した。

「それにしても、風が娘に伝えた……蜜、ねぇ」

口元に小さく指を当てて、考えるふうに瞼を伏せる。しかしすぐにぱっと顔を上げ、輝く瞳で八重を見た。

「そんな面白いお題出されたら、辞められへんねぇ」

「面白い、ですか？」

「こんな仕掛けがあるお店、辞めたら勿体ないよ」

瞳をきらきらさせながら、ひらっと袖を広げてぐるりを見まわす。

くようだ。

「せや。メッセージのある仕掛け。こんな楽しいお店を見つけてしもたら、私やったら離れられへん」

碎けた口調でいう老婦人は、喋っているうちにどんどん若返り、娘時代のノリに戻ってい
くようだ。

彼女があちらを向いた拍子に、ちらりと帯の柄が見えた。

あれ？　あの花——

とげとげした感じの赤っぽい花。

あれって薊《あざみ》だよね？　薊って春の季語じゃなかったっけ？

達人にしてはらしくない柄選びだと眺めていると、

「もしかして、この帯の柄？」

後ろに首を捻りながら「これは紅花《べにばな》やよ」と老婦人が笑った。

「薊と花が似てるから、間違われやすいんよね」

紅花！

「山形の花ですね」

「よう知ってはんね」

「はい。中学、高校のとき東北に住んでいたので」

季節になるとニュースでやっていたし、時々花屋でも見かけた。

「紅花って、黄色いイメージだったんです」

「そうやね。でも最後には赤くなるんよ」

ぽん、と老婦人が帯の背を叩く。

「旧暦屋さんの店員さんやったら、七十二候は知ってはるでしょ。七十二候でいうと、いまは〈紅花栄《さかう》〉なんよ」

そうだったのか。

紅花に因《ちな》んだなにかを探して、八重は我知らず店内に目をやった。

しかしなにも見当たらない。ゴールデンウィークの山越えで、サの字も少々お疲れ気味なのだろう。

考えたところへ、紅花婦人が含み笑いした。

「店内に紅花グッズがないって、いまそう思いはったやろ?」

「はあ」

「それがね、あるんよ」

目を細めながら店の一角へ歩いていく。

紅花婦人が指さしたのは、さっき目に留まった化粧筆。

「これ、一週間前にはなかったんとちゃう?」

「は、はい。ありませんでした」

「これはな」

眉掃《まゆは》きを　俤《おもかげ》にして　紅《べに》粉の花

「——ていう芭蕉の俳句に基づいてるんやないかな」

「俳句」

「昔の眉掃きがこんな形やったかはわからへんし、違うかもしれへんけどね。でも、店の片隅の化粧筆に、ひっそり芭蕉の句と季節の花が忍んでる——なんて考えたら、それだけで化粧筆が愛おしくならへん？」

　まさしく、秘すれば花——

　そう呟いて、上手く客をもてなすものやねぇ、と紅花婦人はとにかく愉しそう。

「でも、化粧筆と着物にはなんの関係も」

「着物の塵を払うのに使うんよ」

「塵？」

「着物の大敵は汚れや。着た後に裾を払うだけで随分ちゃう。ごわごわしたもので拭うと布を痛めてしまうから、優しい素材でね。着物用のブラシもあるけど、私のお薦めは白粉用のパフとか化粧筆や」

　実際、化粧筆メーカーが出している着物筆もあるという。

「へえー」

高級絹を山羊の高級化粧筆でそっと。

まるでセレブ用のコマーシャル。

すごいこだわりですね、と微妙に鼻白みながらそういえば、

「こだわりは必要や」

紅花婦人にぴしゃりと返されてしまった。

「頑固やゆうて敬遠する人もおるけど、こだわりのないことなんて面白くもない。そもそもこだわりがなかったら、なんぞ突き詰めていくことすらできへんやろ」

ふっと、薫香が移るほど仕事場にいる人のことが頭を過《よぎ》った。


紅花婦人が去った後、八重は真似して上を見上げながらくるくるまわってみた。

こだわりかぁ。

紅の花のように、まだまだ潜んでいそうだなあ。

こだわりだけじゃなく、秘密も。

店の中だけじゃなく、彼にも。

秘された、花——

店を辞めたら、花を探して蜜を味わうこともできないな。そう考えて、不意に閃いた。

そう。

蜜だ。

秘されているのは花の――蜜。

〈旧暦屋にない蜜〉とは旧暦屋にない花のことかも。

思いがけない発見に小躍りする。すると閃きの光で明るくなった脳内で、きらっと白いなにかが光った。

白い――手袋。

その瞬間、ふうっといろんなことが一つに繋がった。

旧暦屋のこだわり。

みぃつけた！

思わず柿渋暖簾を見ながら歓喜の舞。

すると、内暖簾から銀さんがひょいと首を覗かせ不思議そうにいった。

「なにくるくるまわってんねん。はよ入り」

四

「銀さんの顔を見るの、なんだか久しぶりのような気がします」

内暖簾をくぐりながらそういうと、銀さんが肩越しにふり返った。

「おるにはおったで。奥で仕事してたさかい」

「仕事、って――」

「表具《ひょうぐ》の」

書画に布や紙で縁取りや裏打ちをして掛軸や屏風《びょうぶ》などに仕立てるのが表具。銀さんは元々表具師だった。一旦引退していたのだが、

「琥珀くんの知り合いの日本画家が、軸にしてほしいゆうてようさん頼んできよってん。せやけど、腕も道具も錆びてるし、往生してもてやな」

それで四月半ばから出かけたりこもったり、忙しくしていたらしい。

「布だけはこの店にたんとあるけどなぁ」

にい、と銀歯を覗かせる銀さんはいい笑顔。

そこへ、階段を下りてくる足音がして、琥珀さんが姿を見せた。

ダイニングでは、割烹着の由依さんとサの字が準備の真っ最中。その横には、水色ひらひらワンピースのドールを背負った久良さんまでいて。

「久良さん、お店はいいんですか？」

「今日はお休みー」

じゃあうちも店じまい、と琥珀さんが暖簾を仕舞って、店の明かりを消してしまう。

全員で奥に引っ込んで、お誕生日会の始まりはじまり。

料理は手巻き寿司だった。

しかし、所詮誕生日なんて飲む口実。まずはお酒ということで、サの字ががんがん缶ビールのプルトップを上げ、グラスに麦色の液体を注いでいく。

「はーい、お手拭き」

由依さんがおしぼりを配った。

「自分で巻いて、じゃんじゃん食べてねぇ」

はーい、と声が揃う。若干一名、人形の甲高い声。

だが八重は微笑みながらおしぼりを見つめていた。

「八重さん」

「え？　あ、はい」

「八重さんにはこれ」

琥珀さんが出したのは、上客用の一本千円の緑茶。

「え、そんな勿体ない」

「いいから。ほら、グラス出して」

仕方なくグラスを持ち上げ、注いでもらえば、

「八重ちゃん、お誕生日おめでとーう」

乾杯！　と五人の声がハモった。

「あ――ありがとうございます」

なんだか子供のお誕生日会みたい。メンバーは飲兵衛ばかりだけれど。

「はいどうぞ。祭文と僕から」

琥珀さんから包みを渡された。開けてみると、

「これ……！」

吾妻袋だった。生地は繻珍織物のようだ。

でも、タカムナさんの袋より何倍も可愛い！

タカムナさんのものは銀色が基調で渋さが際立っていたけれど、贈られたそれはふんわりとした桜色。しかも牡丹柄。

「生地を探してきたのは俺」

サの字が己を指さした。

「縫ったのは僕です」

「ありがとうございます！」

「気に入った？」

「勿論です！」

「銀さんとあたしからはこれ」

由依さんから渡されたのは愛らしいブーケ。薔薇にチューリップにカーネーション、ガーベラにスプレー菊、それからそれから――

「あ——ありがとうございます」

こんなふうに奈良で誕生日を祝ってもらえるなんて。

ピンク系でまとめられた花束を見下ろし、なんだかうるっときてしまう。親元を離れると決めたときには、奈良では一人ぼっちを覚悟したのに。

いい匂い、なんて胡麻化して花束に顔をうずめると、一瞬、場がしんとなった。

そこへ久良さんの間延びした声が。

「さー食べよー」

そうそう。巻き寿司に涙は禁物。海苔が湿っぽくなる。


巻き寿司の具は、鯛、鮪、鮭の刺身。鰹のたたきとヅケ少々。

人参、胡瓜、セロリ、パプリカ、カニカマ、チーズのスティック。

それらを、ツナ、アボカドシュリンプで作ったディップと一緒にくるりと巻けば——

もう止まらない。

「いやあ、ほんま酒が進むでぇ」

気がつけば、全員日本酒に切り替えている。

銀さんは熱燗を由依さんにお酌してもらって赤い顔。

サの字は冷酒片手に久良さんの人形腹話術で大笑い。

琥珀さんは手酌ですいすい飲んでいる。こちらは顔にも態度にも変化なし。

ちょっとだけ頬が染まっている由依さんに、どさくさ紛れにたずねてみた。

「由依さん、旧暦屋にない花ってなにか思いつきませんか」

「はあ？　旧暦屋にない、花？」

「やめとけ、やめとけ！」

腹を抱えて笑っていたはずのサの字が、いきなりくるっと向き直っていった。「琥珀が泣くぞ」

「くんのこー、涙なみだー」

久良さんがお人形をぬっと突きだし、目元を拭わせる。サの字がまたぎゃははと笑って、旧暦屋の花の質問は霧散した。どさくさ紛れのつもりが笑いに紛らわされ、サの字に一本取られた形でうやむやにされてしまう。

そうこうするうちに、お腹一杯。

もう入らない、とみんなお腹をさすったところで、

「はーい、別腹」

久良さんが白い箱を出した。

蓋を開けると、中からアイシング掛けされた丸いケーキが出てくる。上に紙の小鳥が載った、飴色のケーキだ。

「これは鳩でー」

久良さんが小鳥を指さした。「コロンビエ、鳩小屋という名前のケーキですー。キリスト

の聖霊降臨をお祝いするパントコットの祝日に食べるお菓子で、ちょうど今時分なので作ってみましたー」

「復活祭って知ってる？」と琥珀さんが聞く。

「十字架にかけられたキリストが生き返ったっていうお祝いですか」

「そう。それが復活祭。キリストは復活した後昇天するんだけど、天に昇る前に、『近々聖霊が降りる』と弟子に告げていくんだ」

　昇ったり降りたりなかなか忙しい。

「そしたら本当に、集まっている弟子の元に聖霊が現れた」

「これー」

　説明のためにあらかじめ用意していたらしく、久良さんが一枚の絵葉書を出す。

「下にずらっと立っているのが弟子たちでー」

　これがせーれー、と弟子の遥か上で神々しく輝いている一羽の白鳩を指さす。

「聖霊は白鳩で表わされるのー」

「すると、だ」サの字がいきなり話に加わった。「それぞれの頭上に炎のような舌が現れて、おっとびっくり、弟子たちは突然マルチリンガルになって、ぺらぺら外国語を話し始めましたとさ」

　呉絽服連とか金巾とか？

「そして、騒ぎに集まってきた人々は、弟子たちがそれぞれ自分の故郷の言葉を話しているのを聞いて驚愕した。それが聖霊降臨節。移動祝日で、大体復活祭から数えて五十日前後の日曜日。五旬節《ごじゅんせつ》とも呼ばれますね」

「五旬節？」

「旬っていう字は、十日間を表わすんだよ」

由依さんがいった。

「わかりやすいのはタケノコだね。タケノコってのは十日で大きくなるから、旬の字に竹冠で〈筍〉なんだ」

「へえ、そうなんですか」

先程に引き続き、またしてもタケノコ登場。

そこまで考えて、ふとまた引っかかりを覚えた。十日――

思考の隅っこにあるなにかが顔を出しかける。しかし、

「キリスト教なんて、八重ちゃんの誕生日に関係ないやんけ」

不満そうな銀さんの声に、ひゅっと首をすくめて見えなくなった。

「でも、このケーキは美味しいしー」

「せやし、これじゃ蠟燭が立てられへん」

「蠟燭なんて要りませんよぉ」八重は慌てて手をふった。「十九本も立てたら、アイシングが月のクレーターみたいになっちゃう」

「せやけど、誕生日ケーキっちゅうたら、苺が乗ってるもんとちゃうんか」

銀さんがいいたかったのはこれらしい。

「苺のショートも美味しいですが、コロンビエは日本ではあんまりお目にかかれないケーキなんですよ」

琥珀さんが柔らかい口調で場を和らげる。

「それに、ちょっとした遊び心があって面白いんです」

「遊び心？」

「それは分けてのお楽しみー」

ではは切りまーす、と久良さんはケーキを六等分し、手際よく皿に取り分けて皆にまわした。

今日の主役ということで、最初に八重がぱくりと一口。

「お……美味しい！」

アイシングと生地のサクッと感、アーモンドとバターの素敵な調和、砂糖漬けドライフルーツのしっとりした甘味。

美味しくて、倒れそう——

卒倒する真似をすれば、久良さんが嬉しそうにうふふうふふ。

「今回のは自信作なのー」

微笑みつつ自分のケーキにフォークを入れた久良さんは、そこで手を止めた。

「あれー？」

フォークの先で、ちょいちょいとケーキを引っ掻く。

「僕のところに鳩のフェーブが来ちゃった……」

ころん、と転がりでてきたのは小さな白い鳩。鳩小屋から鳩が出てきた。

「フェーブってなんですか？」

「フランス語の空豆。ケーキの中に隠しておいて、誰に当たるかお楽しみの遊びなんだ」

「ガレット・デ・ロワっていう新年のお祝い菓子にも入ってるー。そっちは当たった人がその日の王様女王様」

で、コロンビエの場合は——と久良さんが琥珀さんを見る。

「当たった人は、一年以内に結婚できるー」

おかしいなー？　と久良さんは再び首をかしげた。

「くんのこに行くはずだったのに」

「僕はまだ結婚しないよ」

「じゃあ、祭文くん」

「この忙しいのに、急遽相手を探せってのは勘弁願いたいね」

久良さんでよかったんじゃねぇの？　といわれて久良さんは首をかしげたままお人形を抱き上げた。

「僕と結婚してくれるー？」

すでに結婚しているのでは。

笑いながらケーキを突きさすと、八重のフォークの先にもなにかが当たった。

ケーキを掘ってみる。すると、ころんとなにかが。

「なにこれ――？」

現れたのは、赤い帽子に緑のドレスの三センチ大の女の子。樹脂製かと思ったが、焼き物のようだ。素焼きに細かく色が塗られていて、髪の毛ほどのベルトのオレンジも、針先ほどの目の青もちゃんと分かる。

親指姫ってこれくらいかな、としげしげと眺めていると、今度は由依さんが「あれ？」と自分のケーキを覗き込んだ。転がりでてきたのは、ピンクの帽子に赤いドレスの女の子。

すると、テーブルのあちこちから次々に声が上がった。

「こっちも一寸法師が出たで」

「俺のは……こりゃ男の子だな」

「僕のは女の子だけど、座ってる」

「結局全員じゃねぇか」

サの字の呆れ声に、くふふ、と久良さんが笑う。「可愛いでしょう？　フランス人形シリーズだよー」

成程。ドールのミニチュアだったのか。

「はい、じゃあ皆さーん、フェーブをちょーだーい」

久良さんが全員からフェーブを回収し、八重の前に並べる。

「これが僕とこの子からのプレゼントー」

ボナニヴェッセー。プラチナブロンドのお人形が、故郷の言葉で誕生日を祝ってくれた。

五

旧暦屋を出たときには、十時をまわっていた。

家まで送るよといって琥珀さんがついてきたが、

「今日はちょっと飲みすぎたかな」

西に傾いた月をふり返り、はぁと息を吐いている。見上げる横顔が、いつにも増して蒼白い気がした。

「大丈夫ですか？」

このくらいの時間なら一人で帰れますよとそういったが、返ってきたのは無言の微笑み。

「歩けば酔いも醒めるよ」

琥珀さんは月に背を向けて歩きだした。

「さっき、琥珀さんが襟巻を取りにいっている間に調べたんですけど」

ゆるゆると坂を上りながら八重は切りだした。

「五月の十六日から二十日頃って、七十二候では〈竹笋生《たけのこしょうず》〉なんですね」

「そうだね」

「でも、竹の子って三月四月が旬ですよね」

季節が合わなくないですか？　という八重に、琥珀さんは苦笑気味に返した。

「そもそも、月の満ち欠けに則した旧暦が季節にきっちり合っていなかったからね。旧暦の月日は、太陽暦的に見れば年によってかなり前後しているし」

「そうなんですか」

「そうなんだ。例えば、旧暦三月三日の雛祭りは、グレゴリオ暦でいうところの三月二十二日から四月二十一日で、年によっては三十日も幅がある。気温差があるのは当然で、昔だって雛祭りに桃が咲いていないこともあったんだ」

それはびっくり。知らなかった。

「そんなにずれていたんじゃ、なにかと不便じゃありません？」

「そう。だから季節がわかるようにと、太陽暦に基づき三百六十五日を等分して作られた二十四節気が取り入れられた」

ただ、二千年も前の中国で生まれたものだからねえ、と琥珀さんが眉尻を落とす。

「大陸と島じゃ季節がずれて当たり前なんだけど、昔はとにかく中国に右に倣えで、ほとんどそのまま取り入れてしまったんだね」

「それじゃ、あんまり意味が」

「ないね」

昔の人は分かって使っていただろうし、支障はなかったのかもね、と笑う。

「けれど七十二候のほうは、江戸時代に日本の風土に合うように改訂している」

陰陽五行由来のものや非科学的なものを削除し、順番を入れ替え、日本に合うものが加えられたという。

「いま、気象予報士なんかが口にする七十二候は、明治に最後に改編されたときのそれだ。それでもすでに百五十年ほど経っているし、特に〈竹笋生〉に関しては、貞享《じょうきょう》元年――一六八四年改編のものと同じだから、微妙に季節がずれているのじゃないかな」

「はあ、成程……」

ようやく竹の子に話が戻ってきた。微妙に話を逸らされた気がしていた八重は、ほっと小さく息を漏らした。

タケノコ、竹の子、筍だ。

「だから、タカムナさんの足袋が竹の子柄だったんですか」

タカムナさんが着物を取りにきた日は、〈竹笋生〉の第二十一候だった。

「それもあるけれど、元々タカムナというのは筍の別名なんだよ」

「えっ」

タカムナさん自身がタケノコだったの。

「古い名前だけどね」

「琥珀さん、タカムナって名前を聞いたとき、すぐにわかったんですか？」

「別称だってことはね」

「じゃあ、タカムナさんの着物を揃えるのに、十日いただきますといったのも――」

十日くらいかかるのだろうと八重は単純に考えていたけれど。

「うん、筍を名乗るからには意図があるのだろうと」

スゴ。

「琥珀さん――凄いです」

恐れ入り感じ入った故に口をついて出た一言だった。しかし琥珀さんは喜ばなかった。

「君までいう？」

声がすねている。

「〈若いのに〉っていう枕詞つきのそれをさ」

「私のほうが若いです」

べしりと平手で琥珀さんが額を打った。

「これはしたり！」

やっぱり酔っているようだ。常より声も身振りも大きい。カラカラカラカラと笑っていたかと思えばふっと静かになり、ゆらりと夜空を見上げて、

「……初心《しょしん》と申す頃なるを」

などとぶつぶつ呟いている。

「なにか、屈託があるみたいですね」

口も軽くなっているかと、試しにたずねてみた。しかし琥珀さんはふん、と鼻息一つで、

「こだわってなんていないさ」

つまりは、くよくよしているということだ。ただ、酔いに任せて心情を打ち明けるには、十も下の娘は不足だというだけで。


八重の家の玄関先まで来ても、琥珀さんの酔いはあんまり醒めていないようだった。

「やっぱり、ちょっと飲みすぎたかな」

はあ、と酒臭い息を吐いている。水を一杯もらえませんかと頼まれて、八重は琥珀さんを家に上げた。

とりあえずダイニングに通してグラスに水道水を注ぐと、琥珀さんはそれを一気に飲み干した。座ったせいで眠くなってきたのか、とろんとした目つきで宙を見上げている。見守る感じで八重が隣に腰かけると、ふっと目覚めたように瞬いた。

「そうだ、忘れるところだった」

これ、と袂に手を入れ、底をまさぐって小さな布の包みを取りだす。

「誕生日プレゼント」

「え？もういただきましたが」

「あれはおまけ。タカムナ氏の吾妻袋が気に入ったようだったから」

「まさか……あれ、追加で縫ったものだったんですか？」

銀鼠の吾妻袋に感嘆する八重を見て、サの字が顔を覆っていたことを思いだす。あれは、

「この忙しいのに、こいつ追加で縫う気だ」

と嘆いていたのか。

「な、なんだかすみません」

「いえいえ」

琥珀さんは微笑みつつ布の端をつまんで小風呂敷を四方に開いた。

紫の布に包まれていたのは、銀色の簪《かんざし》。二股になっている櫛《くし》の先に、銀色の八重花が咲き乱れている。

「八重さん、大学生になってからバイト以外では髪を下ろしているけれど、暑くなったらまた括るでしょう？　そういうときにつけてもらえたらと思って」

「はあ……」

恐る恐る簪を手に取った。ニイさんに貰ったヘアピンと違い、これは高そうだ。

しかも、こちらの八重は紛れもなく牡丹。

こういうところに付き合いの長さ深さが出るなあ、としみじみ銀の花を眺める。

でも、どうしてみんな髪留めばっかり？

髪を下ろしているのが鬱陶しいのかしら、と複雑な気分になっていると、

「ちょっと髪につけさせてよ」

琥珀さんがねだるようにいった。袂をまさぐって、今度は大ぶりの櫛を出してくる。

だから、なんで櫛を常備しているかな。

前は「着物のオネーサンの御髪を直してあげるため？」と考えたりもしたが、いまのところ琥珀さんがお姉様方の髪に触れるところを見たことはない。

「ほら、あっち向いて」

仕方なく背を向けると、琥珀さんがそっと櫛を入れ始めた。

簪なんて貰ったら、ますます髪が切れなくなるな。

パーマとか、カラーも試してみたい。でもきっと、琥珀さんが好きなのは射干玉《ぬばたま》の長い髪。

ぱつんと切ったら、離れていくかしら。

ぼんやり考えている間も、琥珀さんはずっと髪をくしけずっている。そこまで念入りにしなくても、というくらい長々と。

なんだか静か。独りのときだって、ここまでしんと感じることはないのに。

響いているのは、袖を動かす琥珀さんの衣擦れの音だけで。

まるで、この家が聞き耳を立てているみたい。固唾を呑んで見守っているみたい。

ふっと思い至った。

そういえば、髪を触られるのって一年ぶり——

途端に息苦しくなった。呼吸が浅くなって、酸素が足りなくなる。深く息を吸おうとするのだが、そうすると今度は呼気の音がやたらと大きく聞こえてきて。

息を吸う。過呼吸。息を吐く。酸欠。また深呼吸。でもうまく吸えない。息が詰まる。

吸っても吐いても。

く、苦しい。

耐え切れず、声を上げた。

「あ、あの、〈旧暦屋にはない蜜〉のことなんですけど」

琥珀さんの手がぴくりと跳ねる。

「半分くらいは解けたかもしれないんです」

蜜は花に通じている——？

問いを投げると、琥珀さんの手が止まった。

当たり？

沈黙して待ったが、いくら待っても琥珀さんは答えない。

八重は不満の印に鼻息を吐いた。

「——でも、そこから前に進めなくて」

「問題なんて解かなくていいよ」

琥珀さんがいらいらしたふうに、きゅっと髪を引っ張る。今夜は髪ゴムまで用意している周到さで、何度もねじって髪を束ねていく。

いたた、と小さく顔をしかめつつ、八重は言い募った。

「だからっ、他のことを考えてみました」

「旧暦屋のこだわりについて」

紅花婦人とのやり取りを語れば、髪を引っ張る手の勢いが弱まる。

「今日店にカブキブラシがあったのは、やっぱり七十二候の〈紅花栄〉の俳句に因んでいたんですか？」

「うん。でもね、あの形の化粧筆、牡丹刷毛ともいうんだよ」

「牡丹、刷毛？」

「そう」琥珀さんが右肩に顔を寄せて囁く。「牡丹が僕のこだわり」

耳元に呼気がかかって、八重はぶるりと震えた。

このままではうまくあしらわれてしまいそうだ。背筋を伸ばして、陣を立て直す。

「こっ、こだわりは、たくさんあると思うんですけど」

とにかく、一つだけ見つけたあれをぶつけるのだ。

「手水鉢」

琥珀さんの手がぴたりと止まった。

「お店の真ん中にあるあれ、茶室用の手水鉢みたいな顔をしていますけど、お客さんが使うことって滅多にないですよね」

しかし飾りでもない。琥珀さんたちが四六時中使っている。

食べ物をつまんでは手を洗い、茶を口にしては手を洗い。

「お手洗いが、こだわり？」

琥珀さんが低く、感情を押し殺した声でたずねる。

「というか、それを見せない仕掛けというか」

隠されているこだわり。それは――

反物の宝石扱いをやめること。

「反物に触るとき、まるで宝石を扱うみたいに白い手袋をはめるお店ってありますよね。確かに、汚したくないという気持ちはわかりますけど」

着物をお高く見せようという呉服屋の狙いもちらほら。

あれをやられると、ニィさんのような客はビビりまくり、着物がより遠くなる。

「琥珀さんたちはそれが嫌なんでしょう？　だから、レジ近くに手洗いがあるんですよね？」

手袋をはめる代わりに、反物に触る前に手を洗うのだ。

「……よく、見てるね」

ひょいと琥珀さんをふり返れば、狐につままれたような顔をしている。なんだか面白い、と八重は調子に乗った。

「おしぼりもそうですよね」

だってペットボトルのお茶に必要ないもの、と吹きだしてしまう。

あれは、熱々のお手拭きでおもてなし、ではない。

本当の目的は、反物に触る前に手をきれいにしてもらうこと。

「着物を大袈裟なものにしたくない。でも、絹は丁寧に扱いたい。嫌味なく、スマートに美しく。それが琥珀さんたちのこだわりなんですよね？」

ひと息にいって前を向いた。誰かのこだわりを口にするなんて、賢《さか》しらっぽいし恥ずかしい。

「八重さん――」

琥珀さんは一切コメントせずに、無言でくりくりくりくりと髪を一気に結んだ。

「はい」

「僕を拒否りたいときには、この簪で刺していいからね」

「はあ？」

仕事人ですか？

ちゃりら～と歌いながら、ぷすりと琥珀さんが髪に簪を差す。

なんだか怖いんですけど。

「どう――」

したんですか、とたずねかけたところへ、ふっと肩に重みがかかった。琥珀さんが額を乗せてもたれかかったのだ。

「眠い……」

「だ、大丈夫ですか？」

「大丈夫じゃない」

眠い、といいながら、琥珀さんがぐったり背中に寄りかかる。

八重のほうはとにかく重い。どんどん重みが増してくる。

おんぶお化け？

いや、子泣き爺？

やっぱり琥珀さんって狐狸妖怪の類？

そんなことを考えているうちに、琥珀さんが本格的に背中で寝始めた。

「ちょ、ちょっと！　こんな所で寝ないで！」

慌てて椅子から立ち上がり、琥珀さんを引っ張ると、琥珀さんは、
ふわ～

と紐をつかまれた風船みたいにダイニングから和室に移動した。

そのまま畳の上にくずおれて、ころんと寝転んでしまう。

「ちょ、ちょっと！　そのまま寝たら風邪を引くでしょう！」

どうしよう。誰かに迎えにきてもらおうか。でも今日は全員へべれけだったし。

仕方がないので、一つきりしかない布団を敷き、寝返り打たせて琥珀さんを上に乗せる。

布団を被せようとして、はたと止まった。

着物！　このままで寝たら駄目よね？

どうしよう。

迷った挙句、サの字に電話をかけた。

「おう、どうした」

サの字は久良さん相手にまだ店で飲み続けているようで、人形のご機嫌な声も聞こえてくる。

事情を説明すると、あっはっはとサの字と人形が大笑いした。

「笑い事じゃありませんよ」

「いいじゃねぇか。そのまま転がしとけ」

「でも着物は？　どうしたらいいんです？」

「上をひんむいて、襦袢一枚にすればいい。長襦袢が紐で留めてありゃ――」

サの字がそこでちょっと言葉を切る。ざりりと顎鬚をなでる音がして、

「とりあえず帯を解いてみろよ」

八重はいわれるままに帯をほどいて襦袢を確かめた。

「……紐で留めてあります」

「グッナイ」

笑いながらサの字は電話を切ってしまった。

「もう――」

仕方なく琥珀さんを見下ろし、足袋を脱がせる。

それからほどいた帯を琥珀さんの体から引き抜いた。

淡い水色、極細の黄色、ぶっとい茶、紺、きりっと細い灰など、たくさんの線から成る縞の帯である。模様らしきものは、太い茶の部分に一つだけ。四角形で作った幾何学的な白い花。

風車にも見えるその文様を眺めながら考えた。

そういえば、このところずっとこの帯ばかりだったような。

多色使いで、どんな着物にも合わせやすいからかしら。

確かに、本日の袷の濃紺色も縞には入っているけれど。着物については一家言どころか百家言くらいあるだろう琥珀さんにしては、安易な組み合わせという気がしないでもない。

もしかして、こういうところにもこだわりが隠されているとか？

一つ謎が解けたと思ったら、また見つけちゃった？

しかしすぐに答えが見つかるはずもなく。いまは帯を脇において、長着を脱がしていく。

あっちへ転がしこっちへ転がし。しかし、琥珀さんはぐうぐう寝ていて、まったく起きる気配はない。

濃紺の着物をはぐと、下から大柄の菖蒲模様の水色の襦袢が現れた。

……女物？

琥珀さんが着ていると、妙になまめかしい。

見ているのが恥ずかしくなってきて、琥珀さんに背を向けた。脱がせた長着を畳に広げて、よいしょよいしょと畳んでいく。本物を畳むのは初めてだが、人形のものなら何度も畳んでいるので、折目に沿って自然に手が動く。

あれ？　でも着物を脱いだらまず汗を飛ばすために掛けとかなきゃいけないんだっけ。

結局着物を広げ直し、大きめのハンガーにかけて鴨居に吊るした。部屋の境でふわ〜と揺れる着物は、さっきの琥珀さんみたい。

ちょっと笑って、八重は風呂に入りにいった。

戻ってきても、琥珀さんは横向きのまま動いてもいない。

枕元にしゃがみ込んで、八重はくうくう眠っている彼の寝顔を見下ろした。

髪が伸びたなあ。

もうちょっとしたら、また後ろで束ねたりするのかな。

前髪をちょん髷《まげ》ふうに括ったりして。

目元にかかった長い前髪を指でつまんでそっと分ける。室内灯に照らされた頬はやっぱり蒼白い。

本当はずっと「顔色が悪いですよ」と琥珀さんにいいたかった。けれど八重は、彼が屈託を吐露することもできない、脛かじりの娘にすぎないから。

でも、いまならいいよね。

琥珀さんの耳元に口を寄せ、小さく小さく独り言のように囁く。

それから、立ち上がって明かりを消した。

女一人では不用心だからと雨戸を閉《た》てているので、いつもは明かりを消すと真っ暗闇。けれど今日は障子越しに淡い光が漏れてくる。

そっと布団に滑り込むと、静かに胸を上下させている琥珀さんが薄っすら見えた。

こんな誕生日も悪くない。

一つ息を吸い、ふうっと大きく吐きだして、八重はすとんと眠りに落ちた。

六

かーっ。

路地の入口で、じゃあねと笑顔で別れる男女を見て、店の前に打ち水をしていた祭文は内心雄叫びを上げた。

艶々してやがる。

なにかの本に、ナニが成就した翌朝出勤してきた男の顔がつるっぴかだったと書いてあったが、こちらへ歩いてくる琥珀がまさしくそれ。薔薇色の頰。

「よう、朝帰り」

厭味っぽくいってやったが、当然応えない。「やあ、おはよう」なんて悪びれもせず挨拶して店に入りやがる。

追いかけて暖簾をくぐりながら、その背中に罵った。

「この狼狐」

「なんの話？」

「しらばっくれんな。いつもは襦袢に紐なんてかけてねぇくせに」

男は襦袢にも紐、長着にも紐、と幾重にも巻くと帯下がごろごろする。だから、慣れてくると男は襦袢にも長着にも紐をかけず、帯一本で結んでしまう。琥珀だっていつもはそうしているはず。

なのに、昨晩は襦袢に紐をかけていた。襦袢一枚になるのが想定済みだったわけだ。

「送り狼とはこのこった」

酔ったふりなんざしやがって、と責めれば、琥珀が薄く笑う。

「八重さんは、かいがいしく世話してくれたよ。一つきりしかない布団に僕を寝かして帯をほどいて」

帯をしげしげ眺めていたなあ、とみんさーの縞をぽんと叩く。

狸寝入りで、聞き耳どころか薄目を開けていやがったわけだ。

「で、僕を寝かしつけた後、彼女はお風呂に入りにいった。髪を洗って、シャワーを浴びて、髪を乾かして、パジャマで僕の横に滑り込んできて――」

「おいおい」

情事のくだりを全部聞かせる気か。

「けど、あんなに安心しきってお布団に入ってこられるとねぇ」

こっちまでいい子になっちゃうよ、と珍しく琥珀がふにゃっと破顔する。

「せっかく、こんなの着ていったのに」

ひょいと袖から覗かせたのは菖蒲柄の襦袢。

いや、アヤメではなくショウブか。勝負パンツならぬ菖蒲襦袢。

花の時期にはちと早すぎたのが敗因、というわけではあるまいが。

「なんでぇ。意気地がねぇな」

「でも、昨晩はかなり危なかった」

くすくすくす。琥珀が笑いながら白状する。

そして祭文に語った。八重どんが考えた〈花の蜜〉と〈旧暦屋のこだわり〉について。

「……よく、見てるな」

「僕も同じことをいった。『嫌味なくスマートに美しく』なんて笑顔でいわれたら、もうくらくら」

本当に危なかった、と朗らかに繰り返す。

「あと一秒遅ければ、僕は狸寝入りをやめていた。けれど――」

琥珀がふっと遠い眼差しになり、微笑みを浮かべる。

――たまには、休んでくださいね。

「眠っているものと信じ込んで、彼女が僕の耳元で囁いた」

祭文は、呆気にとられてすぐには言い返せなかった。

「……いい夜だったみてぇじゃねぇか」

「ああ。ぐっすり寝てしまったよ。おかげで疲れがとれた」

「で、どうすんだ？　バイトを辞める許しを出すのか」

「まさか」

悪い男のようににやりとして、琥珀は内暖簾の向こうに姿を消した。

花色衣

一

朝からどんよりとした曇り空。

こりゃ降るかな、と暖簾を出たところで空を見上げたが、まわれ右するのも面倒で、傘を持たずに出かけてしまった。しかし諸々終えて帰路につく頃には、天はいまにも泣きだしそうになっていた。戻るまでもってくれと神頼みしていたが、駅に着く前にもう電車のドアガラスに雨粒がつき始めた。

やれやれ。駐禁エリアのくせに出先にはパーキングがないから車をおいてきたのに。こういうときに限って。

嘆息しながら窓の外を眺めていると、カーブにさしかかって電車が減速し、線路近くの小さな墓地が見えた。

線路際にある墓の前に、墨染の僧が佇んでいる。若い僧だ。

玄奘《げんじょう》三蔵。

ちらりと僧の顔が見えたとき、祭文の頭に浮かんだのは『西遊記』に出てくる美僧だった。降りだした雨に構わず、美僧はじっと墓を見下ろしている。

墓石の横に寄りそうように金髪のお人形が——

首を捻りながら景色を追いかけた。人形の服が着物のように見えたからだ。しかし、電車が加速してあっという間に視界から消えてしまう。景色が流れて、祭文の意識からも人形はあっさり消えた。

JR奈良駅に着いたときには雨は本降りになっていた。

仕方なくコンビニで傘を買ったが、ビニール傘を開きながら、梅雨入りにはまだ早いぜ、と天を睨まないではいられない。

雨は着物の大敵だ。袂は濡れるし裾に泥が跳ねる。着物好きを公言している者でも、雨が降ったら着物は諦めるという人間は少なくない。

特に足元がネック。足なのに首を絞め、なんて洒落にもならないが、丸出しの足元は明らかに着物離れの要因の一つだろう。下駄に爪皮では雨を防ぎきれず、足袋が汚れて足が冷える。最近は雨用草履や全体をすっぽり覆う透明な草履カバーの登場で、状況が少しずつ変わってはきているとはいえ、靴に慣れた身ではまだ不満足感が否めない。

足りない部分を男共が補ってくれりゃ万々歳なんだけどな。

梅雨寒の雨の中を女が帰ってきたら足袋を脱がせ、盥《たらい》か風呂桶に張った温かい湯で、冷え切った足を優しく洗ってやるのだ。小さな足をさすれば、震えている女が可愛らしく思えるだろうし、女のほうも男への情がいや増すだろう。

後は、二人して布団の中であったまりゃいい――

そんなことを考えながら、旧暦屋がある路地へ足を踏み入れた。

一瞬、足を止めかけたのは、青い暖簾の横に黒々とした影が見えたからだ。

不吉な、と目をしばたたくと、影が人間になった。

なんだ。坊さんか。

電車の中からも見かけたし、古都では珍しくない人種だ。しかし、いまのところ旧暦屋の客にはいない。黒衣の僧侶も店に入ろうとしているわけではなさそうだ。狭い軒下に身を寄せ、雨宿りしているだけ。

祭文は傘を閉じずに歩いていき、立っている僧侶に声をかけた。

「降られましたか」

できるだけ爽やかに問うたつもりだったのに、僧侶はむっと口を尖らせた。

「フラれてはおらんよ」

じゃあ、なんで雨宿りしてやがんだ。

傘を貸してやろうと思ったがやんぴだやんぴ。鼻息と共に傘を畳もうとしたそのとき。

にたぁ、と坊主が破顔した。

「――女にはな」

フラれてはおらんよ、と繰り返し、がははと黄色い歯を見せつつべしべし己の坊主頭を叩く。

「なにせほら、坊主だから」

いや、そりゃ関係ねぇだろ。

漫画みたいに頬がひくひくした。坊さんに限らずこういう輩とはあんまりお近付きになりたくない。

早々に店の前からお引き取り願おうと、祭文は僧侶に傘を貸した。

返しにくることまでは、頭になかった。

二

「こんにちは……あっ」

四時限目の授業が休講になったので旧暦屋にちょっと寄ってみた。しかし、相も変わらず店内は無人。誰もいないの？　とためらいがちに内暖簾をくぐった八重は、仕事をしている琥珀さんと、その向こうに鮮やかな中庭の緑を目にして声を上げた。

「また背が伸びてる」

坪庭の地面は、飾り物なしの愛想なしを補うように一面の市松模様。白の升目にはつるりとした正方形の御影石、黒の部分には苔、と地面がチェスボードのようになっている。明らかに東福寺本坊北庭のパクリだが、しかし、八重が目をやったのは市松模様ではない。草木が固めて植えられている庭の一角である。

　初めてこの庭を見たのは四月頭だが、眺めはまだ冬であった。さつきと南天のくすんだ常緑の後ろに枯れた老人が佇むごとく、枝を落とされ背を縮められた二本の落葉高木が寒々しかった。

　高木の種類は新芽が出てのお楽しみだといわれて待つうちに、背が高いほうの芽が開いて紅葉だと分かった。しかし低いほうがなかなか正体を現さない。やっと芽吹いたのはゴールデンウィークが終わった頃である。

　ふにゃりと巻いた蕨《わらび》に似た新芽が伸びると、シダのような青々とした若葉が次々に開いた。そこでようやく低いほうが合歓の木だと知れた。仙台で会ったときに、琥珀さんの衣に描かれていた木である。

　そこからは、まるで腰が折れ曲がった老人が人生を巻き戻し、若返っていく様を見るよう。合歓はぐんぐん伸びた。この前はまだ覗き込む感じだったのに、今日は目線と変わらない背丈だ。

　どこから種が飛んできたのか、苔の間に露草が生えて青い花を咲かせているし、なんだか庭が明るく見えるなあ、と靴を脱ぐのも忘れて目を細めていると、

「いにしへの奈良の都の八重桜……」

　低い声と共に手が伸びてきて、ひょいと八重の髪からヘアピンを引き抜いた。

「あっ」

途端に、ぱらりと頰に髪が落ちかかる。

「なにするんですか、もう」

慌てて髪を耳にかけながら八重は横を睨んだ。こんなことをするのは勿論琥珀さん。窓際で単衣を仕立てていたはずなのに、いつの間にか傍に来ていて、

「旧暦屋にもにほひぬるかな……」

と、妙な替え歌を呟きつつ、ヘアピンの縮緬細工をしげしげ眺めている。

「これ、どうしたの？」

「京都のお土産にって、貰ったんです」

「これなら、奈良でも売っているよ」

指先でヘアピンをくるくるまわす彼は、ニイさんがナラノヤエザクラ云々といいながらこの土産をくれたことを見透かしている模様。

「でも、〈いにしへの〉だって平安京の歌じゃないですか」

あれは、京都ではまだ珍しかった八重桜が宮中へ献上された際に詠まれたものだ。百人一首にも入っているので、受験のときに覚えた。しかし、

「知ってるよ。桜を受け取って中宮彰子の前に捧げる役を伊勢大輔《いせのたいふ》が任されたとき、『その花を題にて歌よめ』と藤原道長に命じられてと詞書にあるからね」

知識を総動員して対抗しても、事もなげに返されてしまう。

むむっ、とばかりに八重はヘアピンを奪い返した。

取られた琥珀さんのほうも口をへの字に曲げ、不満そうに目でピンを追って、瑞々しい若葉を臨む部屋に刺々《とげとげ》しい空気が漂いかける。

そこへ、ずずっとお茶をすする音が響いた。

「ええなあ、若いもんは……」

「目のやり場に困るけどねぇ」

「ああゆうんを青春ちゅうんかのう、婆さんや」

「あたしゃ孫はいないから、お祖母さんじゃないけどね、お爺さん」

微妙にコワい感じでしみじみ語り合う声にふり返れば、茶室に銀さんと由依さんが二人、煎餅を山盛りにした鉢を挟んで向き合っている。

「い、いたんですか」

「へい、おりましたで」

「なんで茶室に」

「お八つや、お八つ」

「祭文くんに店番を頼まれてね」と由依さんが説明する。「三時には戻るといっていたのに全然帰ってこないから、待たずにお茶にすることにしたんだよ。けど、四畳半にいちゃ客からまる見えだろう？　茶室なら見えないし、薄く障子を開けときゃ店の様子が窺えて、すぐに土間に出られるからね」

「さっき、セルネルに菓子を注文したから、八重さん、祭文の分を食べちゃっていいですよ」

琥珀さんが座布団に戻って作業を再開しながらいった。この頃の琥珀さんは四六時中縫っている。接客はサの字に任せきりで、店表に現れず、座布団に根が生えたみたいに座りっぱなし。

余程のことがない限り——とそこまで考えて、ふうっと顔が熱くなった。さっき座布団から離れて、自分にちょっかいかけに来たばかりじゃない。

「え、ええと、祭文さんの分を取っちゃうのはいかがなものかと思うので」

追加で自分の分を注文しにいってきますと、いいかけたそのときだ。

がっしゃーん！

お皿が割れるような派手な音が路地で響いて、「きゃーあ」という悲鳴が上がった。この声は、と外へ飛びだすと、果たしてくゆりさんだ。彼女の周りには割れたティーカップやお皿が散らばっていて、なぜかビニール傘が一本落ちている。

くゆりさんは濡れた自分のエプロンに目もくれず、「大丈夫ですか」と黒い塊に声をかけていた。どうしたんですか、と八重が駆け寄ると、「お店から出たところでぶつかっちゃって」と顔を上げる。どうやら旧暦屋に茶菓子を届けに出て、店に入ろうとした人とぶつかってしまったらしい。

相手は五十代後半くらいの僧衣のお坊様だった。背を丸めて袖口を覗き込んでいる。「火

傷しませんでしたか」と問いかけるくゆりさんにつと頭をもたげて、

「なに、袖にかかっただけだ」

ほれ、と袖口を引っ張る。上着の黒はただ濡れているだけに見えるが、白いはずの下の重ねが茶色に染まっていた。

だが八重は、袖よりもお坊様の顔に見入ってしまった。ぐぐっと押し込んでしわを寄せたふうな、珍しい鼻の形だったのである。

こういうのを鼻ぺちゃっていうのかしら。

骨格のせいか、笑っていても口はへの字。髭も濃く、黒々としていかにも偏屈そう。だが鼻から上は違っていた。眉毛はハの字で、瞳はつぶら。とっても愛嬌のあるお顔立ち。

「だいぶ濡れていますね」

背中で声がして、琥珀さんがお坊様の袖を覗き込んだ。銀さん由依さんも一緒に出てきて眺めている。

「よければうちにいらしてください。すぐに処置すれば染みにはなりません。お急ぎならば濡れたものはお預かりして、替えの衣をお貸しします」

「いや急ぎの用はないが、どうせ下は化織の袖だ。帰って漂白剤にでもつければ白くなるだろうて」

「化織でも、放置しておけば染みになりますよ」

「しかし、これくらいのことでお手を煩わせるわけには」

「いえ、この路地で起きたことは私の責でもありますので」

押し問答が続く中、「どーしたのー」と久良さんが遅ればせながら店から出てきて、「わーお」とのんびり驚いた。食器は散乱したままだし、落ちた菓子の破片目当てに雀がちゅんちゅん集まってくるし、狭い路地はてんやわんや。加えて、出先から戻ったサの字まで走ってきて、

「なんかあったのか？」

散らばっている皿を見まわし、しゅんとしているくゆりさんに気付いて問いかけ直す。

「なにがあったんですか？」

セルネルからしょっちゅう茶菓子を届けてもらって三日とおかずに顔を合わせているくせに、くゆりさんと話すときのサの字は相変わらず四角四面なのだ。

くゆりさんはしおしおと答えた。

「この方にぶつかって、お盆をひっくり返しちゃって」

「怪我は？」

「してないけど」

でもこの方の着物にお茶がかかっちゃって……と眉尻を落とす。サの字のほうは明らかにほっとした様子で愁眉を開きかけたが、つとふり返ったお坊様の顔を見て、ぎょっと目をむいた。

「あ、あんた――」

「知り合いか？」と聞いたのは琥珀さん。

「先だってここで雨宿りをしていたとき、彼に傘を借りたのだよ」

お坊様が答えて、「で、返しにきたのだが」と地面に転がっていた半透明のビニール傘を拾い上げる。

「思いもかけず、誘惑に遭遇してな」

曰く、傘を返そうとお坊様が旧暦屋にやって来ると、隣からえもいわれぬ甘い香りが漂ってきた。くんくんくんと鼻をひくつかせ、匂いにつられて狐狸のステンドグラス越しに中を覗き込もうとしたところへ、扉が開いてくゆりさんが出てきたのだという。

「なのでな」

まだしおれているくゆりさんに、お坊様はにかっと笑いかけた。「袖が濡れたのはひとえに私の不徳の致すところ。まったくもって娘さんのせいではない。むしろ、私のほうが割れた皿の弁償をするべきなのだ」

「そんな！」くゆりさんがかぶりをふった。「私のほうこそ、ゆっくりドアを開けるべきで」

「いやいや、あんなところに突っ立っておった私が悪いのだ」

「でも――」

またしても押し問答。すると、琥珀さんが久良さんに目を向けていった。

「どうだろう？　和尚さんの着物にも紅茶がかかってしまったことだし、今回はお互い痛み分けで弁償はなしにしたら」

「僕は構わないよー」

「じゃあ、そういうことで」

琥珀さんは勝手に手打ちにして、お坊様に目を向けた。

「佐山に傘を返しに来られたということは、うちのお客様です。どうぞ遠慮なさらず、うちにいらしてください」

ううむ、とだいぶお坊様は渋っていたが、琥珀さんに言葉巧みに説得されて、とうとう諾とうなずいた。

くゆりさんと一緒に割れた食器の後始末をするというサの字を路地に残して、八重たちは店内に戻った。


旧暦屋の暖簾を初めてくぐった人間は、大抵、ずらりと並んでいるお人形たちに驚くが、お坊様は、

「ほうほうこれは」

面白い趣向ですな、と目を細めただけ。

「うちでは人形供養をやっておるのだが、おべべのフランス人形はあんまり見ませんな」

そんな肝っ玉和尚を、琥珀さんは畳敷に案内した。まずは濡れた衣を、と由依さんが促し、さりげなく背にまわる。しかし、お坊様が衣を肩から滑らせたところで、彼女はしゃくりあ

げるように声を上げた。

「あれ、まっ」

二の句が継げないみたいにぽかんとする。だがそのうち段々口の端が下がって呆れ声でいった。

「なんだい、こりゃあ」

周りにいた三人は、なんだどうした、と由依さんの傍に集まった。

まず銀さんがびっくり仰天。「うおっ、なんやこれ」

琥珀さんは目を輝かせた。「これはこれは。先程、『化織の袖』とおっしゃったので、身ごろは別の生地なのかと思っていましたが」

こういう趣向でしたか、と喜んでいる。

しかし、八重はなにもいえなかった。ええー、と遠い瞳になってしまう。

なんで、真っ白いはずの僧衣の背に模様が。

白地の最上段に描かれているのは、切り立った崖から落ちる滝。飛沫《しぶき》を上げる滝つぼの前に、後光のような無数の手を持つ仏様がいらっしゃる。御前に貧しげな衣の僧が座している――が、仏に祈りを捧げているわけではない。自分の衣の半分を差しだすように広げながら、半身を引いてふり返っている。まるで、さあさあ衣の中にお入りなさいと誘うように。

誘われているのは、平安朝の艶やかな重ねを着た女性。顔は見えないが、豊かな黒髪と鮮やかな衣の裾広がりが、女性の美しさを雄弁に物語っている。

まるで絵巻物の一場面を切り取ったような、雅やかな眺め。

しかし何度もいうが、そこは僧衣の背なのである。

「千手観音ですか……」

琥珀さんは興味津々、鼻をくっつける勢いで白衣を眺めていたが、唐突に顔を上げてお坊様にたずねた。

「お名前を伺っていませんでしたが、もしかしてヨシミネさんとおっしゃるのですか?」

あるいはムネサダ、あるいはヘンジョウ、あるいはリョウと候補を挙げ連ねる。するとお坊様の顔に驚きが広がった。

これはおみそれ、と膝を叩いて破顔一笑、

「私の俗名——下の名前は宗貞という」

法名には音読みでソウチョウというそうだ。

「どうしてわかったんですか?」

どんな手品だと八重が袖を引けば、琥珀さんがお坊様の背に描かれている僧を指さした。

「この絵のモデルは出家して遍昭となった良岑宗貞です。彼の歌は百人一首にも入っていて、〈天つ風……〉」

「〈をとめの姿しばしとどめむ〉?」

「それです」

有名すぎる歌だ。

「宗貞は容姿に優れた洒脱な色男で、時の仁明《にんみょう》天皇の寵愛を受けました。しかし天皇崩御の後、ふっつりと姿を消してしまいます。生死が分からなくなっていたんですが、あるとき、ガールフレンドだった小野小町が石上《いそのかみ》寺に参詣した折に『遍昭がいる』と教えてくれる人がいた。それで彼女は歌を贈って確かめた」

岩の上に　旅寝をすれば　いと寒し　苔の衣を　われにかさなん

「石の上の寺で寝るのは寒いから、あなたの苔の衣——僧衣を貸してください、というわけです。すると」

世をそむく　苔の衣は　ただ一重　かさねば疎し　いざ二人寝ん

「世をそむいて出家した身で、僧衣はたった一枚しかありません。しかしお貸ししないのも薄情ですね。では、二人で寝ようじゃありませんか——とウィットに富む答えが返ってきた。和尚さんの背に描かれている柄は、この返歌に基づくものです」

まったくもって、大人の遣り取り。平安貴族、素敵すぎ。

「いま話したのは『後撰和歌集』によるものですが、ほぼ同じ逸話が『大和物語』にも載っています。両者で大きく異なるのは小野小町が詣でた寺の名で、前者は石上寺、後者は清水寺。和尚さんの背には清水型の千手観音が描かれているので『大和物語』のほうだとわかります」

後光のような千手（実際は四十本だがそれぞれに二十五の観音力が宿っていて、四十×二十五で千と数えるらしい）の中に、左右一本ずつ他よりも長い手があって、頭上高くで化仏と呼ばれる観音のミニチュアを戴いている。それが清水型千手観音の特徴だという。

「上に描かれている滝も、音羽の滝でしょうし」

眺め直せば、布にうねうねとした地紋が施されている。滝から続く水の流れが流水文《もん》で表わされているのだ。

凝ってるぅ、と八重は僧衣の背中だということも忘れて絵に見入ってしまう。けれど由依さんは眉をひそめて、

「しかしねぇ、いくら観音様がいらっしゃるとはいえ、白衣の背にわざわざこんな絵をくっつけなくたって」

「いや、お説ごもっとも」

だが坊主の背に似合いすぎるほど似合いであろう、と宗貞和尚は恥じるふうもなくからりと笑って釈明を始めた。

「得度したのはだいぶ前なのだが、家業の寺を継いで住職になったのは最近でな。五十過ぎまでは普通に東京のシステム会社で働いておったのだ」

で、勤め人のときに唯一夢中になったのが着物だった。

羽裏に凝ってみたり、ド派手な模様の襦袢を誂えてみたり。独り身の男が車につぎ込むみたいに着物につぎ込んだ。

「京都人でもないくせに着倒れだ」

それが、数年前に父親が亡くなって家業を継ぐことになり、いよいよ墨染の衣で身を固めなければならなくなった――のであるが。

「しかし、着物は私のたった一つの道楽だったのでなぁ」

手放してまったくの墨染になるのが口惜しく、一計を案じて、元からあった長襦袢を二部式にし、上着の衿と袖を白布につけ替えて、あたかも純白の衣を下に重ねているように装ったのだという。

「うちの寺には『着物なんかに大枚はたく人間がいるんですか』なんていう坊主しかおらんし、普段に着るなら、ま、大丈夫だろうと思うてな」

宗貞和尚は首を捻って自分の背をふり返り、

「今日のはほれ、羽裏を付け替えたものだ。手描きの特注だぞ」

己の最たる欲望を満たしてやれば大体のことには耐えられる、と修行の極意を見つけたようなことをいうのだが、
悟りの境地はどこへ行った。

喜捨（ちょっと意味が違うけど）の精神は。

女二人は呆れて物がいえない。

だが男二人は共感するように腕を組んだ。

「そうやんなぁ。好きなもんを手放したら、自分の一部が欠けてまう」と、これは銀さんの言。

「確かに、耐え難い喪失感です」琥珀さんまでうんうんうなずく。

「なにいってんだい。喪失感なんて、家をゴミ溜めにする男の言い訳だろ」

「言い訳とちゃう。男の浪漫や」

「じゃあ、マロンで」

「ロマンじゃ食えないよ」

やいやいやっていると、暖簾をかき分けサの字が入ってきた。

「どうだ、染みは取れそうか？」

「不謹慎極まりだな」

宗貞和尚が帰った後、詳しい事情を聞いたサの字は、案の定嫌な顔をした。口は悪いが、根が真面目な人なんである。

「そんな住職、鼻つまみだろう。寺、潰れんじゃねぇのか」

「いや、そうでもないみたいだよ。着物の相談を受けた縁で、檀家が増えたこともあるといってたし」

道楽だって捨てたものじゃないということかな、とかばうようなことをいう琥珀さんは、どうやら和尚が気に入ったらしい。

しかし、四角張った性格のサの字には受け入れ難かったようで、

「いや、やっぱり鼻つまみだ」

顔だってブルドッグにそっくりだしと、ずけずけ言い出す始末。それはあんまりや、せめてフレンチブルにしといたれや、と銀さんがいって、それでは可愛らしすぎだとみんなで大笑いした。清廉潔白の僧どころか私欲たっぷり、後ろ暗さもたっぷり。胡散臭さ満点のブル和尚である。

その宗貞和尚が風呂敷包みを手にセルネルへと入っていく姿を、八重は同じ週末のバイトの折に見かけた。梅雨入り宣言はなされていたものの雨が少なく、埃っぽくなりがちな路地に打ち水をしようと外へ出たときのことである。

「お詫びの品を持ってきたんじゃないですかね」

あの場では痛み分けで収めても、食器を割ってしまったことは気になったのだろうと、八重はそういったが、

「そんな殊勝な人間か？」

「そうですね。そんな奇特な人ではないと思います」

やはり、散々な評価のブル和尚だった。

三

その翌週。同じ木曜日。

またもや四時限目が休講になった。先生、どうやら季節外れのインフルエンザに罹患したらしい。

旧暦屋に寄って帰ろうかな、と迷いつつ歩いていると、珍しく琥珀さんからメールが来た。

〈今日店に来るなら、店に着く十分前にメールをください〉

まるで、休講になったことを承知しているみたいな内容である。

内通者がいるのかしら……。

また友達の誰かを抱き込んでる？

あ、でも、前のときは、八重の友達と仲良くなっていたのはサの字だった。サの字が小梅と――

そういえば、サの字と小梅、結局どうなったんだろう。小梅は、「無理無理、仙台と奈良の遠距離なんて」と言い切っていたけれど。

自然消滅したのかなと考えながら、琥珀さんに返信し、十分後に旧暦屋に着いた。

暑くなってきたからか、引戸は開け放たれていた。土間は無人だったが、奥で笑い声がする。若い娘の声――くゆりさんのようだ。

セルネルから茶菓子を届けにきてそのまま立ち話をしているのか。八重は声につられるように土間を横切った。内暖簾に手をかければ、あのね、と話しかけている声がより鮮明に耳に届いた。

「今日は祭文さんに見てもらいたいものがあって」

これなんだけど――のあたりで八重は暖簾を上げ、首を覗かせた。

目に飛び込んできたのは、皐月晴れのようなすかっと青い着物姿で、作業室の畳のへりに座っているくゆりさん。通路の反対側に腰かけたサの字の目の前で、その膝裾をつまんでぺらりとめくっている光景。

見せているのは派手な骸骨柄の襦袢だった。黒地に青い人魂が飛ぶ中に、恐ろしげな大鎌を肩に担いだ骸骨がたくさん、すでに頭部だけになっている髑髏の首を大鎌で斬ろうとしている骸骨もたくさん。

骸骨も髑髏も魔除けになる柄だし、襦袢の絵は漫画チック。琥珀さんのコレクションで同じようなものを見たこともあって、そんなに驚くようなものではない。

しかし。くゆりさんのほうは、いきなり顔を出した八重に驚いてきゃっと小さく跳ねた。

その拍子に、襦袢がするりと滑って――

現れたのは、くゆりさんの華奢な素足。太腿の下から、それはもう、白百合のような白さで。

サの字が、目を射ぬかれたふうにかちんと固まった。

「う、わわわわ」

くゆりさんが慌てて裾を直しながら立ち上がる。

「じゃ、じゃあ、私はこれでっ！」

彼女はお盆を胸にかき抱くと、小走りに出ていった。

困ったのは八重である。なんというか、見てはいけないものを見てしまったような。

ここはひとつ笑い飛ばして、と考えたところへ、彫像になっていたサの字がようやく身じろぎした。

「……奴は隣だ」

「は？」

「琥珀はセルネルで休憩中」

俯いたまま暖簾の方向を指でさす。

八重はとっととセルネルに避難させていただくことにした。

喫茶店では、開口一番琥珀さんに文句をいった。

「十分前にメールしろっていったくせに、どうしてこっちにいるんですか」

「ごめんごめん。くゆりさんにね、たまにはセルネルのほうにも来てくださいね、っていわれたもんだから」

ほー。くゆりさんに。

目が虚ろになってしまう。

無意識に彼女の姿を探したが、しかし店表にはいないようだ。

「どうしたの？」

「いえ、さっきくゆりさんが髑髏柄の面白い襦袢を披露していたので、どこで見つけたのか聞こうと思ったんですけど……」

恥ずかしくて出てこられないのか、結局くゆりさんはずっと裏に引っ込んだまま現れなかった。

その二日後の土曜日。

バイトではないのだが、またも八重は旧暦屋に向かっていた。ニイさんにお店を紹介してほしいと頼まれたのである。

「リサイクルでええ結城紬を手に入れてんけどな、丈が長すぎんねん。折角やし、八重っちのバイト先に直しを頼んでみよかと思て」

それなら預かって持っていくよといったのだが、

「初めてやし、ちゃんと丈を測ってもろたほうがええやろ」

男物は女物と違い、胴まわりをからげておはしょりを作らない。身ごろは対丈と呼ばれるジャストサイズ。きっちり採寸するに越したことはないのである。

「あーあ、今日は着物で来ようと思とったのに」

曇天を見上げながらニィさんがぼやいた。梅雨入り宣言が出た翌週になって、ようやく梅雨らしい天気になってきた。夕方から雨の予報、しかもざあざあ降るといっている。

「ま、梅雨やからしゃーないけどな」

びちょ濡れは嫌やし、という彼は、今日は黒ジーンズにグレーの七分袖のデニムシャツ。下に重ねたワインレッドのシャツの襟元には、黒いチョーカーと光る銀の羽根。

着物だとお気楽極楽若旦那ふうのニィさんだが、洋服になると急に垢抜ける。「こんなん阪神間なら普通やで」と本人は笑うが、大和ふう苔の色合いに溶け込んでいる男子には、到底太刀打ちできない着こなし。奈良では華やかに浮いている。

ニィさん、洋服のほうがお似合いよ、と着物の彼を見るたびにそう思うのだが、せっせと和服の普及に励んでいる人間を知る身としては、着物男子を減らすような真似はしたくない。こっそり思うだけにして、粛々とお客様をご案内するのみである。

しかし旧暦屋に着いてみると、ちょうど上座で来客中だった。中年女性を真ん中において、薄物生地を広げ、あれはどうだこれはどうだとやっている。琥珀さんとサの字の二人掛かりのところを見ると、かなりの上客のようだ。

一応、二時頃知り合いを連れていくと伝えてはいたのだが。

タイミング悪し。

普段なら、取り込み中でもサの字が気配を察し、ささっと立ち上がって応対に出てくるのに、今日はなかなか気付いてくれない。

困っていると、ニイさんが八重のシャツの袖をくいくい引っ張って耳打ちした。

「隣にカフェがあったやろ。そこでちょっとお茶してこぉへんか」

「ナイスアイディアだけど、ニイさん、時間は？」

「八重っちと出かけるのに、他に用事なんて入れてるわけないやろ」

話し声に、ようやく琥珀さんがふり向いた。隣にいます、と身振りで示して、八重はニイさんと共にセルネルへ向かった。

「うわっ、なんや凄いでここ」

狐狸のステンドグラスの扉を開けた途端、ニイさんが叫んでのけ反った。

「アンティーク……？」

店のそこかしこにおかれている人形を、きょろきょろと見まわしながら奥へと進む。

「隣にも似たようなんがおいてあったよな。もしかして姉妹店なんか？」

「いや、従兄店」

「はあ？」

顎を突きだすニイさんを笑いながら、八重はテーブルに着いた。

今日はくゆりさんがちゃんと給仕に出ていて、注文のケーキセットを持ってきてくれる。

「はーい、お待たせしましたぁ。抹茶のシフォンケーキと紅茶、ガトーショコラにブレンドでーす」

食器をテーブルに並べるくゆりさんの袖は珍しく地味だった。濃い藍の地に白っぽい線が無数に入っている絣の着物。そこにきゅっと赤い帯を結んで、
ちょっと峠の茶屋娘ふう……？

しげしげと眺めていると、くゆりさんが悪戯っぽく微笑んだ。

「彼氏ができたの――って聞こうかと思ったんだけど」

「大学の先輩です。今日はお直しの紹介で」

「そうみたいだね。ここの支払いは旧暦屋が持つと伝えてくれって、さっき宝紀さんから連絡があったよ」

「なんや！」とわざとらしくニィさんが声を上げた。「ここは俺の奢りや！　いうて、偉そうに財布出そうと思とったのに」

残念がっておいて、「ま、奢るっちゅうても千円のケーキセットやけどな」と関西人らしく自分で落としにかかる。

くゆりさんは笑いながら立ち去りかけたが、つと足を止めふり返った。

「あ、そうだ、八重ちゃん、祭文さんはお店にいた？」

「ええ、いましたよ」

「じゃあ、伝えておいてくれる？　今日はバイトが一人だからお届けのお遣いに行けませんって」

「了解です」

くゆりさんがいなくなってからニイさんが聞いた。

「トモノリさんサイモンさんちゅうんが、さっき店におった着流しの二人か？」

「うん、そう」

「どっちが仙台からの知り合い？」

「どっちもだよ。初めて仙台で会ったとき、二人一緒にいたの」

「ニコイチなんか！」

ニイさんがしわっと笑う。二個一、とは面白い表現だが、言い得て妙だ。確かに二人は、仙台からいなくなったのも一緒なら、奈良で再会したときも一緒だった。

「もしかして、デキてるとか」

「いや、そんなことは。デキる人たちだとは思うけれど」

「どう、デキる男やねん」

「えーとね、着物のことをよく識ってる」

「呉服屋やねんから当たり前やろ」

「そりゃそうね」

そんなこんなで他人を肴に盛り上がり、セルネルで小一時間。旧暦屋に戻ると、今度は土間に誰もいなかった。

ちょっと待っていてくださいとニィさんを残し内暖簾をめくれば、二人は和裁室でノートパソコンを見ながら話し合っていた。声をかけると、琥珀さんは中断してすぐに立ち上がったが、
しかし、サの字は座ったまま。むっつりと口を引き結んでパソコン画面を見続けている。

なんだか……様子が変？

お疲れ気味なのか。少し休憩したほうがいいのでは、というところから連想が働いて、くゆりさんからの伝言を思いだした。

「あ、そうだ祭文さん、くゆりさんが今日はバイトが一人だから、お遣いには来られないっていってました」

するど、突然サの字が顔を上げた。

「なんだって？」

「ですから、くゆりさんが、今日はお届けのお遣いに行けないって……」

そう繰り返すと、サの字の瞳が一瞬焦点を失くしたように見えた。

何度か瞬いて、八重に顔を向け直す。

「今日の彼女の着物はどんなだった？」

妙な質問だ。

八重も、珍しく地味だとは思ったけれど。

「ええと、藍色の絣で、針が一方向に降っているような模様でした。あれはたぶん雨縞じゃないかと」

空梅雨だったときに、蛙の仏様に念仏を上げている『鳥獣人物戯画』の一場面と雨縞の着物で雨乞い、と由依さんが洒落たことがある。そのときの縞とよく似ていた。

「……雨絣か」

サの字が呟いて立ち上がる。水色無地の角帯に親指を引っかけ、ぐっと下に押しやったので、店に出る前に姿を直したのかと思いきや、銀さんたちがいる離れのほうへ歩いていってしまう。

どうしたんだろ……？

首をかしげていると、

「どうしました？」先に店に出ていた琥珀さんが内暖簾から顔を覗かせた。慌てて八重は店に出た。

「ご、ごめんなさい。忘れてました」

「忘れてくれんなや」

自己紹介は勝手に済ませたで、とニイさんがにいと笑う。琥珀さんは受け取った風呂敷包みを手に、こちらへどうぞ、とニイさんを畳敷にいざなった。

風呂敷の結び目を解いた琥珀さんは、途端に目を輝かせた。

「ああ、これはよいものを見つけられましたね」

「ようわからんのやけど、本場もんですか?」

「ええ。間違いなく本場結城紬です」

丁寧に着物を広げながら琥珀さんがうなずく。

渋い栗色の、どっしりと重そうな紬である。本場だのなんだのいわれても八重には手織りも機械も見分けるよしもないが、ニイさんが見つけてきた紬に関しては、ごわごわした感じで、あんまり着心地がよくなさそうだ。

「どこでこれを?」

「京都の骨董市ですわ。横で同じように積み上がってんのを漁っとう奴がおって、競争みたいに丈も測らんと買うてしもたんです」

「寸足らずでなくてよかったですね」

「ほんまですわ」

ニイさんがうなずいたとき、すっとサの字が土間を横切った。

ちょっと出てくる、と低くいいながら暖簾をかき分ける。腰に締めた帯が先程と違っていた。

あれは、と咄嗟に見返って琥珀さんの腰元を確かめる。

やっぱりそうだ。色違いだけれど、琥珀さんが締めているのと同じ柄。

帯を変えて隣にお出かけ?

あり得ない——というか、らしくない。お客様がいるのに休憩なんて。

どうしちゃったんだろ——と、サの字が出ていった方向を見つめていると、

「ほら、これこれ」

気を引くみたいに琥珀さんが畳の上に着物を寝かせた。

見てください、と指さしたのは明るい海老茶色のつるりとした感じの裏地。

「これこそが金巾です」

すぐには脳内でカナキンの文字が漢字に変換されなかったが、タカムナさんの一件で聞いた名前だと思い当たった。

「ポルトガル語から来ている、綿生地でしたっけ」

「そうです」

あのとき琥珀さんが用意したのは確か鯉口シャツ。

「この頃は絹や化繊が主流ですが、男物の裏地は金巾じゃなきゃ、という方もまだまだいらっしゃいます」

「絹の裏に綿をつけるんですか？」

「そうです。金巾は滑りが良くて丈夫で値段も安い。いうことなしですから」

そのあたりまでは話の内容も仕立屋に相応《ふさわ》しく、まことによろしかったのであるが。

琥珀さんは金巾の裏を見ながらにこにこと続けた。

「タカムナ氏の着物がセルでなければ、本当は裏に金巾をつけた袷にしたかったんですよ」

こらこら、客に分からない話をするんじゃない。

ほら見なさいな、訝しげなニイさんの顔。

目顔で伝えようとするのだが、琥珀さんは金巾に気を取られていてちっとも気付かない。

前々から感じてはいたけれど、琥珀さんって接客に向いてない……？

サの字がいなきゃ駄目？　やっぱりニコイチ、二人で一人前？

とにかく相方を呼びにいって、と八重は腰を浮かしかけた。そのときだ。暖簾をぱっと跳ね上げてサの字が戻ってきた。透明ビニールに包まれたパウンドケーキをレジカウンターの向こうに放り投げ、素早く畳敷へ上がってくる。

「いらっしゃいませ」

サの字はニイさんの前で膝を折り、慇懃に三つ指を突いた。

「こちらが今回お直しの結城でございますね。もう採寸はお済みですか、まだ？　お待たせしまして申し訳ございません、ではこちらで――」

四畳半にニイさんを案内し、てきぱきとメジャーを取りだすサの字はいつもの彼。八重はほっと胸をなで下ろしつつ、採寸の様子を見守った。

折角仕立屋に来たのだから色々教わって帰りたいと、ニイさんは採寸が終わった後もサの字から着こなしのコツなどを教わっていたが、仕立ての相談に別の客がやって来たのを潮に腰を上げた。近鉄の駅まで送ると、八重は一緒に店を出た。

「あー、面白かった」

色々教えてもろて勉強になったわ、とニイさんは満足げ。

「いい人でしょう、祭文さん」

「ほんまに」

ニイさんはうなずいたが、しかしその続きですうっと目尻にしわを寄せた。

「それにようわかった。八重っちが面食いじゃないことが」

「は？」

どういう意味？　とたずねても、おもろすぎんで、とニイさんは笑うばかり。

今日のお礼はまた今度、と手をふってエスカレーターに乗り、ニイさんは地下へと消えていった。

四

翌日の日曜日。今日はアルバイト中。

「あれ？　ちょっと降ってますね」

篠笛教室の見学に行くという由依さん銀さんを送って店の外へ出た八重は、鼻先に当たる雨粒に路地の細長い空を見上げた。

同じように天を仰いで、由依さんが顔をしかめる。

「いやだねぇ、雨は夕方からだっていってたのに、もう降ってきちゃったのかい」

「なにゆうてんねん」

すかさず銀さんが突っ込んだ。じとっと連れ合いを眺めて、

「そのおニューの合羽着たぁて着たぁて、ずうっと雨あめ降れふれやったくせに」

今日の由依さんは、裾まで届く雨コート姿。それも、大島の着尺を使用した極上品である。会員価格で生地だけ買って自分で仕立てたといっていたが、いくら、サの字に払ったんだろ……。

「合羽じゃないよ、コートだよ」

「レインコートいうたらカッパやないかい」

掛け合い漫才をしながら出ていく二人を見送っていると、セルネルの扉が開く音がした。お客が出てきたのかと思ったら、

「こちらです」

くゆりさんだ。

ありがとうございまーす、と別の声がして、女子大生ふうの娘二人が後ろから姿を見せる。

くゆりさんが八重に気付いて微笑んだ。

「こちらのお客様が、つまみ細工の簪をご覧になりたいそうです」

セルネルには旧暦屋で販売されている小物が飾られている。あれはどこで売っているのかと客が問い、お隣ですと教えられてそのまま流れてくることはよくあった。

いらっしゃいませどうぞ、と暖簾を押し上げ店内にいざなえば、娘二人と、くゆりさんも

一緒に入ってくる。簪のコーナーへ案内すると、キャーなにこれ可愛いと二人が叫んで賑やかに物色を始めたので、八重はくゆりさんと共に一旦その場から離れた。

「珍しいですね、紬の着物なんて」

「あ、やっぱり？」

借り物なんだけどね、とくゆりさんがひらりと袖を開いて見せびらかす。

どこにも柄は見当たらない、無地の紬である。けれど山躑躅《やまつつじ》の赤い花を淡雪氷の上に並べて溶かし込んだような、仄かな紅色がとても美しい。そこに合わせて締めたターコイズブルーの半幅帯がまたいい感じで、インク壺と羽ペンがちりばめられたアンティークふう。このまま街を歩いたら、あらお嬢さん素敵な着こなしね、と呼び止められそう。

しかし、

「これ、紅花の草木染めなんだって」

とにやりとしたくゆりさんの口元は、ちょっとオバサン風味。

その意図を読み取って、八重はくゆりさんに顔を近付けた。

「もしかして、草木染めって高いんですか？」

「そうなの。お高いらしいのよ」

顔を見合わせ、うふふふふふ、と声を殺して笑い合う。

「さぁて、そろそろ戻らなくっちゃ」

腰を伸ばしつつ、くゆりさんは辺りを見まわした。

「そういえば、祭文さんは？」

「お昼を食べに出ています」

もうすぐ帰ってくると思いますけど、と外へ目をやりかけたところで、待っていたように
ぱっと暖簾が上がった。

大股に入ってきたサの字が、くゆりさんを見て歩を緩める。

「どうされたんですか、こんな時間に」

「いえ、ちょっと着物を見せびらかしに？」

「紅花染めなんですって」

へえ、とくゆりさんの着物姿をしばし眺めて、サの字は微笑を浮かべた。

「三時に本日のケーキを三つ届けにきてください。着物の話はまたそのときにでも」

「かしこまりましたぁ！」

水色暖簾を跳ね上げ、くゆりさんは元気よく帰っていった。

サの字は、小波《さざなみ》立つ湖面のように揺れている暖簾をしばし見つめていたが、

「――ガハダフレン……」

ぽつりと呟いて身を翻し、内暖簾をかき分け姿を消した。

向こうで、おい琥珀、と呼んでいる声が小さく聞こえた。

サの字が戻ってきたので、八重のほうは交代でお昼休憩。

奥のダイニングで紅茶を入れていると、足音がして琥珀さんが姿を見せた。八重は「この中から三つ選んでください」とテーブルの上でレジ袋に入ったサンドイッチを滑らせた。買ってきたのは八重だが、代金は旧暦屋持ち。これがここの賄いである。

八重は玉子サンドを頬張りながらちらりと土間のほうを窺って、小声で琥珀さんにたずねた。

「琥珀さん、〈ガハダフレン〉ってなにかわかりますか？」

「ガハダ？」

「さっき、くゆりさんが帰った後で祭文さんがそう呟いたんです」

「くゆりさん？　ああ、さっき聞こえた声は彼女だったのか」

成程それで青花か、と琥珀さんは合点した顔になり、おもむろに五七五を口にした。

行く末は　誰《た》が肌触れむ　紅の花

「芭蕉の句だよ」

『奥の細道』には載っていないが、〈眉掃きを俤にして紅粉の花〉が詠まれたのと同じ道中で作られた兄弟句ではないかといわれているものらしい。

「紅花を見て、化粧紅や布の染めとなって女の唇や肌に触れる花の行く末に、思いを馳せたというところかな」

それで、誰ガハダフレン。

芭蕉さん、ちょっと助平？（あくまで個人の感想です）

というか、どうしてサの字、そんな句を……？

あえて考えないようにしても、頬が赤らんでくる。そんな八重を見ながら、琥珀さんがふっと口元を緩めた。

「もしかすると奴の心には、紅衣の君の行く末が浮かんでいたのかもしれないね……」

それも、誰ガハダフレン。

ただ、〈誰〉の性別が違っていて――

「そ、想像ですよね」

「うん。想像だ。あんまり昼向きの話題じゃないね」

ティーカップに手を伸ばしつつ、琥珀さんが朗笑する。

「くゆりさんの紅の衣を見て、単に紅花の句が浮かんだだけじゃない？　祭文ならあり得るよ。ロマンチストな奴だから」

「はあ？」ロマンチスト？

「驚くことはないでしょう。第二十三候〈紅花栄〉の折に、芭蕉の句から想起してカブキブラシを揃えたのはあいつなんだし」

「そうだったんですか」

「宗貞和尚のこともね、ブル和尚なんていって嫌っているけれど、本当はああいう興趣を一番理解しているのが祭文なんだ」

歌や俳句が大好物。その一場面を元にした羽裏なんて、目にしただけでもう垂涎。

「でも……、この頃祭文さん、ちょっと変じゃありません？」

心配しているのに、サの字の相方は、「そう？」といって、はぐらかすようにティーポットを取り上げ、紅茶を注いだだけだった。


椿事は三時に起きた。

時間通りにケーキを届けにきたくゆりさんに、そのまま奥へ通ってもらったときである。

内暖簾をくぐった途端、驚き声が上がった。何事かと奥を覗き込んだ八重は、土間を上がった所に立っている男の姿を見て仰天した。

「う、わぁ」

「どうしたんですか、その恰好」

着物の裾は、夜が凝ったみたいな墨の色。仄かに紺が混じったかちん色の脛辺り。そこから夜霧のような紫が立ち上り、夕闇の紫紺が広がる。その一段明るい場所に、小さく、しかし冴え冴えと青い花が咲き乱れる。花びらを動物の耳のように二つ並べた独特な花の形は、旧暦屋の坪庭にも咲いている露草だ。

緑の葉と花々の上に無数に浮かぶ淡雪みたいなあれは、蛍だろうか。青い花から生まれたように儚《はかな》げ。しかし、命の輝きは空へと届いて衣を蒼白く照らし、着物の胸元と肩は明るい空色で。

陶然とするような、美しい六月の宵闇の衣。

ほわぁ、といつもの八重ならば言葉少なに見入っていただろう。けれど、

「どうだ？」

と袖を広げているのはサの字なのである。

「それ、琥珀さんの着物じゃないんですか」

「そうだ。だから身ごろが足りなくてな」サの字がうなずいて、「帯は俺のだが」と黒っぽい帯に手を当てる。身ごろどころか、全体的に寸足らずだ。二人の背丈は同じくらいだが、サの字のほうが体格がいい分、袖も丈もちんちくりん。

「芒種《ぼうしゅ》の次候〈腐草為蛍《くされたるくさほたるとなる》〉ももう終わりだし、折角だから着てみたんだがよ」

「美しい景色でしょう？」

縫物を中断して琥珀さんが立ち上がり、自分が着ているみたいにいそいそとやって来た。

「露草は蛍草ともいうんです。蛍草蛍に為る、なんて、これ以上第二十六候に相応しい着物はありませんよ」

そういわれても。

サの字――まったく似合っておりませぬ。

けれどくゆりさんは瞳をきらきらさせた。

「すごーい！　婆娑羅《ばさら》大名みたーい！」

ケーキを奥のダイニングへ持っていき、大急ぎで戻ってくると、「写真撮らせて！」とサの字をパシャリ。「撮って！」と携帯を八重に渡して、サの字と一緒にパシャリ。ひとしきり騒いだ後、くゆりさんは改めて前から後ろから着物を眺め、うーんと唸った。

「負けた！　私の紅花染めもイケてると思ったけど、これには敵わないわ」

悔しそうにいって、再びサの字をためつすがめつ。

「帯も面白いんですよ」

琥珀さんがしたり顔でサの字の腰元を指さした。

「この黒い帯、よく見ると少し赤みを帯びているでしょう？　黒紅と呼ばれる色です。紅染めの下地に、檳榔子《びんろうじ》――ヤシ科の樹木の種から取った染料をかけて黒にする。黒紅梅ともいわれる色です」

〈腐草為蛍〉の次の芒種末候は〈梅子黄《うめのみきばむ》〉なので、黒紅梅で第二十七候を匂わせるというのは気が利いていますよね、とまるで自分がコーディネートしたみたいに鼻高々。

しかし、くゆりさんはもう一度サの字を上から下まで眺めて、つと首をかしげた。

「でも、どちらかといえば、夜にしっとりと包まれたい感じの衣よね……」

「……お気に召しませんでしたか」

くゆりさんに鑑賞されている間、一言も口をきかなかったサの字が低い声でたずねた。

「紅花の衣に対抗するならこれしかないと思ったのですがね」

少々お待ちを、と短くいってサの字はその場を離れた。四畳半の襖を開け、隠し階段を上っていく。

下りてきたときには、がらりと着物が変わっていた。

「これならいかがです？」

ぴらっと開いたサの字は、紺色の西瓜《すいか》がひしめき合う白地の浴衣姿だ。丸や半分の断面、櫛切りの歯形つき等々、様々な形の西瓜がぎゅうぎゅう詰めの総柄である。今度はサの字本人のものらしく丈はぴったり合っているが、
でも、なぜに浴衣？

くゆりさんも、意図を測りかねるようにサの字の袖をちょいとつまむ。

「可愛い！……けど、なんで西瓜？」

「いえ、しっとりした感じがお気に召さないようでしたから。賑やかなほうがよいのかと」

サの字は笑顔で答えたが、どう見ても作り笑い。くゆりさんも、なんで営業スマイル？と訝しげ。

「まだ、夏には早すぎない？」

「おや、そうですか？」

手持ちにペンギン柄もあってどちらにしようか迷ったんですが、あちらも夏だし、結局駄目でしたねぇ。

どこまでも明るく応じるサの字に、くゆりさんは煙に巻かれたふうだったが、それでも写真だけは忘れずに撮っていった。

「おー、お疲れー」

雨が強くならないうちに、とサの字は早々に店仕舞いして帰ってしまった。車で来ているから雨は関係ないくせに。

普段ならば八重もさっさと帰るところであるが、どうにもこうにもサの字の様子が気にかかる。本人不在のいまがチャンスとばかりに、六畳間で赤い襦袢を縫っている琥珀さんの元へ行った。

「あれ？　帰るの？」

ジャケット姿の八重を見て、琥珀さんが意外そうな顔をする。

「今日は由依さんたちが外で食べてくるといっていたから一人なんだ。夕飯付き合ってよ」

この襦袢を仕上げたら、昨日から煮込んであるビーフシチューを一緒に食べましょうと気軽に誘うのだが。

それって、琥珀さんのテリトリーで二人きりってことですよね……。

笑って胡麻化しつつ、八重は琥珀さんの斜め前に正座した。

「結局、なんだったんですか、あれ」

「あれって？」

仕返しのように空とぼけて、琥珀さんが針に目を落とす。

「祭文さんの、あれです」

「あいつが貸してくれっていうから貸しただけだよ」

「それは露草蛍の着物の話でしょう？　西瓜のほうは？　あれには一体どんな意味が隠されていたんですか」

「知らない」

短く琥珀さんは答えた。ふり払うみたいに、ちょっと布を持ち替える。教えるつもりはなさそうだ。

それなら長居は無用と八重は立ち上がりかけた。そこへ、中庭でさあっと大きな雨音が響き始めた。一日降ったりやんだりを繰り返していた雨が、また強く降ってきたらしい。

「おや、天に願いが通じたかな」

琥珀さんが窓の外をふり仰ぐ。

「心で手を合わせていたんだよ。八重さんを帰したくない。ここに閉じ込めておきたいから、外へ出られないくらい強い雨を、神様どうか降らせてください――」

「な、」

八重は跳ねるように立ち上がり、ぺたっとガラスに張りついた。

外でも、雨に打たれて合歓の木の若葉が跳ねている。

琥珀さんが八重の後ろにやって来て、手を伸ばしてガラス戸を小さく滑らせた。雨音が強くなる。

一瞬でずぶ濡れになりそうな驟雨。雨粒なんて可愛いものじゃなく、矢のような雨がびしびし軒に刺さっている。

雨の勢いに気圧《けお》されて半歩後ろに下がると、琥珀さんの胸に受け止められた。温もりを感じると同時に、ふわりと薫香が鼻をくすぐる。

琥珀さんが耳元で囁いた。

「この雨にはちゃんと名前がついている。想い人を帰さない、遣らずの雨――」

「な、」

八重はまたもやぴょんと跳ねて、元いた場所に座り直した。

「なんだか、演歌みたいですね」

「うん。実際、演歌のタイトルになってる」

ちゃんと辞書にも載っている言葉なんだけどなあ、といいつつ琥珀さんが座布団に戻る。

「まあ、それはともかく」

取引といきましょう、と琥珀さんは襦袢に刺した針を抜きながらいった。

「今夜の夕飯に付き合ってくれたら、明日の討ち入りに連れていってあげます」

「討ち入り?」

「なぜ祭文の様子がおかしいのか知りたいんでしょ? 今晩僕に付き合って、明晩の討ち入りに同行すれば理由が知れますよ」

それって、言い方を変えただけで、二日とも琥珀さんに付き合うことになってない？

大体、討ち入りってなに？　赤穂浪士？

「僕としても」ちくちく、針を引き抜いて、琥珀さんがぐいーっと糸を引っ張った。「これ以上祭文を気にする八重さんを見ていたくありませんし」

「え？」

「気付いていませんでしたか？　ここのところずっと、八重さんの視線は祭文に釘付けでしたよ」

そう、だったっけ？

「この間二宮くんを連れてきたときもそうでした。八重さん、祭文ばっかり目で追っていて。彼も気にしていましたよ。きっと、祭文が八重さんの想い人だと思ったに違いない」

「えええええ！」

違います！　と三度八重は跳ね、作業机の反対側から身を乗りだして否定した。

「絶対、祭文さんは違います！　私が、ス、なのは、その――…」

「はいはい、落ち着いて」

オレ！　と闘牛士みたいに真っ赤な襦袢をひらひらさせて、琥珀さんは明るく笑った。

五

翌日。

「はわっ」

授業が終わって、友人たちと共に東門へ向かうスロープを下りてきた八重は、門の向こうを見やって珍妙な悲鳴を上げた。

昨日からの雨はお昼過ぎにようやく上がったが、空はまだ雲に覆われ、風ももわっと湿り気を帯びている。しかし一年で一番日が長い時期なので、六時をまわっても十分に明るい。

おかげで、というかまずいことに、向こうに佇む人の姿が遠くからでもよく見えた。

め、目立ちすぎ——!

女子学生たちが通り過ぎつつ、ちらり、ひそひそ。ふり返ってまたちらり。みんな後ろ髪を引かれながら道を折れていく。

しかし彼は平気の平左。ごく淡い灰水色の着流し姿で、けろりと立っている。視線を浴びることに慣れているのだ。本人的には、「着物姿が珍しいのだろう」くらいに軽く思っているに違いない。

男にも色気があるって、十も年上の人にいって聞かせないといけないのかしら……。

悩んでいると、一緒に歩いていた亜紀が目敏《めざと》く見つけた。

「おんやぁ？　あそこにいる着物の男前、八重ちゃんの彼氏とちゃうん？」

庇《ひさし》を作るように片手を額に押し当て、半身を乗りだす。

ははーん、と左で広瀬茉莉がにんまりした。「だから八重ちゃん、さっきからそわそわしてたんだ」

「メールメール！　ニイさんに見にこいゆわな！」

「ニイさん、あの人のことならもう知ってるわよ。この間、八重ちゃんのバイト先に行ったっていってたから」

「なに！　もう視察済みかいな！」

ね？　と茉莉が八重に目を向ける。しかしすぐに、あれ？　と瞳を斜め上に向けながら首を捻った。

「でも変ね。ニイさん、『八重っちの彼氏は岩男やった』って……」

「じゃ、じゃあ、私はここで」

バイバイ！　と手をふって八重は小走りに門から出た。まっすぐ彼の元へ、ではなく、ぶーんと弧を描くように彼を迂回してだいぶ離れた所へ着地する。そこからふり返って、目顔で琥珀さんを呼んだ。

風呂敷包みを抱えた琥珀さんが、すたすたとやってくる。

「やあ。どんより風が湿っていて、絶好の討ち入り日和ですねえ」

「琥珀さん、お店は？」

「ちゃんと定時で閉めてきましたよ。商店街の入口までバスで来たんです」

八重を追い抜いて、駅とは反対方向へ道を折れる。

「歩いていくんですか？」

「ええ。ここからなら恐らく十分もかかりません」

「討ち入りって、どこへ？」

「それは着いてのお楽しみ」

「討ち入り先には、ちゃんと連絡してあるんですか？」

「討ち入りなのに、先方に知らせてどうするんです」

それをいうなら、討ち入りに風呂敷包み抱えて、も変だろう。

琥珀さんに連れられて、橋を渡り、小学校の脇を通り、道を横切り。幾度か角を曲がって入っていったのは、民家が立ち並ぶエリア。

周囲よりも広めの塀で囲まれた一角で琥珀さんは立ち止まった。瓦屋根はついていても、小さすぎて威厳の欠片も感じられない門の前である。〈良音寺〉と記された板が掲げられていることから察するに寺のようだ。

門を入ると正面に、鰐口《わにぐち》に五色の紐が下がっている小さなお堂と、左横に社務所らしき木造の平屋。琥珀さんが左の建物の引戸をがらがらと開け、

「すみませーん」

討ち入りはのんびりとしたおとないで始まった。

現れたのは、三十半ばくらいの痩せぎすのお坊様だ。本日の曇天のようにどんよりした空

気を作務衣の背に負っている。そろそろとした足取りで歩いてきて、俯いたままかっくりと首を垂れ、

「人形供養でございますか？　お人形をお持ちでしたら——」

「いえ、人形供養ではありません。ご住職がいらっしゃいましたら、旧暦屋が来たとお伝え願いたいのですが」

「旧暦屋さん……」

呟いて、お坊様がちらと顔を上げ、少々お待ちください、と奥に引っ込んだ。

次に出てきたのはなんとブル和尚！

「これはこれは。お揃いで」

ハの字眉毛を水平にして和尚は驚き顔を作ったが、仰天しているようには見えなかった。目のぱちくり度合いは八重のほうが大きい。

宗貞さんの寺に討ち入りって、なんの？

横目で確かめようとしたところへ、琥珀さんがすっと風呂敷包みを前に出した。

「本日は、お預かりしていた白衣をお持ちしました」

「そりゃそりゃ。わざわざ持ってきていただかなくても、連絡いただければこちらから取りにいきましたのに」

「いえ、ついでがありましたので」

とりあえず中へ、と和尚がいざなう。

通されたのは二十畳ほどの四角いお堂。中央奥に大小二つの厨子《ずし》があり、大きいほうは黒い漆塗りでそれなりに立派だが、前におかれているお供え物はそう多くはない。

是非お参りを、といって和尚が大厨子の扉を開けた。現れたのは、蓮台の上から衆生を見下ろす、金箔がはげかかった中古の立像だ。二人は仏像の前に正座して手を合わせた。

「美しいお顔立ちですね」

琥珀さんが顔を上げて褒める。

「聖観音様だ」

「白衣に清水式が描かれていたので、ご本尊は千手観音かと思っていましたが」

目の前の仏像の手は左右の二本だけ。

「うちは単立なのだよ。教義は真言宗寄りだが」

単立とは、どこの宗派にも属さない寺社のことをいうらしい。

ほら見てください、と琥珀さんが八重をふり返り仏像を指さした。

「観音像の首から、じゃらじゃらと鉄製のアクセサリーが下がっているでしょう？」

「あの、胸から足のほうまで下がっているやつですか」

形だけ見れば、アラベスク模様や花飾りがついた長いネックレス。だが鮮やかな色はない。

錆びさびで黒っぽい茶色だ。

「あれが瓔珞です」

「もしかして、ヨウラクが下がる、の瓔珞ですか？」

「着物の裾がほつれてぺらんと落ちる、あれだな」

嬉しそうに和尚が会話に混ざる。着物に詳しいというのは本当のようだ。

そこへ先程の若いお坊様が盆に茶を載せて運んできた。

「ここに住み込んで修行しております史朗《しろう》です」と和尚が紹介する。

修行僧は「史朗です」とぼそぼそいって、カクリカクリと頭を下げ、茶をおいて出ていった。

根暗なのかしら……。

内心首をかしげる八重の横で、琥珀さんが和尚に白衣を差しだした。

「どうぞ、お改めください」

「私が借りた着物はまだ洗っていないのだが」

「それは後日で結構です」

琥珀さんは風呂敷を素早く畳んで袂にしまうと、さて、と和尚を正面から見据えてにっこりした。

「質問状はご覧になりましたか？」

「質問状？　はて、なんのことやら」

ブル和尚もにっこり。

「とぼけるのは自由ですが、謝罪のほうはきっちりしていただきたいですね」

彼女も、と琥珀さんが八重を見返る。「気に病んでいるんです。最近、佐山の様子がおかしいと」

和尚は笑顔を崩さない。佐山がおかしくなったのはあなたが旧暦屋にやって来てからです、と睨まれても、

「ほうほう」

小鼻を広げて、わざとらしく眉を捻り上げている。

狸だ。

旧暦屋狐狸妖怪名簿に一名追加。

古寺の狸がそうやすやす尻尾を出すものではないと了解しているのか、琥珀さんはあっさり追及をやめて八重のほうに向き直った。

「今回のことについて、順を追って話しましょう」

こちらから真相に迫って、和尚に認めさせるつもりのようだ。

「初めに妙だなと感じたのは、『たまにはセルネルに来てくださいね』とくゆりさんにいわれたときでした。彼女が指を絡ませいつになくくねくねしていたので、なにか意図があるのかと思い――」

隙を作ってみることにしたそうである。

琥珀さんは八重がたまたまお八つ時に現れる日を待ち、わざとサの字を残してセルネルへ行った。

「逆に店に残ったサの字には、くゆりさんに茶菓子を届けてもらうように頼みました」

そこへ、目撃者として選ばれた八重がのほほんと顔を出し、現場に居合わせることと相成ったわけだ。

大学の休講情報の入手先は後で問い詰めることにして、八重はいった。

「あの日、くゆりさんは佐山さんに骸骨柄の長襦袢を見せていました——けど」

でも、だからなんだというのだ。

「前にいってましたよね？　骸骨は魔除けの柄だって」

「そうです。骸骨には魔除けの意味がある。髑髏の帯留や根付ならば、佐山もさほど動揺はしなかったでしょう。しかし、くゆりさんが見せたのは襦袢だった」

そこがポイントだと琥珀さんはいう。

「昔、芸者衆が髑髏柄の襦袢でうまく客をあしらったことがありました。嫌いな相手の座敷には〈災い除け〉、好いた相手には〈骨まで首ったけ〉」

あるいは〈骨まで愛して〉だろうか。

「場合によっては髑髏柄もリバーシブルになる。佐山はそのことを識っています。くゆりさんの長襦袢を見て、さぞかし驚いたことでしょう。そして同時に、襦袢にメッセージが込められている可能性を疑った」

しかし髑髏の襦袢には、好きと嫌い、二つの相反する意味がある。

「ロマンチストだけれど、恋人いない歴二十七年の佐山ですからねえ」琥珀さんが破顔した。

「どう捉えるべきか悩んだに違いない。だから、とりあえず反応はせずに静観することにしたのだと思います」

　そこへ、矢継ぎ早に次の出来事が起きた——

「って、なにかありましたっけ？」

「特別な事件があったわけではありませんが、次に佐山の様子が変だと感じたのは？」

「えーと……」

　確かニィさんを連れて店に行ったとき。

「くゆりさんの言葉を伝えたら、佐山さんがすごく驚いて」

「『お遣いに行けない』ですね。その後、佐山はくゆりさんの着物についてたずねました」

「立ち聞きしていたんですか？」

「はい。暖簾に張りついて」

　しれっと答えて、琥珀さんは続けた。

「あの日のくゆりさんの着物は雨絣でした」

　衝撃的でしたね、というのだが、八重にはなんのことやら。

　すると、琥珀さんが悪戯っぽく笑った。

「雨絣とかけて遣いに行けずととく。その心は？」

　はあ？　雨絣×遣いにイケズ？

「……わかりません」

「遣らずの雨、です」

想い人を帰らせない雨だ。

琥珀さんが耳元で囁いた昨日のことを思いだし、口をへの字にして聞いている和尚の前で赤くなってしまう。

「出立しようとする客を引き留める、という意味でよく使われる〈遣らずの雨〉ですが、実はこれにも逆の意味があります」

それは、出かけようとする自分を引き留める雨。

「くゆりさんからの伝言はそちらの意味合いを用いて、『雨が降っていて行けません』だったわけです。だがそれだけならなんということはない。佐山が心を揺らしたのは、〈遣らずの雨〉に事寄せられた、相反する二つの感情を見たからです」


行けなくて、ああよかった。

行けなくて、ちょっと残念。


「元々そういう意味が隠されているんですか?」

「いえ。そこまで読むのはうがちすぎともいえます。けれど佐山はすでに一度、二通りに解釈できる髑髏の襦袢で思わせぶりなことをされていたわけですから」

深読みしたくなるのは当然か。

「前者なら、毎度茶菓子を届けてもらっている旧暦屋が鬱陶しがられている。後者なら……

まあ、佐山次第です。だが、ストレートにどっちですかとたずねるのは野暮だし、まだ半信半疑の部分も残っている。だから佐山はメッセージ性のある帯を締めて、彼女の真意を確かめにいったんです」

これですね、と琥珀さんは自分の角帯に触れた。

「これはみんさー帯という沖縄の帯です」

みんさーという面白い響きは、中国語の〈綿紗〉、あるいは、幅の狭い木綿帯の〈綿狭〉から来ているそうだ。

「元々、男性に求婚された女性が返事代わりに織って贈ったもので、ここの四角い絣模様には女性の想いが込められています」

チェスボードの三マス×三マス、合計九個の四角い升目。同じ色の目を拾えば、十字の四つと花形の五つが出来上がる。みんさー織の絣模様はちょうどそんなふう。ただしどちらも色は白だ。

「この五つと四つの四角で、〈いつ〉の〈世〉までも末永く、という意味になり、こっちの――」

琥珀さんが指さした先には、短い横縞模様の列。

「〈ヤシラミ〉――百足《むかで》の足に似たやすりの目のほうは、〈足繁く〉おいでください、という意味になります」

こちらは通い婚の時代を反映しているのらしい。

「――正確にはだな」

腕を組んでずうっと押し黙っていたブル和尚が、突然割って入った。

「この帯は、八重山みんさーというのだよ。伝統工芸品だな」

にんまりする和尚に、ちらと琥珀さんが顔を曇らせる。

八重山、みんさー。

笑顔を消した琥珀さんの横顔を見つめながら、八重はゆっくりその名を嚙み締めた。

同時に気付いた。良音寺に入ってから、琥珀さんが一度も八重の名を口にしていなかったことに。

みんさー帯。確かにサの字が締め直して出ていった。

でも、ずっと締めていたのは琥珀さん。

八重山、と心の中で繰り返すと、脳裏に別の山が閃いた。

宝塚へ向かう由依さんの帯にあった銀の山。

あの帯留を見た琥珀さんはなんていった？

――銀の三笠山で、銀三さん。

それが八重山みんさーの帯ならば、

「八重さん、いつの世まで末永く、足繁くおいでください」

待ってまーす？

ああああ、赤くなっちゃ駄目。

感情を表に出すまいと、瞬きをやめ、息を止め、口を引き結ぶ。すると、妙な具合にぶるっと顎がふれた。げに挙動不審。

そんな八重を見て、和尚は満足そうににやり。

琥珀さんは嘆息しながら話を戻した。

「くゆりさんが意図的に髑髏や雨絣を着ていたとすれば、みんさー帯の意味も判るはず。ですから、試しに佐山はみんさー帯を締めていったわけです」

足繁くおいでください、と訴えかける帯に、こちらを嫌っているならば嫌な顔を、好きならば嬉しそうな顔をするだろう。

「しかし――くゆりさんは帯を見てもなんの反応も示さなかった。それで佐山はさらに頭を悩ませることになったんです」

そんなサの字を嘲笑うように、翌日、第三の事件が。

「今度はわかりますよ。昨日の紅花染めの紬ですよね」

「そうです。最後の謎かけは、紅花染めの〈色〉に因んだもので、和歌好きの佐山にはこたえられないものでした。紅の色は〈想い色〉とも呼ばれて、万葉の頃には、秘めたる恋心を紅の衣になぞらえ、歌に詠み込んで伝えることも盛んに行われていましたし」

けれど、この紅の衣も一通りの意味ではなかった。

「実は、紅花の染め色というのは、非常に褪せやすかったんです。紅は想う色であると同時に、褪めやすい色。移ろいやすい恋心を表わすときにもよく使われました」

紅の色にまで、二心があったということだ。

「だから、佐山は返歌として青花の衣を選んだ」

「青花って――」

昨日もその名を耳にした。美しい響き。

「露草の別称です。露草には異名が多く、月草と呼ばれたこともありました。鮮やかな青い花なので草木染めにも使われるのですが、青花染めは水で洗うとすぐに落ちてしまうんです」

実際『万葉集』にこんな歌がありますと、琥珀さんはよい声で詠じた。

月草に　衣色どり　すらめども　移ろふ色と　いふが苦しさ

「露草の色で美しく衣を染めてみようと思うけれど、その色は褪せやすいといわれているのが気がかり――意訳すれば、『求婚されたけれど、浮気っぽい男だという噂が気になるわ』といったところでしょうか」

青花も紅花の色同様、恋心が褪めやすい色。つまり、

――私の想いを受け取って！　でも私って紅の衣と同じで浮気っぽいのよね？

そう投げかけてきたくゆりさんに、サの字は、

――自分も青花の衣のごとく冷めやすい男ですが、いいですか？

と返したわけだ。

ほわぁ！

感嘆せずにはいられない。なんて大人っぽい遣り取り！

ん？　でも――

「昨日のくゆりさん、大人っぽい遣り取りを楽しんでいたというよりは、子供っぽくはしゃいでいたような……？」

なにせ、写真をバシャバシャ。

「ええ。だから佐山も、今回の件はくゆりさん自身の考えによるものではないと判断して着替えたわけです」

西瓜の着物に。

「でも、どうして西瓜？」

「佐山は、ペンギン柄でもよかった、といっていたでしょう」

スイカは果物でなくてもよかったんです、といいつつ、琥珀さんは自分の財布からカードを一枚引き抜いた。

それは、ペンギンが描かれた白と黄緑のカード。

「Ｓｕｉｃａ……？」

JR東日本のカードだ。関西ではあまり馴染みがないけれど。

スイカを頭の中で漢字に変換してみる。西瓜水化垂下水火……。

あ。

「誰何！」

呼び止めて、誰かと名を問いただすこと。

——くゆりさんの陰で糸を引いてやがるてめぇは、何処の誰だ？

「ようやく、佐山からの質問状が届きました」

琥珀さんは微笑んで、おもむろに宗貞和尚のほうへ向き直った。

「さて、答えてください。なぜあんなことを？」

「私ではない、と答えたら？」

「無駄ですよ。あなたのことは、白衣の裏の絵を見たときから疑っていたんです。なぜなら」

あれは正月の絵だから。

「『大和物語』には〈正月に清水に詣でにけり〉と明白に記されている。清水観音が描かれている以上、あなたがそれを知らないはずはないし、着道楽を自負するあなたが、季節の合わない柄を選ぶはずもない。意図的だったと考えるのが自然でしょう」

あれは旧暦屋の人間を釣り上げる餌だったんです、と琥珀さんが説明するように八重を見返る。

「着物好き歌好きの人間があんなものを見せられたら、喜んですぐに打ち解けてしまう。宗貞和尚は、旧暦屋と親しくなる足掛かりとして、わざとあの白衣を着ていったんです」

「紅茶を被ったのはわざとではないぞ」

「本当はセルネルで紅茶でも注文して、自分でこぼすつもりだったのでしょう？　セルネルが従兄の店であるくらい調べればわかることですし、着物を汚したとなればまずは旧暦屋で処置を、という流れになっても全然おかしくないですからね」

図星だったようで、和尚はむうっと下顎を突きだした。面白くなさそうに小鼻にしわを寄せてしばし考える様子だったが、

「いやしかし、恐れ入ったわ」

渋面から一転、破顔しながら禿頭をぺちぺち叩いて、すまんすまんと謝った。

「認めるんですね？」

「降参だ降参」

実はだな、と和尚は笑顔のままで釈明を始めた。

「着物が縁で檀家が増えたといっとっただろう？　あれ以来、ちょくちょく着物に纏わる相談事が舞い込むようになってな。まあ、ちょっとした着物の駆け込み寺というやつだ」

だが、いかに着物道楽の宗貞といえども、得手不得手はある。手に余る場合もある。

それが、一ヵ月ほど前に女子大生のU子（仮名）から受けた恋愛系の相談だった。

「あるときU子は、着物の着付けを習ってみようかしらと華道クラブ仲間に喋ったらしいんだが――」

すると、話を聞きつけた先輩姉さんが、それならお稽古着に私のお古をあげるわよと着物を持ってきた。プレタを買ってみたが寸足らずで、まったく袖を通していないものばかり、という話だったが、
中に髑髏柄の襦袢が混じっていたのである。

「貰ったU子はびっくり仰天じゃ」

すわ先輩姉さんの嫌がらせかと疑った。

「U子には好きな男がおっての」

華道講師のG氏である。こういう相談事のお決まりで、先輩姉さんも同じくG氏に好意を寄せていた。

「そういう事情で、U子には髑髏の襦袢が、ひいては一緒に貰った紬や絣までが、呪いの着物のように思えたわけだ」

どこかで聞いたような話だが。

兎にも角にも、呪いなら坊主だろうということで、U子は良音寺に駆け込んできたらしい。

しかし実際はお祓いなんぞ不必要。元々髑髏骸骨は魔除けの柄なのだから。

「祓うまでもない、といったのだが」

U子は納得しなかった。恐ろしげな髑髏が魔除けなら、一見無害そうな紬や絣のほうに厭な意味があるのでは、と疑心暗鬼に陥って、思考はどんどんマイナスへ傾いていく。

「いやはや、どうにも手を焼いてな」

窮していたところへ、たまたま訪ねてきた和尚の知り合いが知恵を出してくれた。

餅は餅屋。呉服屋の人間を巻き込んでみたらどうか、と。

最近、奈良町の隅に新しく店を構えた仕立屋がいる。店主は若い男だから、こういう問題にはうってつけ。そこへ事情を話して協力を仰ぐもよし、お下がりを貰ったと知らぬ顔で直しに出し、反応を見るもよし。あちらがなんらかの意味を見出して忠告めいたことをいってくれば凶、なにもなければ吉とすればよいと。

しかし和尚としては、正直に事情を打ち明けて助けを求めるなど、負けを認めるようで面白くない。かといって僧侶が女物の着物を直しに出すのも変だ。

馴染みの芸者に頼むことも考えたが、

「宝紀さんがあんまり色男なんでなあ。よろめかれたら困るんでやめたわ」

ブル和尚はがはがは笑う。

「いろいろ考えた末に、バイトの娘さんにでも頼んで、さりげなく仕立屋に見せてもらうのが一番だと思ったわけだ」

「だからとりあえずうちの軒下で雨宿りしてみたと？」

「そうだ」

しかし、傘を貸してくれたのはサの字で、ぶつかって縁ができたのは隣の店のバイトだった。

「ままよ、と奥さんのほうに事情を話して頼んでみたら、気軽に引き受けてくれたのだよ」

「それで」と琥珀さんが問うた。「いかがでしたか佐山による吉凶判断は」

ブル和尚はへの字の口元を歪ませた。

「ウィットに富みすぎだ。いずれも吉凶どちらにもなるというのがいただけん」

「そちらが迂遠なやり方をするからですよ」

「そうだな。いや、すまんかった。佐山さんに謝っておいてくれるとありがたい」

「わかりました」

用事は済んだとばかりに、琥珀さんが腰を上げようとする。それを和尚が、「一つ質問だが」と引き留めた。

「もしも、自分に気があると知っておる女が、仕立て直しをお願いするといって件《くだん》の襦袢と絣と紬を送りつけてきたら、宝紀さんはどうするね？」

「気にしません」

琥珀さんは中腰のまま即答した。

「私がお客様の心に沿うのは、着物に触れているときだけです。仕立て上がって私の手を離れてしまえば、お客様に沿うのは衣のみ」

「きっぱりしておるな」

「はい」

琥珀さんがうなずいて立ち上がる。横で八重も立ち上がろうとした。が――

よろけた。

あ、足が、足が……。

猛烈に痺れて立てません。

琥珀さんが半笑いで支えてくれたが……あな恥づかしや。

よろめきながら玄関先までたどり着き、痺れる足をどうにかスニーカーに突っ込む。

その横で、敷居をまたぎかけた琥珀さんが思いだしたようにふり返った。

「ああ、そうだ、蟷螂和尚――」

ブル和尚はきょとんと見返し、それから小さく顎を震わせた。

「――いえ、なんでもありません」

満足そうに琥珀さんはそういって、失礼します、と一揖《いちゆう》した。

六

良音寺を出た後、途中で見つけたおうどん屋に二人で入った。

食べ終わって店を出る頃には、辺りはとっぷり暮れていた。

暗くなってしまったし、駅前からバスに乗って帰ろうかと思案していると、

「ちょっと寄り道していきませんか」

琥珀さんが誘った。

南ではなく東に向かって、ゆるゆると坂を上っていく。

そのまま行けば東大寺。しかし、拝観時間はとうに終わっているし、土産物屋もシャッターを下ろして観光客の姿もない。あるのは、鹿の落とし物の濃厚な臭いだけ。

けれど、琥珀さんは構わず薄暗い寺の敷地に入っていった。大仏殿の前を折れ、細道に足を踏み入れる。すると辺りが輪をかけて暗くなった。雲に反射する街明かりも木立に吸い込まれ、足元が見えなくて、平らな道でもけつまずきそう。

だが、琥珀さんは気にせずどんどん道を上っていく。

坂の途中でふと視線を感じてふり返った八重は、ぴかりと光るなにかを認めてすくみ上がった。

よく見れば——鹿の瞳。

「び、びっくりした。鹿があんなところに」

暗闇に目を凝らすと、木の根元に何頭もいるようだ。

「固まって暗い所で寝るみたいですね。場所は特定されていないようですが」

鹿に見られながら進んでいけば、木立が密になり、さらに闇が深くなる。

射干玉の闇の中、琥珀さんの淡い水色の着物だけがほの白く浮かび上がっていた。その薄

い明るさを拠り所に、着物の背にくっつくようにして歩いていると、琥珀さんに手をつかまれた。指を絡ませ、八重を連れていく。

漠と不安が胸に差した。

琥珀さん、どこへ行くの？

なんだかどんどん暗くなって――

と、不意に闇がざわめいて、人の気配がした。

同時に、暗がりに一瞬幽かな光が。

「――着きました」

琥珀さんが歩を緩める。

またちかりと光った。金星のように小さくて、しかし力強い輝き。だが金星のはずはない。光の航跡を描きながら飛んでいる。

もしかして。

「蛍……？」

「大仏蛍です」

その名を聞いた途端、幼い頃の記憶が蘇った。

大仏蛍とは愛称で、本当は普通の源氏蛍。一度この辺りから姿を消しかけたものを、東大寺の偉い人が作った〈大仏蛍を守る会〉のおかげでまた見られるようになったと――

教えてくれたのは母方の祖母だ。

「ここ、来たことがあります。小学生のときにお祖母ちゃんと」

こんな街中で蛍が見られる場所なんて他にないよ、と自慢げにいっていたことまで思いだす。

「少し下ります。足元に気をつけて」

琥珀さんに手を引かれて足を踏みだせば、靴底が土を踏んで前へ滑った。舗装された道から草地に入ったようだ。行く手に小川があるらしく、僅かに水音がする。

坂の途中で立ち止まり、夜のせせらぎに身を浸しながら煌きを待った。

ふわり、きらきら。

乱舞、とまではいかないが、あちらからこちらから輝きが現れる。小さな光が浮遊するたびに歓声が上がる。

また光った。きらり、ふわっ。

光は爆《は》ぜるように闇に出現し、再び暗がりへと沈んでいく。

「綺麗……」

ほうっとため息が漏れた。まるで、空に生まれ出でた刹那、夜に溶けていく火花のよう。見る間に消えてしまうその様は、紅花の、青花の、すぐに落ちてしまう染めの色にも似て――

――

どこまでも、儚い。

蛍が隠れている茂みを八重は見下ろした。茂みは深く闇に沈んで輪郭しか見えないけれど、

「こうやって眺めていると、本当に蛍って草から生まれるみたいに思えちゃいますね」

心にあるのは、芒種次候、七十二候第二十六候の〈腐草為蛍〉。

「腐った草が蛍にって、非科学的ですけど」

そうですね、と琥珀さんもうなずいた。「貞享の改暦の際の責任者——天文学者で科学者でもあった渋川春海《しぶかわはるみ》が、腐った草から蛍が生まれるなどと考えるはずがないので、春海はあえて〈腐草為蛍〉を残したのだろうと、現代の暦学者も著書の中でいっていました。腐った草から蛍が生まれる非現実的光景も梅雨時の情緒として受け入れる、日本人独特の浪漫として」

「ロマン……」

八重は呟いて、夜に描かれる光の弧に目をやった。

紅花と青花の贈答もひどくロマンチック。三十路目前となれば、あんな遣り取り当たり前。しかし十九の八重は、みんさー帯一つ気付かないうかつさで。

分からないことだらけ。

「どうして——」

いざ切りだせば闇を手探りするような頼りない声になったが、なんとか踏ん張った。

「どうしてさっき、宗貞さんのこと蟷螂和尚なんて呼んだんですか？」

ためらうふうな間が空いて、闇の中で琥珀さんの白い袖が動いた。前で打ち合わせて、すりすりと動かす。

「蟷螂は、両手をこんなふうにこすり合わせるでしょう？　それが拝んでいるように見えるので、ちょっと呼んでみたんです」

嘘ばっかり。

〈腐草為蛍〉で仄めかしても、丁寧な口調で距離をおかれて、あしらわれてしまう。言葉にならない思いが、蛍の光と共に閃いて闇に散っていくようだった。泣くところじゃない。でも、涙の小さな欠片くらい紛れさせても、罰は当たらないかも。

「なにか、怒ってる？」

琥珀さんが背中にまわって両袖で八重を包み込んだ。

「怒ってません」

八重は短く返したが、口を尖らせながらでは説得力に欠けている。

「ただ、〈腐草為蛍〉の前は〈蟷螂生《かまきりしょうず》〉で、和尚さんが傘を返しにきた日が、ちょうど〈蟷螂生〉の初日だったと知っているだけです」

「なんだ、わかってたのか」

勘がよすぎるなあ、と琥珀さんは苦情をいったが、口ぶりはどことなく嬉しそう。おもむろに八重の耳元に口を寄せ、

「確かに、和尚の蟷螂は七十二候に因んだものだ。でもね、そこに隠されているもう一つの理由となると、深く旧暦屋の事情に関わってくる。深入りしたいなら教えてあげるけど、知りたい？」

すなわちそれは、宝紀琥珀という人間に深入りしたいかという問いかけで——

「や、」

八重は、琥珀さんの腕からするりと逃げだした。

「やめておきます」

「そんなつれないこといわないでさ、是非とも聞いてよ」

「いえ、遠慮させていただきます」

焦ってまわれ右すれば、触れた草からふわりと光が飛びだした。驚いてたたらを踏んだところを、琥珀さんに腕をつかまれる。

「逃げたって、そのうち嫌でも知ることになるさ」

琥珀さんは八重を引き寄せながら、闇が囁くみたいにそういった。

「もうすぐ、夏の宴だ……」

八重の一番長い昼

一

「そんなこと、いってなかったじゃありませんか」

「一日だけのことだ。いう必要もねぇと思ったんだよ」

「でもですね」

「ちょっとしたお試しだと思えばいいんですよ」

「でも、でもですね」

二十四節気の〈夏至〉。一年で一番昼が長い来週末に、セルネルで着物のイベントが開かれることになった。

題して〈きぬ、よして〉の会。

着ぬ、止して。（箪笥の肥やしはやめにしてどんどん着ましょう！）

あるいは、
絹、止して。（絹をやめにして、他の着物地だって大歓迎です！）

とにかく着物でお出かけしましょうよ、という会である。

会場はセルネルだが、勿論旧暦屋と共同主催。八重どんも手伝ってくれまいかとサの字に頼まれ、いいですよと気軽に承諾した、のであるが。

いまし方セルネルにお遣いにいき、くゆりさんから話を聞いて驚いた。当日はスタッフ全員着物だというではないか。

セルネルでの開催なのだから、当然といえば当然だ。しかし、八重はなんにもいわれていなかった。これではまるで騙し討ち。それで旧暦屋に帰るなり、サの字がいるレジカウンターに詰め寄って、上がり框《かまち》に膝を引っかけ右手の作業場にいる琥珀さんを覗き込んで、「そんなの聞いてません」と文句をいっているところである。

「やっぱり、手伝いはやめておきます」

腹立ち交じりにそういえば、却下、と琥珀さんが短く投げ返してきた。

「八重さんはまだあの問題に答えていないので、拒否権はなしです」

正解しない限り、僕がせっせと縫っている着物を着てもらいますよ、なんてしれしれ続ける。

せっせと……？

縫っているのはお姉様方の上品着物ばかりじゃないの。

内暖簾を跳ね上げ、八重は土間から琥珀さんを睨んだ。

「それとこれとは問題が違います」

おっしゃるとおり、いまだ〈蜜〉の謎が解けていない八重である。花の蜜、までは近付いたが、そこからぱったり進めなくなった。

でも、解かなくていいっていったくせに。こういうときに使うなんて狡《ずる》い。

ギザギザした視線で睨んでも、琥珀さんはちくちく針を動かすばかり。知らん顔を決め込んでいる。

むうーっと口を尖らせていると、思わぬところから返しがきた。

「なにをそんなに怒っているのだ？」

声のほうに目を向けて、八重はげっと口の中で叫んだ。

通路に座して坪庭を眺めているのは黒狸、もとい、黒衣の僧侶。

「そ、宗貞さん。いらしてたんですか」

「先程な」

ブル宗貞がふり返って、にまっと八重に笑いかける。先日の件を謝りにきたわけではなさそうだ。諸々仕掛けたことなどは梅の雨があっさり洗い流してくれましたといわんばかりのふてぶてしい笑顔である。

もしかして店に立ち寄ったついでに駄弁っているだけ？

訝しんだところへ、レジのほうからサの字の不機嫌声がした。

「八重どん、セルネルに菓子を一つ追加してきてくれ」

八重は慌ててセルネルに逆戻りした。

常はサの字が先なのだが、今日は宗貞和尚がいるためまず八重たちから休憩を取ることになった。いつものように一緒にお茶をしようと離れから出てきた由依さんが、和尚の姿を見てまわれ右しかけたが、まあまあと引き留めて、結局四人でダイニングでお茶となる。

「さっき、宗貞さんに第二部の相談をしていたんです」

お湯が沸くのを待つ間に琥珀さんがいった。〈きぬ、よして〉の会のことである。

当日は、午後一時半から篠笛演奏、二時半からティータイム、その後は各自ならまちを自由に散策――の予定だが。

終盤にさしかかっているとはいえ、まだ梅雨の只中。当日は雨に降られる可能性がかなり高い。しかし雨となれば、気楽にならまちを散策とはいかないわけで。

雨天の場合は、ティータイム後もセルネル内で第二部が行われることになっていた。いまのところ三つのワークショップが予定されている。由依さんによる〈着姿をワンランクアップさせるコツ講座〉、サの字による〈産地別木綿生地の特色紹介〉、琥珀さんによる〈自分でやってみよう半衿つけ〉だ。

けれど、

「なんか、ありきたりで面白くないよね」

もう一捻りしたいと、琥珀さんはずっといっていたのである。

「そもそも」八重はティーポットに湯を注ぎながらいった。「なんでわざわざ雨の季節に着物の会なんですか。梅雨明けしてからすれば、第二部の必要もないのに」

その問いには、琥珀さんではなく由依さんが答えた。

「梅雨明けしたら、暑くて綿ウールどころじゃなくなるからさ」

「この頃では、五月から九月、初夏から秋口まで通して着られる綿麻の涼しい単衣も登場していますが」

砂糖壺を棚から出しながら琥珀さんがいう。

「梅雨の時期なら、『雨がちの天気なので』といって絹を止す言い訳ができますしね」

「要するに、雨ニモ負ケズお気楽着物で出かける会にしたかったんですか？」

「というか、単衣の季節とのしばしの別れを惜しむ会的なものができればいいかなと」

セルを着て暑し寒しと思ふ日々——と琥珀さんは句を口ずさみ、虚子ですよ、といってうっとりした眼差しを宙に漂わせる。サの字のことをロマンチストだといっていたけれど、どうして琥珀さんも負けていない。八重は紅茶を注ぎながらくすりとカップに笑いを落とした。

和尚は渡された紅茶をごくごく飲んでから、「それで、二部のことだがな」と切りだした。

「ワークショップもいいが、ファッションショーはどうかといっていたのだよ」

「ファッションショー？」

「そりゃまた派手だね」

「宗貞さんは、僕が人間国宝の品を持っていると誰かさんに聞いたらしいんです」

早耳ですよね、と琥珀さんが横目でブル和尚を見る。しかし和尚は意に介さず、「それこそ〈着ぬ、止して〉にはぴったりの企画だろう」とがはがは笑った。人間国宝の作品だからといって眺めるだけはやめにして、ということらしい。

「セルネルじゃ手狭で着替えられないが、隣の旧暦屋にはお誂え向きの畳敷があるからな。くじ引きかなにかで数人選んで着せてやって、ファッションショーなり撮影会なりすればいい」

ウン十万もする絹着物には手を出さず、木綿ウールで満足している参加者でも、人間国宝の着物を纏うことを喜ばない人間はいないだろう、というのが和尚の言い分だった。

「な？　人間国宝の作品なら、一生に一度くらい着てみたかろう？」

和尚に問われて、八重は苦笑いで応じた。

もう着せられちゃいました。

「けれど、ファッションショーというのは良い考えかもしれません」

案を詰めてみますと琥珀さんがいったとき、通路から軽い足音が近付いてきた。くゆりさんがケーキを持ってきてくれたらしい。

「お待たせしました――あら」

くゆりさんは和尚の姿を認めて意外そうな顔をしたが、素知らぬふりで皿を並べ、長居せずに戻っていった。

「ほう、蜂蜜のシフォンケーキとはまた洒落とるな」

嬉しそうに皿を見下ろす和尚を、由依さんがじとっと横目で見やる。

「坊さんなんだから、蜜なんて必要ないだろうさ」

「いやいや、大いに必要」

和尚はやおらフォークをおいて合掌し、「はんにゃ〜は〜ら〜み〜たぁ」と詠唱し始めた。よく通る、なかなかの美声である。

「般若波羅蜜――梵語のミツには〈蜜〉の字を充てる。般若経は知らずとも、京都にある六波羅蜜寺なら知っておるでしょう？　あの波羅蜜だ」

さてね、と由依さんはあしらうふうだったが、八重はフォークを持つ手を跳ねさせた。

「知ってます！　遠足で行ったことあります！」

小学校のときの遠足は山にお寺に古墳。何年生のときだったか忘れたけれど、清水寺参詣の帰りに寄ったはず。

「六波羅蜜寺って不思議な名前だなあって昔から思っていたんです」

「六波羅蜜とは、この世に生かされたまま、仏の境地に到るための六つの修行――布施、持戒、忍辱、精進、禅定《ぜんじょう》、智慧のことだ」

「ニンニク……？」

「いかなる屈辱も耐え忍ぶ、で忍辱」

これがなかなか難しくてなあ、と和尚が笑いながらぺちぺちと禿頭を叩く。

八重のほうは胸をどきどきさせていた。

新しい〈蜜〉発見！　この分だと、まだ別の使われ方をしている〈蜜〉があるかもしれない。

伏し目がちに瞳を輝かせていると、由依さんがつけつけいった。

「本当に修行なんてしたのかい。どうせ無心に坐禅のふりで、その日の占いのことでも考えていたんじゃないのかい」

「旧暦屋の人間の言葉とは思えませんな」

和尚がにこやかに返す。

「旧暦の時代には、暦註は生活の基本だったというのに」

「レキチュウ？」と鸚鵡《おうむ》返しに聞いたのは八重だ。

「ピカチュウじゃないぞ」

それは分かってます。

「暦に記された注釈で〈暦註〉。日毎の吉日凶日、なにかをするのに良し悪しといった、いまでいうところの占いみたいなものだな。旧暦時代のカレンダーにはその暦註が年月日と共にびっしりと書き込まれていた」

平安の昔から続く暦の形なのだぞ、と和尚は得意げにいった。「具註暦《ぐちゆうれき》と呼ばれてな。安倍晴明も所属した陰陽寮《おんみようりよう》の博士が作成しておった」

註が具《つぶさ》に具わっている暦だから〈具註暦〉。当時の公的機関発行の漢文のみで書かれている暦で、かなで書かれた民間のものは仮名暦というそうだ。

「藤原道長の『御堂《みどう》関白記』というのは知っとるか？」

受験問題のような問いに、八重は反射的に身構えた。

「名前だけ……。道長の日記でしたっけ？」

富士山と同じ年に世界遺産（記憶のほうだが）に登録されたと参考書に書いてあったので印象に残ったのだ。しかし、道長は関白になったことがないのになぜこの名前なのか不思議だった。

「その道長の日記が、具註暦の余白に書かれておるのだ」

平安貴族の男性が具註暦の横に日記を書くのは割合普通で、道長は特に余白を多く取った具註暦を作らせ、日々のことを書き記していた。それが所々自筆本、所々写本という形でいまに伝えられ『御堂関白記』として現存しているわけだが、見方を変えれば、道長が日記を書きつけたからこそ平安の具註暦が廃棄されることなくいまの世まで生き残ったともいえる――といったことを、和尚は滔々と語った。どうやら和尚の趣味は着物だけではないらしい。

「平安貴族は暦註を心底重んじていたんだぞ。道長の祖父の九条師輔《もろすけ》なんぞ、朝目が覚めたら顔を洗う前にまず暦を見て日の吉凶を確かめよ、なんて子孫を戒めるような本まで残しておる」

「本日は大安？　仏滅？　とかですか？」

「六曜《ろくよう》か」和尚はにやりと笑った。

「あれは旧暦みたいな顔をしておるがな、六曜が幅を利かせ始めたのは明治五年にグレゴリオ暦へ改められた後、新暦になってからだ。それまでは官暦はおろか、民間暦にも載ったことはなかった。あっても一枚刷りの雑暦くらいで」

「えっ、そうなんですか」

てっきり、昔の占いだと思ってたのに。

「むしろ、昔からあるのは七曜のほうだな」

「シチヨウ？」

「月火水木金土日」

一週間だ。

「七曜は古いぞ。なにせ空海が密教の経典と一緒に唐から持ち込んだ、『宿曜経《すくようぎょう》』という密教占星術の経典から来ているからな」

いまは単なる曜日の七曜だが、昔は占いとして使われていたそうである。

「曜日の吉凶があらかじめ決まっておって」

日曜は家造りの他は万事吉、とか、火曜日は盗人を捕まえるのに吉、とか。

「道長の具註暦の上にも、ちゃんと七曜が書き込まれているのだぞ。——そういえば」

和尚がなにかを思いだした様子で、八重に視線を向けたときだった。

がたん、と椅子を鳴らして琥珀さんが立ち上がった。

「——八重さん、そろそろ休憩を上がらないと」

「あっ、はい」

八重は慌てて腰を浮かした。

食器をシンクに持っていって洗う。いつものように琥珀さんが傍らにきて皿を拭き始めたが、八重はカップをすすぎながら考えていた。

さっきの琥珀さん、変だった。

絶対、わざと音を立てて立ち上がった。――和尚の言葉を遮るために。

話の続きに、八重に聞かせたくないなにかがあったに違いない。

それは、道長の具註暦あるいは七曜に関連したもので、もしかしたら〈旧暦屋にない蜜〉に繋がるなにか――

その場でふり返り、宗貞和尚にたずねることもできた。けれど、あえてそうはしなかった。

答えは自分で探すものだ。

バイトを終えて家に帰ると、八重は夕飯もそこそこに携帯を手にして検索を始めた。

まずは〈具註暦〉を調べてみたが、和尚から教えられた以上のことは見つからない。〈七曜〉についても、大したことは書かれていなかった。しかし、関連として挙げられていた〈曜日〉の項目で思わぬ発見があった。

〈『御堂関白記』の具註暦には曜日が朱筆されている〉という記述の後に、

〈日曜日には特に、曜日の傍に「密」と書かれている〉

とあったのだ。

見つけた！　和尚がいおうとしていたのはこれだ！　と一瞬小躍りしそうになったが、画面を見直して気がついた。

字が違う。曜日の傍に書かれているのは〈密〉であって〈蜜〉ではない。

みつ違いかぁ、とがっかりしながら、続きを読んだ。

〈密〉とは元々ソグド語の太陽、ミールを表わす言葉だそうだ。要するに、日曜日の、日。

話が波羅蜜から具註暦、七曜へ移っていった中で、宗貞和尚は「そういえば」と連想したふうに見えたから、絶対〈蜜〉に纏わることだと思ったんだけどなあ。

納得しないまま、仕方なく別の項目へ移った。

しかし、他にもいろいろ調べてみたが、どうもこれというものに行き当たらない。

というか、やはり『御堂関白記』に記されているという〈密〉の一字に、後ろ髪を引かれるのである。

納得できるまで調べてみるかと、思い直して『御堂関白記』の検索に戻った。今度は文章ではなく画像を探してみる。

具註暦の画像はたくさん見つかった。しかし小さい。漢字の羅列が蟻《あり》の行列のよう。

画面に鼻先を近付け、右上左上と部分的に画像を拡大しつつ七曜の文字を探していったが、駄目だ。目がしぱしぱしてきた。

小一時間ほど蟻の列と格闘して、八重は畳の上に携帯を投げだした。

やっぱり大きなパソコン画面で見ないと無理かなぁ。

目頭を揉みながら考える。週明けまで待てば、大学の学生用コンピュータを使うことができるだろうけれど。

でも、じれったい。じれったいよぉ。

明日の日曜日もバイトが入っているが午後からだ。体が空いている午前中になにかできることはないだろうか。

うーん、と悩みつつ視線を漂わせる。どこかに妙案は転がっていないかと、部屋の中を見渡す。

すると、本当に落ちていた。

畳の上に、初心者向けの着物の本が。

文章よりも写真のほうが断然多い、ほとんど雑誌のようなそれを見てふっと閃いた。そうだ、本の写真で見ることはできないかしら。

なんで最初にそれを思いつかへんねん、と突っ込まれそうな、ネットスマートフォン世代ならではの遅い閃きだったが、ともかく八重は再び携帯をつかんで市立図書館のサイトを呼びだし、蔵書の検索を開始した。

『御堂関白記』関連の本は二冊しかなかったが、うち一冊の内容紹介に「豊富な原文写真」

とある。

よし。

八重は一縷の望みをかけ、翌日の午前中に本を所蔵している北部図書館まで行った。首尾よく目当ての本を見つけ、ページをめくりにめくって、

そして見つけた。

寛仁四年、三月二十二日条の自筆本の白黒写真。

日、の曜日の上に書かれている一文字を。

それは〈蜜〉。

〈密〉ではなく〈蜜〉。何度見直しても〈蜜〉。こっちが正解。

やっぱり、みつ違いだったのだ。

整理しよう、と八重は本と埃の臭いが混ざった図書館独特の空気を吸い込んだ。

〈旧暦屋にない蜜〉とは。

ソグド語のミール、太陽で、日。そこから七曜の日曜日。

日曜日とは。官公庁、学校、会社や昔からある商店街的には――

お休みの日。

定休日。

ごくり、と八重は椅子の上で唾を飲み込んだ。

確かに、旧暦屋には定休日がない。けれど、暇な平日にサの字は時々休んでいる。

でも、店の二階に住んでいる琥珀さんは？

きちんと考えたことがなかった。「たまには休んだら」と彼にいっても「あんまり根を詰めないで」の同義で、本来の意味での休日がないとは思っていなかった。

彼が縫っていない日はあるのだろうか。日がな一日、虫籠窓の部屋でごろごろ本でも読んでいるような日は。

実地調査が必要だ。

手始めに、八重は資料本をぱたりと閉じた。

二

旧暦屋の営業時間内に日参するには授業をサボる必要があったが、大したことではない。問題は、毎日店に顔を出す口実だ。

悩んでいたら、あっさり解決した。宗貞和尚の提案通り〈きぬ、よして〉の第二部にファッションショーを行うことになり、琥珀さん所有の人間国宝作の長着と帯と羽織の計五点（そんなに持っていたのか！）を、参加者に着てもらうことになったのである。

着付け係は由依さん。八重も助手に任命された。

機を逃さず八重は彼女に頼み込んだ。

「由依さん、夕方に小一時間ほど人間用の着付けを教えてもらえませんか。明日から〈きぬ、よして〉の会まで毎日通いますから」

「なんだい、いきなり熱心じゃないか」

「だって、お人形にしか着せたことありませんし……」

いまのままでは助手として覚束ない、と不安げな顔をしてみせれば、

「それもそうだね」

だけど自分で着るより誰かに着付けるほうが先とはねぇ、と由依さんはおかしそうに笑いつつ、すんなり承諾してくれた。


そういう次第で、表向きには着付けを習うため、実際は琥珀さんの仕事ぶりを確かめるために、旧暦屋詣でを続けてはや一週間。

月火は曇り空だったので大学から三十分の道程を歩いた。水木は雨のためバスを使用。本日最終日は晴れたのでまた歩きだが、
暑い。

太陽がぎらんぎらん、直射日光を受けた肌がちくちくする。

大学生になったことだし、晴雨兼用傘でも買おうかな。

空を仰ぎながら坂を上っていると、パラソルを差した華やかな一団が目の前を横切ってい

った。

あ、レンタル着物御一行様かしらん。

思わず好奇の目を向けてしまう。先日サの字とレンタル着物の話題で盛り上がったばかりなのだ。

「レンタル着物？　……って流行っているんですか？」

「ああ。京都の東山やら祇園四条に行ったらごってりいるぞ。外国人観光客が多いようだが」

「舞妓さんモドキがうようよしているんですか？」

「いや、最近じゃ、短時間で着替えられて観光にも行ける、普通の着物が受けているらしいな」

「へぇー」

話のついでに、レンタル着物の見分け方のコツを伝授してもらった。

曰く、多くのレンタル着物には何段階かの値段設定があるそうで、例えば松竹梅と浴衣ならば、
松は上品、
竹はアンティーク着物、
梅はとりあえず着物。

お試しに梅を選ぶ人が多いため、大まかに梅の特徴をおさえておけばレンタルだと大体知

れるというわけだ。

梅レンタルの大まかな特徴は、

一つ、色柄が鮮やか

一つ、化繊

一つ、半幅帯（お太鼓ではない）

浴衣との違いは半衿が覗いていること。寒い季節になれば、羽織なしのショール姿で闊歩していることが多いので、もっと判りやすくなるらしい。

「ちょっと前までは、派手柄着物に白足袋白半衿が梅レンタルのトレードマークみたいなもんだったんだがな、この頃じゃ足袋やら半衿、草履まで凝って色柄物を貸しだす店も出てきて、一概にはいえなくなった」

選択肢が増えるのはいいことだが、レンタルにばかり行かれると商売あがったりだ、とサの字は苦い顔。

しかし借り物でも自前でも、着物であることに変わりはない。

楽しそう……。

遠ざかっていく鮮やかな花の着物の背を、八重は憧憬の眼差しで見送った。

それにしても、いつもと違う時間に歩くと面白いものを見る。

一週間旧暦屋詣でを続けても、琥珀さんが仕事を休む気配はまるでなく、いつも同じ男が縫物をしている眺めばかりなり。だが外ではいまみたいに違う景色に出くわした。特に路地で。向かいの引戸――いつもはぴたりと閉まっている黒い戸がからりと開いて、人が出てくるのを何度か目撃したのである。

一度目は火曜日の久良さん。ひょっこり出てきて、そのまますたすたとセルネルに戻っていった。

二度目は今朝である。朝の琥珀さんの様子も確かめてみようと、大学の行きしな、それも七時半に寄ってみたのだが、彼はすでに一階の和裁室にいた。一体全体いつ休んでいるのだと首をかしげながら店を出たところでからりとお向かいの戸が開いて、

「おやかましさん～」

歌うように挨拶しながら着物姿の女の人が出てきた。

おやかましさん？

八重が視線を向けると、路地表へ鼻緒を返した女性と目が合った。

「あ」

二人同時に声を上げた。〈紅花栄〉に因んで芭蕉の眉掃きの句を教えてくれた、紅花婦人だったのである。

「こんにちは」

八重は屈託なく挨拶したが、老婦人のほうは困ったような笑顔を見せた。

「いややわ……おはようさん」

ってなにがイヤなのか。

旧暦屋のお向かいさんと知り合いですか？　そもそもお向かいに誰か住んでいたんですね？　八重のほうから聞きたいことはたくさんあった。しかし紅花婦人が先んじてたずねた。

「蜜のことはわかったん？」

その一言ですべてが吹き飛んだ。

「そう！　そうなんですよ！　だいぶわかったんです！」

興奮気味に八重は答えた。

「〈蜜〉には二つの意味があると思うんです。一つは花の蜜で……そっちのほうはまだきちんと詰められていないんですけど、もう一つはソグド語の太陽から来た日曜日を表わす蜜で、〈休みの日〉の意味だと見当がついたんです」

「偉いなあ。おばあちゃん、花の蜜のほうは見当がついてたけど、そっちのほうは気ぃついてへんかったわ」

いまはそれについて検証中です、というと、ほうかあ、と紅花婦人がにっこりした。

「えっ、花の蜜のこと、わかっていたんですか？」

「そうやな」

せやけど――と紅花婦人は思案するふうに小首をかしげた。「そっちのほうは、あんたはんが解かへんでもええんちゃうかな」

「え？」

「自分が見つけた蜜のほうを突き詰めて、ちゃんと答えてあげたらええと思うわ」

紅花婦人は柔らかに微笑んで、ほなね、と路地から出ていった。

なんで花の蜜のほうは解かなくていいんだろう。

ぼんやり考えながら歩いていると、本屋の前を通りかかった。今日は時間に余裕があるし

ちょっとだけ、と八重は店に吸い込まれた。入口付近で新刊本をチェックし、そぞろに雑誌の表紙を眺めながら着物のコーナーがある奥へと分け入る。初心者向けの本を手に取ってぱらぱらとめくった。

相変わらず、本の中には美しい着物姿が一杯だ。けれど――

ふう、と八重は小さく嘆息した。

どれだけ写真を眺めたって、実地となるとあんまり役に立たないなあ。

その一つが衿のこと。

着物の衿には〈広衿〉と〈バチ衿〉の二つの形があるのだが、八重ははっきり違いが分かっていなかった。思い返せば、琥珀さんたちが時々「広衿でよろしいですね」とお客様に確認していた気がするが、衿幅を広く取って縫うのだと思い込んでいたのである。なにせお人形の着物は初めから縫われているバチ衿だし、写真で眺めるぶんには違いはないように見えるし。

広衿とは、衿の幅が実際の二倍幅になっていて、着用時には二つに折り返して首元胸元に当てる衿のこと。幅が調節できるのでこちらのほうが自然な仕上がりになる、らしい。

もう一方のバチ衿は、最初から半分に折った状態で縫われている衿である。衿幅が首から胸元にかけて、三味線のバチのように徐々に広げられているのでバチ衿というそうだ。最近の傾向としては、浴衣などの気軽な着物がバチ、残りは広衿。仕上がりだけでは初心者には見分けがつかないが、いざ着付けとなると広衿は手強かった。首元から胸元へと、少しずつ衿幅を広げていくのだが、これがなかなかうまく決まらないのである。

はーあ、と嘆息交じりに本を棚に戻す。そのまま出口のほうへ爪先を向けたとき、こちらに歩いてくる人と目が合った。明るい茶色の髪に水色のシャツの男性だ。知らない顔だったが、相手は八重に微笑みかけてきた。

「こんにちは」

どちら様？

胡乱《うろん》な瞳で見返すと、相手が笑みを深くした。

「この間、旧暦屋の方と良音寺にいらっしゃいましたよね。あのとき最初に応対した史朗法師だといえばわかりますか」

「え？」

法師？

でも、髪の毛が生えているんですけど。

「これはかつらです」

史朗は茶髪に触れた。袖先にゴールドの高級そうな腕時計がちらり。王冠マークのあれは、

「ローレックス？」

「法師の仕事が休みのときはこれで還俗《げんぞく》するんです」

にこにこと冗談をいうその人は、よく見れば確かにあのときお茶を出してくれたお坊さん――のようだが。

でも、この前と全然雰囲気が違う。

どんより。良音寺にいた僧侶は曇天みたいな印象だった。お茶を運んできたときも伏し目がち。猫背で俯き気味というかほとんどどうな垂れている状態。全体的におどおどしていたような。

しかし、目の前にいる男性は妙に明るい。ほぼ初対面の若い娘に臆することなく、気が合えばそのままお茶に誘っちゃいそうな感じ。

かつらを被るとナンパになるのかしら。

八重は適当に流して、その場を去ろうとした。すると、引き留めるように史朗がたずねた。

「和尚様から聞いたんですが、今週末、お店でファッションショーがあるそうですね」

「え？　ええ、雨天の場合だけですが」

「人間国宝の作品が使われるとか」

まあそうですねと八重は曖昧に返したが、面白そうだなあ、と史朗は破顔した。

「見にいっちゃいけないかな」

「うーん、どうでしょう。イベントの参加者を対象としたショーですし、参加募集のほうもすでに締め切っていますので」

「そうか」

　遅かったか、と史朗は残念がったが、さして実感がこもっているようには見えない。

　八重は一揖して今度こそ立ち去ろうとしたが、また史朗が引き留めた。

「そうだ。俺と勝負しません？　いまからクイズを出すから、ハズレたらあなたが俺にお茶を奢る。アタリなら俺が奢る」

　唐突な申し出である。しかも八重が史朗とお茶をすることが前提だ。

　なによそのアナタに有利な提案は？　と八重は眉をひそめたが、

「あれ？　なぞなぞは嫌い？　好きそうに見えるのに」

　史朗は笑顔でしれっと返す。妙に手慣れた感じだ。こんなふうに一か八かヨョイノヨイ的に誘えば、アラ面白いわねと乗ってくる女が案外多いのかもしれない。

　でも、法師がやることじゃあないよね……。

　呆れつつ見返しても、史朗は「俺ねぇ、謎好きの人間って判るんだ」なんていってにこにこしている。

　確かに謎は八重の好物だ。しかしいまは、〈蜜〉のせいでお腹一杯。なぞなぞには食傷気味なんである。

　すたこらさっさと逃げよう、と身を翻しかけたが、しかし史朗のほうが一瞬早かった。

「セリザワケイスケ、チバアヤノ、コダエイスケ」

早口言葉のようにいって、「この人たちの共通点はなーんだ?」とにやりと笑う。

つられて八重は答えてしまった。

「芹沢銈介って、染色工芸家ですよね」

仙台の東北福祉大学に芹沢銈介美術工芸館があって、何度か展覧会のポスターを目にしたことがある。

「チバアヤノという人は知りませんが……」

でも、コダエイスケが甲田榮佑ならば、あれじゃないだろうか。

仙台平。袴地の最高峰。

その織元は仙台にある、と以前琥珀さんが教えてくれた。それで興味を持って仙台平を調べた際に、確か甲田榮佑の名を見た気がする。〈重要無形文化財〉の称号と一緒に。

芹沢銈介もその肩書を持っていたのでは。

もしかしたら、チバアヤノという人も。

「人間国宝……?」

深く考えもせずにつるりと答えてしまった。ハズレなら史朗にお茶をご馳走しなければならないと思いだして蒼くなったが、史朗の返事は「アタリ」だった。

「芹沢銈介は型絵染め、千葉あやのは正藍《しょうあい》染め、甲田榮佑は精好《せいごう》仙台平の人間国宝だ」

なんだぁ、さっきの会話の続きのお遊びだったのね。

ほっと胸をなで下ろす。しかし史朗のほうは子供みたいに唇を尖らせていた。どうやら本気で勝負に勝って、大学生の娘にお茶を奢らせる腹だったらしい。

「三人にはもう一つ共通点があるんだけど――」

史朗が追加で問題を出してきたが、八重は「いい加減にして」と目顔で返した。この調子で間違うまで相手をさせられてはかなわない。

娘に無言で睨まれて、「ちぇ」と史朗が面白くなさそうに舌打ちする。「三人とも宮城に所縁《ゆかり》があるんだよ。千葉あやのと甲田榮佑は出身地も工房も宮城だし、芹沢銈介は息子が東北福祉大学の名誉教授なんだ」

それじゃあ、とぶっきらぼうに切り上げて、史朗は店の奥へと歩き去ってしまった。

八重も本屋から出たが、もやっと嫌な気分。

ああいうのってなんていうんだっけ、ジゴロ？

あの有髪の僧は、いつもあんな感じの丁半式ナンパで、托鉢もせずに女にたかっているのだろうか。

それより気にかかるのは、史朗が宮城所縁の人間国宝を選んだこと。

旧暦屋の前身ともいえるきぬぎぬ屋。サの字がその店を営んでいたのは勿論東北の――宮城県だ。

しかし当の旧暦屋に着いてしまえば、もやっと思い悩んでいることなどできなかった。明日が本番ということで、いままでのおさらいをあせあせと小一時間。しかも、おさらいが終わって帰ろうとしたところへ、琥珀さんが追いかけてきた。

「八重さん、明日はあの簪を持ってきてくださいね」

「簪？」

「だって、折角着物を着るのだし」

あ。

忘れてた……！

蜜と着付け助手のことで頭が一杯で、自分も着せられる側だということをすっかり失念していた。

「あの、その、あの」

しどろもどろに返すと、やっぱり嫌ですか？　と琥珀さんがほろ苦く笑う。

「そんなに嫌なら、バイトそのものを辞めることもできますよ」

辞める……？

八重はむかっ腹を立てて琥珀さんを見返した。

この一週間で確信した。〈旧暦屋にない蜜〉とは定休日のこと。

つまり、琥珀さんには休日がない。

四月に店を開いてから、恐らく彼は三カ月の間一日も仕事を休んでいない。前に「元旦には針を持つな」とかいっていたから、このまま年末まで突っ走るつもりだろう。

それを知っていて、アルバイトを辞める？

できるはずがないじゃない。

八重は挑むように琥珀さんを見つめて、踵を返した。暖簾を跳ね上げ、飛びだすように外へ出る。

そして、夕暮れの空を見上げて大いに文句をいった。

最初から、こっちの心の動きなどお見通し。

琥珀さんは、やっぱり狡い人だ。

三

翌日、〈きぬ、よして〉会の当日。

一年で一番昼が長い週末なのに、朝からお天道様は分厚い雲の向こう側。いまは降っていないが三時過ぎから一時的に雨で夕方からまた曇るという予報で、どっちやねんという空模様。

「おはよーございまーす」

八重の声にも優柔不断が滲んでいた。一晩中悶々と考えたが、着物から逃げる口実が思いつかなかったのだ。

一日だけだし。

えいやっと着てしまえば、案外平気かも。

色々自分に言い聞かせてみても、心はぐらんぐらん。たかが着物、されど着物である。だが一旦暖簾をくぐってしまえば躊躇などさせてはくれなかった。

「やあ、来ましたね」

琥珀さんが着物一式を用意して待ちかまえていて、いきなり「まずこれを着てください」と薄っぺらいものを渡されたのである。

「七分シャツ……？」

広げてみて八重は小首をかしげた。綿のような手触りで、どう見ても頭から被る桜色Tシャツなのだが、首周りにY字の半衿がついている。

「それは半襦袢代わりです。市販の品を参考に作ってみました」

半衿を折り返すと、普通に七分シャツとして着られるようになっているという。

「袖はちょっとアレンジしてあります。市販のものは着物のほうに替え袖をつけるようにアドバイスされているのですが、面倒なので」

袖の部分はふわっと広がるラッパ袖。肘から下が幅広のコットンレースになっていて、チラ見え安心仕様になっている。

それとこれ、と今度はウエストがゴムになっているペラペラのズボンを渡された。

「こっちは裾除けと二部式襦袢の下代わりです」

襦袢地で作ったという幅広のズボンはぺらりと薄く、心もとない感じ。それを補うためか、前部分に巻きスカートふうに生地が一枚重ねられている。上から長着を羽織れば、襦袢の裾に見えるだろう。

まずは洋服の上から着物を羽織る感覚で着てみましょう。そういわれて返す言葉が見つからなかった。綿レーヨンだというTシャツの柔らかさ、ズボンのつるりとした絹の感触から、八重の気を楽にしようとする琥珀さんの気遣いがひしひしと伝わってきて、逆に胸が苦しくなる。

四畳半の襖の陰で粛々と着替えた。

着てみると、二部式襦袢を着たはずが、洋服に着替えた感じだ。地味めのゴスロリふうピンクシャツに、淡いペーズリー模様のお洒落なロングガウチョパンツ。

これならジーパンの上から着せ替え人形になったときと変わらないかも。

そう思いながら襖から顔を出すと、和裁室のほうも準備が整っていた。

「はい、じゃあちょっと失礼」

四月以来、ほぼ三カ月ぶりのぎゅぎゅぎゅーである。その間に色々あって前以上に琥珀さんに馴染んでいるとはいえ、やはり抱きすくめられるとどきどきする。

軽い眩暈を感じながらされるままになっていると、あっという間に着付けが終わり、八重は着物の国の住人になっていた。

「終わったか」

土間からサの字が顔を出す。いかにもからかってやろうという様子だったのに、八重を見た途端、驚き顔で固まった。

「ど、どこか、変ですか……？」

問いかけたが、サの字は答えず琥珀さんを睨み据えながら唸った。

「……てめぇ、スタッフは赤い着物に黒の帯で統一しようなんていいやがったのは、八重どんにこれを着せたかったからか」

「そうだよ」

琥珀さんは悪びれもせず答えて、八重の髪を高い位置に結び直し、簪をさす。

「さあ、できましたよ」

「あ、ありがとうございます」

八重はぱたぱた鏡の前に歩いていき、自分の姿を眺めた。

朱色に近い緋色の着物である。帯は黒地の牡丹唐草、銀鼠の帯締をきゅっと結んでぐっと渋いが、

「……なんだか、花で一杯ですね」

「一種の四季草花柄ですが、色が統一されているのであんまりうるさくなくていいでしょう？」

唐紅の花の四季ですよ、と琥珀さんが得意げに返す。

からくれないとは濃い赤のこと。その言葉通り、着物に描かれているのはすべて赤い花々だった。

「やはり春夏の花が多いですね」

椿、梅、躑躅、芍薬、牡丹、ひなげし、薔薇——と琥珀さんが花を数える。袖をちょいとつまんで、これは木瓜かな、と小首をかしげる。

「秋冬のほうは、彼岸花、秋桜、山茶花、ダリア——」

折り重なるようにぎっしりみっしり織り上げられた大輪の花々。誇張ではなく、遠目では赤一色に見えそうなくらいの真紅の花尽くしだ。

「つうか、これ風通御召《ふうつうおめし》じゃねぇか」サの字が呆れ声で突っ込んだ。「〈絹、止して〉の会のスタッフが絹着てどうすんだ」

　しかし琥珀さんはどこ吹く風。

「どうせ、箪笥の肥やしはいけないわ、とかいって〈着ぬ、止して〉の大義名分で着てくる人間が大勢いるさ」

　エプロンをつけてしまえば半分隠れますから、と八重に平然と笑いかける。

　サの字は渋面全開だ。

「オンナっつうのは、エプロンなんて透視すんだよ。客よりスタッフのほうが輝いてどうすんだ」

「お客様によりよいコーディネートを提案するのも店の役目だよ」

「おまえの提案だってのがまずいんだ」

「なんだいそれ。訳がわからないな」

たっはー、と嘆きながらサの字は額に手をやり、片目で八重を見た。

「それ、自分の着物だってことにしとけよ」

「自分の？」

「琥珀のセレクトだってバレたら客が減る……てか、暴動が起きかねん」

　ったくこの忙しいのに、とサの字はぶつぶついいながら、奥へと姿を消した。


　だが、サの字の心配は取り越し苦労だと思えた。

　午前中に打ち合わせでセルネルに行ったのだが、女性スタッフは皆、それなりに派手だったのである。

　由依さんは渋い赤の紬に灰黒の縞帯、くゆりさんは真っ赤なウール着物と波紋のように金銀の輪が描かれた黒帯、残りの二人は縞と格子の赤い絣に雪輪文様とミッキーマウス柄の黒い半幅帯。五人並んで打ち合わせの席に座れば、

「なんだかステージ衣装を着たアイドルグループみたいですねぇ」

　と顔を見合わせ、笑っちゃうほど。

　はしゃいでいる横で、しかつめらしくサの字が始めた。

「本日の会の参加予定者は四十名です。目標の三十名を上まわって幸先の良い滑りだしですが、初回にしては少々人数が多いので、皆さん緊張感を持って臨んでください」

　ちなみに、四角張っている彼も臙脂《えんじ》の衣に黒い角帯姿である。

「まず、奥さんと由依さんは受付で参加費徴収、的場さんと福田さんのお二方はウェルカムドリンクの配布をお願いします。篠笛演奏は後ろのほうで聞いていても構いませんが、プログラムが半分過ぎたら茶菓の準備を始めてください。第二部を行うかどうかは、ティータイムの間に判断します」

ファッションショーのモデル決めには、テーブルにあらかじめ番号札をおいておき、いざとなったらくじ引きすることになっている。

「それから、〈三春幻想〉の曲に合わせて、能楽師の栄秀《えいしゅう》さんが踊ってくださることになりました」

「能楽師？」

「創作仕舞っていうのかな」琥珀さんが後を受けて説明した。「宗貞和尚の知り合いでね。篠笛の演奏があると聞いて興味を持ったらしい。僕が吹く音に合わせて、アドリブで踊ってくれるそうです」

そんなこんなで踊りの空間を作るため、場所を取っている人形を急遽旧暦屋に移動させることになった。人形を運んだり、テーブルの位置を変えたりと、ばたばた準備に追われているうちに、あっという間に午後である。

八重は客の案内と誘導係を任されていた。入口付近で待ち構えていると、開始時間の三十分前くらいからばらばらと客が来始めた。

まず到着したのは、わいわいと賑やかな一団。木綿デニム化織組。

「こんにちはぁ」

「雨、降りそうですねぇ」

「あ、けど降っても大丈夫。洗える着物ですから」

次に現れたのが、個人参加の個性派。総レース使いだったり、下から洋服の衿と真珠のネックレスが覗いていたり、「こうあるべし」的着物お手本を蹴飛ばす勢いの女性たち。

それから、艶やか華やかな一群が押し寄せた。勿論彼女たちは琥珀さん仕立ての絹着物でしゃなしゃなやって来て、

「宝紀さーん、元気ですかぁ？」

「はるばる来ちゃいましたぁ」

「箪笥の肥やしを着てきたけど、雨降ったらどうしよ〜」

どうやら〈きぬ、よして〉の解釈はくっきり別れたようだ。

けれど、一致していることもある。

着物、帯はいうに及ばず、帯揚、帯締、帯留、バッグや髪飾り、足袋と草履下駄の鼻緒に至るまで。楽しみつつ、でも細心の注意を払って、抜かりなく――

誰も彼も今日を心待ちに、前々から準備を進めてきたということ。

参加者の着姿は、六月の遊び心で満ちていた。木綿デニム組の着物は縞や格子の地味なものが多いが、その分帯や帯留が洒落ている。

バラ窓ふうのジャワ更紗や虹色の紅型唐草、写実的な友禅の合歓の花。セルネルの至る所

に帯の花が咲き始め、六月の庭が顕現する。女性たちの明るいさえずりは垣根を越えて山野に響き、水文柄の帯の清流に鮎の帯留が跳ね、鮎を狙って鵜が羽ばたく。

奈良を意識した鹿や仏像、篠笛演奏に因んだ楽器柄の着物や横笛の小物使いもちらほら。雨の一滴に見立てた真珠の帯留や簪をつけている人もいれば、半衿と帯に雨粒の水玉柄、てるてる坊主や雨傘の帯留、なんて人も。

特記すべきは、ほぼ全員がレースの羽織を着ていたことである。着物にも流行りがあることに驚く。

それと、全員が大荷物。

小ぶりなバッグの他にもう一つ、大ぶりのエコバッグを手にしている人がほとんどで、どうやら皆さん、雨コートや草履カバーを持参して雨対策万全で臨んでいるらしい。

着物を楽しむには腕力が要るなあ……。

感じ入りながら眺めていると、

「見事に、女ばっかりだな」

サの字が外からやって来ていった。さっきから姿が見えないと思ったら、どうやら旧暦屋にいたらしい。力仕事でもしていたのか、額に薄っすら汗をかいている。

「男の人にも来てほしかったですか?」

「当たり前だ。会を男性にどうアピールするかが次回の検討課題」

サの字がそう口にしたからではないだろうが、そろそろ開宴五分前という頃に、男の客が訪れた。八重が受付と入口を行ったり来たりしていたときである。

「やあ、どうも」

声にふり向くと、路地に史朗が立っていた。今日も洋服姿でかつらを頭にのせている。

うわ、また出た。

警戒しつつ外へ出ると、実は、と史朗が明るく近付いてきた。

「休日に寺にこもっているのもなんだし散歩でもするかとぶらぶら歩いていたら、すぐそこで顔見知りのご婦人につかまって、お遣いを頼まれちゃってね」

旧暦屋のご店主はいるかな、といわれて、八重は急ぎ琥珀さんの元へ走った。

琥珀さんを連れて戻ると、史朗は短く挨拶して、ジャケットのポケットから一枚の封書をつまみだした。

「会が始まる前にお渡しするようにとこれを預かりました」

仰々しくいうが、ポチ袋サイズの豆封筒である。

どなたから？　と琥珀さんが受け取りながらたずねると、それがと史朗は困ったふうにかつらの毛を触った。

「和尚様の知り合いで、うちのお寺に時々お見えになる方なんですが、名前は知らないんです」

七十手前くらいのご婦人ですと聞いて、琥珀さんが「ああ」とうなずきながら封を切る。

手紙に目を落としていたのは三秒ほどで、琥珀さんはすぐに顔を上げた。

「わかりました。ありがとうございます」

ところで、と営業スマイルを史朗に向ける。

「お時間ございませんか？　いまから篠笛演奏と仕舞がありますので、よろしければ鑑賞しながら、お茶など召し上がっていってください」

「え、そんな厚かましい」

「いいえわざわざ言伝《ことづて》を届けていただいたのですから。どうぞ遠慮なさらず」

後ろの席に案内してあげてといいつけ、ついでのように「これ、面白いよ」と豆便箋を八重の手におしつけて、琥珀さんは演奏の準備に行ってしまった。

八重が店の中にいざなうと、史朗は「いいのかなあ」と呟きながらついてきた。遠慮を口にしていたが、明らかに嬉しそうである。

「そういえば、ファッションショーはどうなったの」

「まだ雨は降っていませんが、微妙なところですね。着物のほうはどっちでもいいように、旧暦屋でスタンバってますけれど」

ショーをすることに決まったら、八重が旧暦屋に戻って用意をすることになっている。

「ブルペンで待つ投手のようだな」

史朗は笑いかけたが、次の瞬間「ひっ」と笑顔を凍りつかせてすくみ上がった。どうした、とふり返ればなんのことはない、お人形だ。ほとんど旧暦屋に移動させたが一つだけレジ脇に残っていた。

「もしかして、お人形苦手ですか？」

「い、いや」史朗はかぶりをふったが、明らかに怖がっている。

「うちの寺は人形供養をやってて」

それは知っている。

「人形の呪いを調伏《ちょうぶく》できる技を会得したいと和尚様に頼んでいるんだけど、秘伝らしくなかなか教えてもらえなくて」

人形供養とは役目を終えた人形の冥福を祈ることであって、調伏の類ではないだろう。

本当にずれてる人だなあ、と思いつつ、八重は史朗に笑いかけた。

「今日は場所の関係であんまり出ていませんけど、普段は百体くらい並んでいるんですよ」

「ひゃ、百体？」

「冗談です」

飲み物を持って参りますがなにに致しましょう？　注文を聞いて八重はその場を離れた。

歩きながら帯の間から豆便箋を出して目を落とす。

内容に胸をつかれ、つと足を止めた。


〈美しき人参る〉

紙には一行、そう書かれていた。

四

　そうして〈きぬ、よして〉の会は始まった。

　お客さんの前に現れた琥珀さんはいつぞやの〈蛍草蛍に為る〉の渋い紺紫の衣だった。相変わらず狐の面をつけ、名無しの笛吹き狐として吹いていたが、

「あれ、宝紀さんでしょ？」

「宝紀さん以外の何者でもないでしょ？」

　お姉様方にはバレバレ。お面を被った意味がないというか、かえって「判っているのは私たちだけ」的な優越感を与えてしまっている。

　演奏曲は狩野嘉宏《かりのよしひろ》の〈水かがみ〉〈湖上の朝〉、福原百之助《ふくはらひゃくのすけ》の〈京の夜〉と〈三春幻想〉。由依さんとの〈蛍こい〉の二重奏を挟んで、鯉沼廣行《こいぬまひろゆき》の〈蘭《あららぎ》〉である。

　一曲目の〈水かがみ〉が始まった途端、八重は己の演奏との差にガーンとなった。

　いや、去年の夏から全然吹いていない自分が悪いんだけど。

　しばし立ち直れなかったが、能楽師栄秀の鮮烈な登場で目が覚めた。それまでどこにも存在もしていなかったのに、〈三春幻想〉が始まると同時に、外の扉から音もなく白い水干姿で現れて舞い始めたのである。

狸の面と烏帽子をつけているため年齢不詳。性別も分からないが。

軽い。

クラシックバレエが白鳥の羽ばたきと滑空だとすれば、栄秀の舞は胡蝶の浮遊。

ひらり、ひらひら。

曲中の〈春〉の躍動する調子に合わせて、白い袖が夢のように翻る。面をつけていて視界が狭いはずなのに、三メートル四方の舞台空間から栄秀がはみ出すことはなかった。まわってもまわっても、常に中央にいる。

ほわぁ、おもしろーい。すごーぃ。きれーぃ。

感心して見惚れているうちに終わってしまった。入れ替わりに登場した由依さんを見てはっとする。

お茶の準備にかからなければ。

他のスタッフも舞に心奪われればぼんやりしていたらしく、皆一様に急ぎ足で厨房に向かった。

あれよあれよという間にティータイム。琥珀さんがアンコールに長めの曲を吹いて引き延ばしてくれたおかげでなんとか準備は間に合ったが、給仕となると八重はもたついた。セルネルのバイト三名は流れるように茶器を並べていくのに、着物にも給仕にも不慣れな八重はどうしても動きが鈍くなる。足元はバレエシューズだが、裾は絡むわ、つんのめりそうになるわ。

「ちょっといまの、ジーパンの子……？」

お姉様方にぎょっとされるのは相変わらず。ジーパンの子の似合わぬ着物姿とガサツな動きに驚いたのだろうが、八重のほうは給仕プラスアルファで一杯いっぱい、気にしている余裕はない。

「ほい、パウンドケーキぃ」

「はいっ」

「ほい、シフォンケーキぃ」

「はいっ」

裏と表を行ったり来たり。目まぐるしくセルネルの野を駆けまわる。

衣に咲き乱れる花々が、目に鮮やかで眩しすぎるほどだった。季節柄、菖蒲使いの女性が多いようだが、それ以外にも、

露草、

梔子《くちなし》、

蛍袋、

紫陽花、

枇杷の花――

花の色とペンダントライトの虹色がシャンデリアのガラスに映って、店内はまるで万華鏡。スタッフたちは赤いピースだ。流れるように動いて、どんどん模様を変えていく。

　その中で八重の赤い袖だけ、せわしなくパタパタ、ぱたぱた。

　時折不審な動きまで見せていた。

　給仕の最中に目撃してしまったのである。琥珀さんが薄紅色の紬の女性に声をかけられているのを。女性が親しげに彼の袖に触れているところを。

　まさか彼女が、美しき人？

　よそ見をしていて、他のスタッフにぶつかったり、お茶に袖を突っ込みかけたり。けれど、反省している暇もない。全員にお茶とケーキが行き渡ると、今度はステージ空間の模様替えだ。背を高くした丸テーブルを並べ、劇場ホワイエのような歓談スペースを作る。

　設置が済むと、さっそく小トレーごと茶菓を持って移動する者が現れた。客に挨拶まわりをしている琥珀さんを捕まえて、

「あの、仕立てのことで相談があるんですけど〜」

　と丸テーブルの所へ引っ張っていく。

　すると、我も我もとお姉様が立ち上がった。琥珀さんを取り囲んで、あっという間にフリースペースの人口密度が上がる。

　八重たち女性スタッフは、厨房脇に引っ込んで様子を見守った。

　甘いもの好きのお姉様方がお茶菓子の写真をバシャバシャ撮っている。厨房からのそりと出ていった久良さんを拍手喝采で迎え、さっそくケーキの話に花を咲かせ始める。

　サの字が存外モテている。木綿デニム組に話しかけられ、にこやかに応じている。番外の

史朗も人気だ。洋服姿が珍しいのか、適度に軟派な感じが女性に受けるのか。あちらこちらで声をかけられている。

琥珀さんは相変わらず引っ張り凧。あっちの島こっちの港で袖を引かれている――けれど。

いま、琥珀さんにすり寄っていった女性――窓辺にいる雨絣の人。

あれは、さっき見た薄紅色の紬の人では。

いつの間に、一体どこで着替えたの？

いやそれより――

遅まきながら気がついた。彼女の紅色紬も雨絣も、くゆりさんが前に着ていたものではないか。

そういえば、くゆりさんは「借り物だ」と――

八重は近くにいたくゆりさんに声をかけた。「もしかして前に着ていた草木染めの着物って、いま琥珀さんと一緒にいる女性の」

ああ、とくゆりさんは二人に視線を向けながらばつが悪そうに口の端を持ち上げた。

「彼女に頼まれたのよ。着物でモーションかけたいけれど、どんな反応が返ってくるのか読めないから、一度旧暦屋の店主で試してくれないかって」

宗貞和尚から聞いた、着物の駆け込み寺云々の話と違う――

密かに動揺している八重に、「覚えてない？」と逆にくゆりさんがたずねた。「彼女、開店スタッフとしてここに来てたんだけど」

派手な檸檬柄着てたでしょ、といわれて気付いた。彼女は檸檬振袖さんだ。

「でもミスったのよねー。私、旧暦屋の店主をずっと勘違いしてて、祭文さんに見せちゃって」

だからリベンジでいま宝紀さんに見せてるんじゃない？　とくゆりさんはいう。

どういうこと？

混乱しながら二人に目を向けると、檸檬さんが薄く笑いかけながら琥珀さんにすっと顔を寄せたところだった。

——遣らずの雨だわ。

聞こえるはずもない声。しかし分かった。

咄嗟に窓の外を見る。八重が立っている所からでもはっきりと分かるくらい、大きな雨粒が落ち始めている。

利那、驟雨が天啓を連れてきた。

違う。

くゆりさんは相手だけでなく、着物の順序も間違った。

本当はまず紅花衣で自らの想いを相手に匂わせておいて、次に雨縞の遣らずの雨で相手を引き留め、そして——

最後に衣を脱いで髑髏の襦袢を見せ、「あなたに骨まで首ったけなの」としなだれかかる。

それが正解。

紅花染めの衣と雨絣、骸骨の襦袢は、ストレートな愛の告白だった。けれどくゆりさんは、出すのは安ワインから、の感覚でサの字に披露した。襦袢が先に来たことで寝所へのお誘いよりも芸者衆の粋の色合いが勝ってしまい、解釈がややこしくなったのだ。

くゆりさんがいったとおり、いま本当の持主が本来の相手に正しい順序で秋波を送り直している。

だとすれば——琥珀さんも間違えた？

討ち入りは恥ずかしい勘違いだった？

和尚は心の中で嘲笑いながら、こちらに合わせて適当な打ち明け話をでっち上げただけ？

まさか、まさかまさか。

信じられない思いで琥珀さんに目を向ければ、雨絣の女性がついでのように着物の裾をめくり、襦袢を見せたところ。

襦袢を眺めて、琥珀さんはふっと頬を緩めた。

それは会心の笑み——

満足そう？　どうして？

訳が分からず混乱していると、「八重どん」とサの字に呼ばれた。

「雨が降ってきたんで、ファッションショーをすることになった。着物を準備してきてくれ」

悩んでいる暇もない。八重は混乱したまま旧暦屋へ向かった。

急いで引戸を開けた八重は、店内に一歩入ったところで立ち止まった。

真っ暗。いつもは電気がついていなくても格子窓越しの光でほの明るいのに、どうしたことか。

「それになに？　このにおい……」

店中、強烈な甘い香りで一杯だ。香水をぶちまけたみたいな、むせかえるにおい。濃厚すぎてくしゃみが飛びだしそう。

なんなの一体、と眉を寄せながら、八重は近くの壁をまさぐった。電気のスイッチは引戸と内暖簾脇の二か所にあって、どちらからでもつけたり消したりできるようになっている。

ぱちりと明かりをつけると、いつも通りの店――

否。

人形がいない。

さっき、セルネルから運んできて、とりあえず旧暦屋の人形と一緒に箪笥の上にぎゅうぎゅう並べた。そのお人形たちが、旧暦屋に出稼ぎ中の子たちも含め、一人残らず姿を消している。

どこへ、と見渡したとき、幽かな笑い声がした。

くすくす、くすくす。

さざめくような子供の笑い声。ぱっと八重は左手に顔を向けた。

くすくす、くすくす。

和裁室に人間国宝の作品をおいているので、一応用心のために仕切りの戸を閉ててある。聞こえてくるのはその向こうだ。

……なに？

襖に気を取られていると、いきなり袖を引かれた。驚いて首を捻ると銀さんだ。しっ、と唇に人さし指を当て、そのまま八重をレジカウンターの陰へと引っ張っていく。

しゃがんで頭を引っ込めた途端、戸口に人の気配がした。

奥の鏡に映ったのは史朗だ。

店に入ってきた史朗は、八重と同じく顔をしかめて立ち止まった。

「なんだこのにおい……ムスク……？」

きょろきょろと店内を見まわす。史朗はにおいに覚えがあるらしい。

そこへ、またも密やかな笑い声が響き始めた。

くすくす、くすくす。

くすくす、くすくすっ。

「な、」

史朗が小さく跳び上がった。ぎょろ目になって再び忙しなく辺りを見まわす。かと思えば、突然動きを止め、焦点を失くした瞳で空を見つめた。眩暈に襲われたみたいにふらりとする。

史朗は頭をふって、ぎりっと歯を食いしばった。

「着物はどこだ？」

呟きながら内暖簾のほうへ――つまり八重たちが隠れているほうへ歩みかけたが、そちらのほうが圧倒的ににおいが強いことに気がついたのだろう、ぴたりと足を止め、まわれ右した。

今度は閉まっている襖に近付いていく。

史朗は引手に指をかけ、静かに、しかし素早く襖を引いた。勿論なにもない。史朗は土足のまま上がると、今度は四畳半の襖を開いた。

その瞬間、ふっと明かりが消えた。

な、なんだ？　とうろたえる声。続いて鈍い音と共に、ぎゃあぁぁ、とくぐもった悲鳴が響く。

思わず八重はカウンターの陰から飛びだし、手さぐりに暗がりを進んで畳敷を覗き込んだ。見えたのは、ぼうっと光を発するつづらの箱。その周りに浮かび上がる、フランス人形の蒼白い顔、顔、顔。四畳半を埋め尽くす着物姿のお人形たち。

くすくす、くすくす。

くすくす、うふふふっ。

人形たちは忍び笑っていた。どうにもおかしくて抑え切れない、そんなふうに。

うふふ、くすくすっ。

お人形が笑っているのは史朗だ。襖が開いた拍子に雪崩を起こした人形の下敷きになっている。

喘ぐ史朗の前で、つづらの蓋がぎぎぎと持ち上がった。

「アキオさん……」

ふうっと現れたのは人の背丈ほどもあるフランス人形。旧暦屋に出ただけあって、ひらひらとした振袖姿だ。

「川西さん……」

遠鳴りのように低く遠く男を呼ぶ。

「史朗さん……」

「ひっ」

史朗が短い悲鳴を上げた。人形の山から這いでようともがく。その姿が滑稽なのか、またもやお人形が笑いさざめいた。

ふふふ、あはは、きゃはははは。

きゃはははははははははは。

笑い声はどんどん大きくなる。史朗を助け起こすべきなのだろうが、八重は縫いつけられたようにその場から動くことができなかった。人形の笑いに引っ張られ、八重の口も笑うように開いてはいるが、もとより笑い声なんて出てこない。ただ膝が笑っている。

「綺麗でしょう……結婚式に着ようと用意していたの……」

人形がゆうらり着物の袖を持ち上げ、しなを作る。

「あなたとの結婚式に着ようと……それなのに……」

長い金髪を鈍く光らせ、浮かぶようにつづらから出てきて、人形は左右に揺れながら史朗に近付いた。

「ひいぃっ」

「嘘つき……嘘つき……」

「うわあぁぁっ」

史朗が叫んで頭を抱えつつうずくまる。

「す、すまないミサコ！　すまな……」

一度は立ち上がりかけたが、

「な……」

再びがっくり膝をつき、ばたりとその場に倒れた。

ふっとつづらの光が消えて辺りが闇に包まれる。舞台が暗転して会場内は真っ暗。ちょうどあんなふうに。

な、なんなの？　一体なんなの？

八重は暗がりで目を凝らした。すると、ぱちりと妙に現実的な音がして、店の明かりがついた。

今度は眩しさに目をしばたたく。きょろきょろすると、入口に琥珀さんが立っていた。畳敷に近付き膝をついて、倒れている史朗をそっと覗き込む。

「よし、寝てるな」

「寝てるんですか？」

「ええ。さっきお茶に一服盛っておいたんです。いまのうちに人形を簞笥の上に戻すから手伝って」

ほら、あなたも、と史朗を見下ろしている巨大フランス人形をふり返る。

フランス人形は苦笑気味にちらと頬を歪めたが、無言でうなずいて人形を運び始めた。

明かりがついてみればなんのことはない、赤い振袖を着た人間である。長いブロンドの髪と鼻筋の通った相貌を見る限り、女の子のビスクドール顔だが、力持ちだった。一人で史朗を担いで茶室に連れていくと、フランス人形を一度に五、六体も抱えて運んでいく。

銀さんが、巨大なタオルに掛け替えられていた内暖簾を外して手水鉢の中に放り込み、水をかけ始めた。どうやら強烈なにおいの元はそのタオルだったようで、窓を開け放って風を通すとムスクの香がすんなり消え失せる。

しかし、八重はまだ鼻がむずむずして仕方がない。人形運びを手伝いながらくしゃみを連発し、

「なんだったんですか、いまの」

「どうして史朗さんが盗みに入るとわかったんです？」

「誰なんです？　あのフランス人形さん」

鼻水をつける勢いで琥珀さんの袖にまとわりついて質問攻め。

しかし琥珀さんは「後で」とにべもない。

「これからファッションショーなんですから。早くしないと」

ぅんもーお。

業腹よ、業腹。

こめかみに#のマークを作りながら、八重は畳敷の泥を払って掃除機をかけた。

かつらが脱げて禿げ頭を晒しながらぐうぐう寝ている史朗の鼻を、むぎゅっとつまんで叩き起こしてやりたかった。

五

「はい、お次は……十五番！　この方はお着物でーす」

セルネルに戻ると、久良さんがのんびりとくじを引き、間延びした感じに当選者を発表していた。

番号が読み上げられるたびに歓声が上がる。

「わっ！　私だ！」

「きゃっ、私！」

モデルは五人。着物が三名に羽織と帯が一名ずつである。

当選者が出揃うと、

「それではーモデルの方々がーお色直しに退出なさいまーす。皆様、拍手でお送りくださーい」

久良さんが結婚披露宴の司会みたいに明るく告げ、いいなあという羨望の声に送られて、五名は手をふって出口へと向かった。

八重は由依さんと一緒に五人をいざなった。

「こちらです」

先程のことを思いだし、時々ふつっと腹が煮えかけたが、いまは我慢の子。モデルに傘を差しかけ、次々に隣の戸口へと送り届ける。

彼女たちを間近に、旧暦屋とセルネルを往復しているうちに気がついた。

モデルに選ばれた女性たちには共通点があるような。

ショートカットの婦人は着物の肩に、夜会巻の熟女は簪に、えくぼの彼女は帯留に。

そして、いま傘を差しかけている老婦人は開いた扇に。

菖蒲の花が咲いている。遠目では判らないが、近くで見れば同じ濃紫の花だ。

夏至次候の〈菖蒲華《あやめはなさく》〉に因んで選んだのだろうか。

久良さんは箱に手を突っ込んで無作為に当たりを引いていたように見えたけれど、あれは演技で、あらかじめ決めた番号を読み上げただけだったのか。

しかし、それだと先程店に送り届けた女性が当てはまらない。彼女の着物は雪輪が散る水色小紋で、小物に菖蒲使いはなく、濃紺帯のお太鼓にも、ジグザグに渡された板のような不思議な模様が描かれているだけだった。

八重は老婦人と一緒に旧暦屋に入ると、中にいた琥珀さんにとりあえず聞いてみた。

「選ばれたモデルさんたちって、七十二候繋がりだったりします……？」

「違います」

八重はそっとたずねたのに、全員に聞かせるように琥珀さんは通る声でぱしりと否定した。

「確かにいまは第二十九候の〈菖蒲華〉なので菖蒲尽くしといきたいところですが、トラップです。あれは菖蒲ではありません」

そもそも——と続けようとした琥珀さんを八重は遮った。

「簪や帯留の菖蒲っぽい花が鍵ではあるんですね？」

でも彼女の着物にはどこにも見当たりませんよ？　と水色小紋の女性をふり返る。すると、琥珀さんがにやりとしてやおらいった。

「むかし、をとこありけり——」

ああ、この出だし。これも高校のときに覚えた。

果たして琥珀さんが濃紺帯のお太鼓を指さしていう。

「このジグザグの板は八橋を簡略化した模様で、『伊勢物語』を暗示しています」

琥珀さんが諳んじているのは冒頭部分だけではなかった。目の前にカンペがあるみたいに、すらすらと読み上げる。

「……——みかはのくにに、やつはしといふ所にいたりぬ。そこをやつはしといひけるは、水ゆく河のくもでなれば、はしをやつわたせるによりてなむ、やつはしとはいひける——」

第九段、〈東くだり・三河〉である。

「流れが蜘蛛の手のように八方に分かれている川に、八つの橋を渡しているので八橋。そこを通りかかった業平一行は、沢の畔の木陰に下りてご飯を食べます。そのとき沢に美しい花が咲き乱れているのを見て、連れの一人が業平にいうんです。花の名前の五文字を句の最初に据えて旅の心を歌に詠みなさい」

　といひければよめる——

　　唐衣きつゝ馴にしつましあれば　はるばる来ぬる旅をしぞ思ふ

「着慣れた衣のように慣れ親しんだ妻が都にいるので、はるばるとこんなに遠くまで来た旅にしみじみしてしまう、といった意味でしょうか」

　つまり、

　　からころも　きつゝなれにし　つましあれば　はるばるきぬる　たびをしぞおもふ

「選ぶべきは、美しきカキツバタ――」

いいつつ、琥珀さんが周りに微笑みかける。モデル五名の内、老婦人以外の女性が落ち着きなくもじもじ。

「八重さん、アヤメとハナショウブとカキツバタの違いは判りますか？」

「……わかりません」

一週間ほど前に気象予報士が見分け方を解説していた気がするがしっかり聞いていなかった。

「花びらを見ればすぐに見分けられます。アヤメは付け根に大きな網目状の模様が、ハナショウブは黄色の、カキツバタには白くて細長い模様が入っているんです」

ほらこんなふうに、とショートカット婦人の肩を指さす。成程、濃い紫の花弁にはくっきりとした白い筋が入っている。

「今日のテストは、花の違いを見分けるものでもありました」

テスト？

「試験問題は、〈美しき人参る〉。美しい人を表現するのに〈顔佳花《かおよばな》〉という言葉がありますが、顔佳花は杜若《カキツバタ》の別名でもあるので――」

「試験って、なんのことです？」

琥珀さんが微笑んだ。「四月からこっち、時々店に厄介事が持ち込まれたでしょう？」

初鰹とか異国語のことだろうか。

「あれは全部同じ人間の仕業だったんです」

「ええっ！」

「穀雨から芒種まで、節気ごとに一度ずつね」

お客様の名前が七十二候絡みでしたので判りやすかったですね。そういって琥珀さんは順に名前を挙げ連ねた。

「初鰹のときのお客様はキタヨシ様。これは穀雨初候の〈葭始生《あしはじめてしょうず》〉に因んだもので」

「アシ？」

「植物の葦です。キタヨシとは葦の別名です」

セルジュのときの切り込み隊長はタカムナ氏。これも立夏末候の〈竹笋生〉から。

「二回目で確信したので、小満のときにはこちらから〈紅花栄〉の小物を用意してお迎えしました。おかげでその節は平穏無事に過ぎましたが……芒種初候の〈蟷螂生〉には大鎌が振るわれました」

「大鎌？」

「八重さんが見たくゆりさんの襦袢。髑髏に交じって鎌を手にした骸骨がいたでしょう？」

「……いました」

「あれは死神です。死神が鎌で斬る──カマキリと引っかけてあったわけです。訪問者の名前が七十二候に因んでいるとこちらにバレてしまったので、芒種の際には趣向を変えてきたのでしょうね」

死神の鎌？

やっぱり蟷螂和尚は関係なかったってこと？

八重はたずねようとしたが、琥珀さんはすいっと目を逸らし、五人のモデルのほうに顔を向けた。

「〈菖蒲華〉の今日が最後の試験で、いずれ菖蒲か杜若――……。別の美人を私にすり寄らせて攪乱しようとしたようですが、私が美しき花を見誤るはずがありません」

チャーミングな笑顔でにっこりする。またもや老婦人以外の四人がもじもじ、もじもじ。

「やれやれ、ほんま、面白ない男やなぁ」

老婦人が不機嫌そうに声を上げ、扇子を広げてばさばさと扇いだ。

「ゼロ勝なんてあり得へん。ちょっとは女に花持たせせんかいな」

「けれど、一度でも僕が負けたら駄目だったのでしょう？」

「まあな」

え？　え？

知り合い？　と老婦人と琥珀さんを交互に見る。見ながら気付いた。八重も彼女をどこかで見たような。

しかし思いだす前に琥珀さんが紹介した。

「この方は、ここの向かいにお住まいの雛菊さんで、一連のテストの仕掛人です」

「雛菊……？」

雛菊とはつまりデイジーだ。ピンクの小菊。

花が頭に浮かぶと同時に、記憶がぱっと蘇った。

「そうだ、あのときの！」

旧暦屋がまだ春の暖簾だった四月。

——なんや、あのけったいな暖簾は。

ポップな柄に眉をひそめ、ぷい、とデイジーの羽織の背を向けて去った老婦人。

お向かいさんだったのか。

「そのお向かいさんがテストって……一体なんなんです？」

八重は学生なのでどうにもテストという言葉が気にかかる。しかし、

「説明は後や後」

ぱしりと扇を閉じて、雛菊さんが話を打ち切った。

「他の人らを待たせたらあかんやろ」

そ、そうでした！

八重はぴょんと跳ね、慌てて五人を畳敷へいざなった。

四畳半では由依さんがすでにぴしりと端座してスタンバイ。

畳敷に上がった雛菊さんがつと見下ろすと、由依さんもすっと目線を上げた。

ちりっ。

火花が散る。一瞬にして、同世代婦人特有の対抗意識が芽生えたらしい。

そうなればもう、畳敷は女の合戦の場。ぴんと空気が張り詰める。

自分の羽織は後まわしで、雛菊さんは由依さんの傍らにびしりと立った。そして由依さんが着物をからげたり衿元を決めたりするたびに、ちらりちらりと視線をやって目顔で難癖をつけた。しかし由依さんは無言で受け流し、てきぱきと着付けていく。八重は「ひえ〜」と内心悲鳴を上げながら手伝った。着付けられているほうの四人も、緊張した表情というよりは額に冷や汗っぽいものを浮かべて、文句一ついわずにぎゅうぎゅう紐や帯を締められていた。

そして、ようやくファッションショー。

なんと、BGMは久良さんのチェロ！（吉栖の男は楽器の習い事が必須なのか？）曲はバッハの無伴奏チェロ組曲。

柔らかい音色に乗って、五人のモデルはステージ空間をしゃなしゃな歩いた。着付けのときには般若《はんにゃ》の形相だった雛菊さんも、まんざらでもなさそうな顔で笑顔をふりまいている。

合間合間にサの字が解説を挟んだ。

「お次は、志村ふくみさんの草木染めの紬です。志村さんが紬織の重要無形文化財保持者に認定されたのは一九九〇年のことですが、これは認定される前の作品で――」

チェロの音に彼の低い声がよく似合う。

番外として、飛び入り参加の十人がショーに加わった。披露するのは己の着物。いの一番に、大阪から来たという女性が現れた。

「夏至といったらやっぱりタコやろ〜」

そういってにまっと笑った彼女の背には、ねじり鉢巻の漫画チックな蛸柄のお太鼓。帯留は南三陸町ゆるキャラオクトパス君、半衿はソースが光るたこ焼きのドット柄、簪はたこ焼きの串！

「おおっと、いきなり夏至ならではのコーディネート！　関西では夏至にタコを食べるそうですが、やっぱりたこ焼き文化の所以なのでしょうか」

サの字の進行も、明るい調子で笑いを誘う。

最後に〈虹の彼方に〉がしっとりと演奏され、会は五時過ぎにお開きになった。曲が晴間を呼び寄せたのか、参加者を送りだすために扉を開けると、雨はすっかり上がっていた。


片付けが済んで八重が琥珀さんと一緒にセルネルから出てくると、待ちかねたように向かいの引戸が開いて雛菊さんが現れた。会が終わった後、着替えは自分の家でするからと、四人を連れてとっととお向かいに帰ってしまったのだ。

雛菊さんの後ろから、他の四人も人間国宝の作品を手にしてぞろぞろついてくる。なんだかお局様《つぼね》とお付きの女官のようだったが、琥珀さんは心得たふうに彼女たちを店に招き入れた。

店に入るとすぐに琥珀さんがたずねた。

「で、考えていただけましたか、あの件」

「ああ、暑」

雛菊さんはとぼけるように扇子をはたはた。しかし、あの件？　と視線を向けた八重には説明してくれた。

「私な、いまは別の場所で和裁教室をやってんねんけど、昔はこの路地で着物のレンタル屋をやっててん」

ほんでこの子はな、と琥珀さんを横目で見る。

「私にここでまたレンタル屋をせえへんか、いうんや。しかも、新品を貸しだして、気に入ったらそれを持って帰れるような店をな」

「新品？」

「名付けて〈簞笥の肥やしを増やそう〉プロジェクトです！」

琥珀さんが八重のほうに体ごと向き直り、勢い込んでいった。瞳はきらきら、着物の魅力を語るとき特有の光が宿っている。

八重はちょっと引き気味に突っ込んだ。

「でも、簞笥の肥やしはよくないって……」

それこそ〈着ぬ、止して〉と正反対ではないかと指摘すれば、

「ですね」

琥珀さんが真顔に戻ってうなずく。

「けれど、そもそも〈着ぬ、止して〉は、箪笥の肥やしがあることが前提になっていると思いませんか」

それは……そうか。

「一九六〇年代から七〇年代にかけて、着物のブームがありました。高度成長期で生活に余裕が生まれ、主婦層がこぞって着物を買い求めた。現在、箪笥の肥やしになっているのは、主にその時代の着物です。八重さんのお祖母さんが亡くなったときも、遺品に着物があったでしょう？」

あった。そうたくさんではなかったけれど。

「しかしいま、その箪笥の肥やしが減ってきています。昭和の着物ブームからおよそ半世紀、ブームのときに着物を購入した主婦層が亡くなりつつあるからです。母の遺品を整理していたら着物が出てきた。捨てるのも勿体ないからこの機会に着てみようか——とそういう話もたまに耳にしますが、実際のところ、八重さんたちはお祖母さんの着物をどうなさいましたか？」

「……リサイクルショップに持っていきました」

「はい、箪笥の肥やしがまた一つ消滅しました」

咎めるふうではなく軽口をたたくように琥珀さんはいう。

「ちなみに、八重さんのお母さんは、ご自身の着物をお持ちですか？」

「振袖くらいは持っているかもしれませんけど……」

見たことはない。

「典型的です」と琥珀さんはうなずいた。

「ある日女性が着物に目覚めても、実家や祖母の家にさえ振袖と浴衣以外の着物がない。そういう時代が来ようとしています。いまはまだリサイクル商品が豊富で、手持ちの着物がない人でも手軽に始めてみることができますが、そのうちそれも難しくなるでしょう。なぜなら」

現在のリサイクル市場に流れている何万という着物のほとんどは、昭和のブームのときに購入されたそれだから。

「昭和後半のブーム以来、一度もブームは起きていない。現在の遺品が古着屋に流れ終われば、もう箪笥の肥やしはありません。リサイクル着物ですら高額なものしか見当たらない、そんな時代がもう目の前に迫ってきている」

「せやからな」小鼻にしわを寄せながら雛菊さんは続けた。「この子は、箪笥の肥やしを作ることから始めなあかんというんや」

「家に振袖浴衣以外の着物が一枚、あるのとないのと、全然違うと思いませんか？」

……どうだろう？

八重はすぐに答えることができなかった。「そもそも、なんでレンタルなんです？」

「手軽だからです」

琥珀さんは即答だ。

「着物を買うとなれば勇気が要る。着物小物を揃えることを考えるだけで面倒です。しかし、レンタルの記念に貰ったものだと思えば気が楽でしょう?」

それはそうだろうけど。

「持ち帰りなんてありなんですか?」

「大ありです」

「実際、持ち帰りをやってるレンタル屋があるんやて」

雛菊さんが嫌そうにいう。すでに同じ講釈を聞かされているわけだ。

「あちらは機械縫製ですが、うちの売りは〈手縫い〉です。最初のレンタルはお試しで仕立て済みのプレタ着物。初回来店時に採寸を行って――」

「採寸?」

「そうです。二回目以降はマイサイズで手縫いの一枚をレンタルすることができます。勿論、初回でも寸法がわかれば、マイサイズで用意することも可能です」

「マイサイズ?」

「ネット上で着物地と柄を選んでいただき、一週間前までに予約すると、一万円のレンタル料金だけで、ジャストサイズの着物が手に入るという――」

「そんな無茶苦茶をやな、この子は私の和裁教室の生徒にさせようっちゅう腹なんや」

「腹だなんて、人聞きの悪い」

持ちつ持たれつですよ、と琥珀さんは微笑んだ。

「和裁上達への道は、とにかく縫って縫って縫いまくることだ。しかし、海外縫製に押されて仕立ての依頼は減る一方。かといって自分で反物を用意していては干上がってしまいます」

そこで、と琥珀さんは三本指を立てた。

「私の狙いは三つ……いや、四つ」

一、布代を和裁士と客が折半し、両者の負担を減らし、

二、より多くの着物を請け負うことで和裁士は技術を向上させ、

三、客は普通のレンタル料金でマイサイズの着物が手に入れられてハッピー。

「持って帰ったマイサイズの着物を再び着るためには、長襦袢が、帯が、足袋が、羽織が必要になる。四つ目の狙いは、少しずつでいいから小物も揃えてもらい、簞笥の肥やしを増やしてもらうことです」

そんなにうまくいくかなあ……。

千里の道も一歩からというけれど。

八重は懐疑的。

「こんな話、すぐに乗るもんとちゃうやろ？」

雛菊さんも眉をひそめて八重を見る。

「この子のことは昔から知ってるけど、どうもつかみ所がないっちゅうか、仕事ぶりを見極めてからでないと危ないと思うてな」

それで、とようやく八重は理解した。今回のテストと相成ったのか。初鰹やセルジュ、蟷螂等のお題を吹っ掛け、布地や柄の知識、客への対応等を総合的に見て判断しようとしたわけだ。

「せやけど、いくら仕掛けてもしれぇと応じよるし、ムカついたわほんま」

雛菊さんは忌々しげにばさばさ地紙を鳴らした。

つと、扇ぐ手を止めて呟く。

「――ほんまはな」

繰り返された「ほんま」は少しだけ柔らかい響きだった。

「ほんまに知りたかったんは、着物の知識や接客より仕立屋としての姿勢のほうやった。それについてはそっちから伝えてきたんがよかったな」

「琥珀さんのほうから……？」

アルバイト中は常に「宝紀さん」。なのに我知らず呟いていた。耳聡く聞きつけて、雛菊さんが八重をふり返る。

「〈旧暦屋にない蜜〉のことや」

蜜？

「あれは、一つはお嬢ちゃんに、一つは私に向けられたもんやった」

ええ？

「一つ目の答えはお嬢ちゃんが見つけたミール。もう一つは旧暦屋にない花――の蜜。この場合、ないのは蜜やなあて花のほうや」

「花」その答えには八重も行き当たっていた。「でも、なんの花が」

「ないんはな」じらし加減に雛菊さんが言葉を切り、再び口を開く。

「まことの花や」

「まことの——花？」

「なぞなぞには前ふりがあったやろ」

琥珀色の風が次のように娘に伝えて参りました、と部分的に強調しながら詞書を口にし、〈娘〉を女の花の時期だと解釈すればあるものが浮かんでくる、と雛菊さんはいった。

『風姿花伝』や。知ってるか？」

「……世阿弥、の能についての本」

作者は覚えた。でも読んだことはない。受験勉強の悪しき成果である。だが「知ってるだけでも偉いで」と雛菊さんは褒めてくれ、朗々と詠うようにいった。

「〈この花は真の花にはあらず。ただ時分の花なり〉」

恐らく『風姿花伝』の一節だろうが、

「じぶん？」

「己の花とちゃうで、一時的な、ちゅう意味や」
十二、三の愛らしさや、二十四、五歳の潑剌とした美しさ。それは若さゆえの時期的な華やかさであって本当の上手さではない。そういう意味合いの、有名な箇所だそうである。

「この子はな」と雛菊さんが琥珀さんを見上げる。「お嬢ちゃんに出した謎を通して、自分はまだ真の花ではないと伝えてきたんや」

世阿弥によれば、芸が真に上手の域に達するのは三十四、五歳頃。二十そこそこで秀逸だと褒められても時期的なまやかしによることが多いそうで――

――君までいう？〈若いのに〉っていう枕詞つきのそれをさ。

ゴーン、とお寺の鐘のように、琥珀さんの声が脳裏に鳴り響いた。

誕生日の晩に聞いた、すねた調子のあの言葉。今頃、その意味を理解するなんて。

琥珀さんはいままで褒められ続けてきたのだ。

凄いだの達人だの琥珀縫いだの。

「若いのに」

「まだ二十歳そこそこなのに」

「まだ三十手前なのに」

けれど、本人的には不本意だった。だから自戒も含めて、なぞなぞに入れ込んだのだ。

――旧暦屋にはまだ真の花はありません。己は時分の花であると、よくよく承知しております。

「ま、表面的にせよ、おごり高ぶっていないふうに見せてんのはええこっちゃ」

雛菊さんが琥珀さんを見上げてにまっと笑いかける。琥珀さんはコホンと咳払いして雛菊さんから目を逸らし、再び視線を戻した。

「で、いかがなんです？　結論としては」

「テストは合格や」

雛菊さんがぱしんと扇子を閉じる。「せやけど、決めるんは私やない」

声を合図に、控えるように少し離れた所に立っていた女性たち――モデルを務めたあの四人が近寄ってきた。

「レンタルの話に乗る乗らんは、生徒に決めさせようと思てる。だから今日連れてきたんや」

「この方たちだけではないでしょう？」

琥珀さんがちくりと返した。

「今日お見えの菖蒲柄使いの参加者すべて、デイジー和裁教室の生徒さんだったのでは？　たまにしか着物を着ない方たちの集まりにしては、衣紋の抜き加減がうまい人が多すぎましたよ。

そういって琥珀さんが笑ったとき、たくさんの草履の足音がして、わらわらと女性たちが店の中に入ってきた。帰ったはずの参加者――主に木綿デニム化繊組。キタヨシ様まで加わっている。

モデルの四人も合わせて二十数名。ぞろぞろと八重たちの前に立つ。全員揃ったところで声を合わせていった。

「お引き受けいたします！」

雛菊さんが諦め顔で琥珀さんを見上げた。「どうやら、満場一致で決まったみたいやな」

雛菊さんのお弟子さんたちが、ぱあっと表情を明るくする。今度は笑顔になってお辞儀した。

「よろしくお願いしまーす」

「こちらこそ、よろしくお願いします」

琥珀さんが深々と頭を下げる。いつの間にか傍らにサの字が来ていて一緒に頭を下げた。

八重も慌ててぺこり。

「はい決まり！　はい解散！」

ぱちん、と一本締めするみたいに雛菊さんが手を打つ。詳しいことはまた後日、といって
さっさと店を出ていった。

後について、ぞろぞろと女性たちが退出する。

やっぱりお局様に付き従う女官たちみたいだった。

六

女官たちが出ていくと、琥珀さんが内暖簾のほうをふり返った。

「もう出てきても大丈夫ですよ」

答えるようにそろりと暖簾が上がる。顔を出したのは黒の作務衣の——

「宗貞さん！」

「いやはや、お疲れお疲れ」

ぺちぺち禿頭を叩きながら歩いてくる。

「和尚さん、いつの間に」

「ここにいたんだよ。会が始まってからずっと」サの字が渋い顔でいった。

「さっきの人形の笑い声」と琥珀さんが続ける。「あれは和尚さんです」

迫真の演技ならぬ声でしたね、といわれて、ブル和尚がごしごし頭をこすった。

「いやもう、勘弁勘弁」

人形——の笑い声？

「そういえば、史朗さんは？」

茶室でぐうぐう眠っていたはず。

「史朗は車で連れて帰った。今頃、寺で転寝《うたたね》をして恐ろしい夢を見ていたことになっているだろうて」

八重はもう、なにがなにやら分からない。

「そもそもくゆりさんの着物の件は」

「宗貞和尚は関係ありません」

そもそも——と琥珀さんはいつもの調子で始めかけたが、八重を見下ろし途中でやめた。

「それより先に着物を脱ぎますか？　ずっとその恰好では疲れるでしょう」

確かに辛い。お茶を入れてあげるから脱いでおいで、なんていわれると、甘やかされていると知りつつ提案に乗ってしまう。

「じゃあ、俺も失礼する」

後は任せた、と珍しく張りのない声でサの字がいって、彼も奥へ姿を消した。琥珀さんが中途半端に話を切ったのは、疲れているサの字を先に帰らせるためだったのかもしれない。

八重が着替え終わったときには、ダイニングには琥珀さんと宗貞和尚しかいなかった。

テーブルの上には緑茶と、今日セルネルで出されたパウンドケーキが並んでいる。八重は遠慮なく茶菓をいただきながら、拝聴することにした。

どこから話しましょうか、と琥珀さんにたずねられ、くゆりさんの着物の件からお願いしますと即答する。

「もうわかっているとは思いますが、あれはデイジー和裁教室の生徒がくゆりさんに依頼したものでした。最初は僕も、〈蟷螂生〉に引っかけて、宗貞和尚に雛菊さんが実行部隊をお願いしたのかと考えましたが」

着物が縁で良音寺に増えた檀家というのは、雛菊さんその人だったそうである。

「雛菊さんがお喋りついでに、いま旧暦屋の若造を試しているところだと和尚に打ち明ける。けれどしてやられっぱなしで面白くないと愚痴る。話の流れで、和尚が手を貸すことになる。十分にありそうな話です。ですから僕は、とりあえず様子を窺うために、討ち入りの名目で寺に行ってみることにしたんです」

「あの」

早々と話の腰を折ってすみませんと謝りつつ、それでも八重は突っ込まずにはいられなかった。

「そもそも、討ち入りなんて必要なかったのでは。直接くゆりさんに、誰に頼まれたんですかって、聞けばよかったんじゃないですか？」

今日八重がたずねたみたいに。

すると、「確かにねぇ」と琥珀さんが妙に懐かしそうな、孫に微笑むような目つきで見返してきた。

「一見、くゆりさんは着物に込められた意味を解っていないようでしたが」

素知らぬ顔でサの字に彼女の想いを打ち明けた。万に一つ、その可能性があった。

「下手を打つと、周りの人間にバレていますよと、くゆりさんをからかうことになりかねません」

ずずっと音を立てて茶を飲みながら、ブル和尚がにやにやする。

「宝紀さんは馬に蹴られたくなかったわけだな」

「誰だって馬に蹴られるのはご免です」

琥珀さんは平然と返して、「それで、討ち入りと相成ったわけです」と話を元に戻した。

討ち入ったら、和尚は笑いながら自分の仕業だと認めたわけだ。

認めたが、打ち明け話にはデイジーのデの字も出てこなかった。

「宗貞和尚は雛菊さんに頼まれたわけではないのか。そもそも、レンタル屋の件も試験のこともなんにも知らないのか。判断がつきかねたので、ひとつ僕はカマをかけてみました」

それが、帰り際に放った〈蟷螂和尚〉の言葉。

和尚はまずきょとんとして、それから顎を震わせた。

「それでわかりました」

和尚は試験のことを知っている。襦袢や雨絣の件が、雛菊さんが旧暦屋に仕掛けたものだと分かっている。しかし、実際に手を貸しているわけではないので、突撃隊長の名が毎回七十二候に因んでいるとは知らなかった。だから蟷螂和尚と呼ばれてきょとんとし、すぐに試験絡みだと気付いてはっとした。

つまり、くゆりさんの着物の件は雛菊さんが単独に仕掛けたもので、宗貞和尚の話は全部嘘――

「俄然、宗貞和尚に興味がわきました」

そもそも路地にやってきたのは、旧暦屋狙いか。

それともセルネルか。

「セルネルの売りといえば、お人形です。雛菊さんがこんなふうに話していてもおかしくない――」

――この間路地に喫茶店が出来たんや。まるで人形の家みたいなんやで。フランス人形だらけで。

「思いだしたのが、寺を訪れたとき、出迎えの僧の口から出た人形供養の言葉でした。それで、さっそく久良さんに頼んでお向かいさんに聞きにいってもらいました」

古くなった人形を手放したいが、近所で人形供養をやっている寺を知らないかと。

「お向かいさんは良音寺の名を挙げ、ついでに色々話してくれましたよ」

——良音寺が人形供養を始めたのは最近や。けどおっかしいねんで。あそこにおる若い子な、お人形が持ち込まれるたびに、ひぃって飛び上がって怖がんねん。そのくせな、休みになったらかつら被ってお出かけすんねんで。坊さんやめたいんやで、きっと。

「雛菊さんのお喋りめ」

宗貞和尚が苦笑い。

「こちらのことをそちらに話せば逆もまた然り。噂好きな人というのはそんなものです」

琥珀さんは白い歯を見せながら返す。

「それで、的を絞って調べたところ、和尚さんのしようとしていることが大体見えてきましたので——」

「ちょ、ちょっと待って！」

八重はパーの手を突きだした。

「まったく見えてきませんが！」

「え？」わからない？　といいたげに琥珀さんがきょとんとする。

「いまの説明ではよくわからんだろう」

私から話したほうがよさそうだといって、和尚はぐいと茶を飲み、話を引き継いだ。

「そもそも、事の起こりは私の知り合いの寺——仮にA寺としておくか——A寺から預かったドラ息子、休日になるとかつらを被って還俗する史朗だ」

史朗は、得度はしたものの「坊主じゃ女にモテない」と寺を継ぐのを嫌がって、一旦は東京へ出ていったそうである。だが、ある日突然寺に戻ってきた。

「戻ってきたが、仕事を探すでもなく無為に過ごしておる。それでA寺の住職は、いい年してぶらぶらしている男は坊主より女にモテないぞと息子に説教して、継ぐ継がないは別として、とりあえず寺で働くようにと命じたらしい」

史朗は渋々ながら承知して寺で働き始めた。

しかし、その働きぶりには偏りがあった。

進んでやるのは人形供養だけ。

「A寺は人形供養で名の知れた寺でな。だから、人形を供養することも仕事のうちだが」

それにしても、なぜ人形供養にだけ執心するのだ。

しかも、ぬいぐるみや日本人形は平気なのに、フランス人形が持ち込まれるたびに震え上がる。ぶるぶると戦慄《おのの》き声で経を読む。

もしかして東京でなんぞあったか。

A寺の住職は怪しんだが、おいそれと息子が打ち明けるものでもない。

そうこうするうちに、京都のある家から人形供養の依頼があった。持ち込まれたのは青い目のフランス人形。だが、珍しいことに着物を着せられていた。それを見た途端、息子はぎゃっと悲鳴を上げて逃げだした。

「A寺の住職は、あえて息子には問い質さず、人形を持ち込んだ家に事情をたずねた。すると」

――それは娘の人形なんです。

人形供養を依頼してきたのは持主の両親で、人形の持主はすでに亡くなっていた。三十手前だったという。

――娘は人形コレクターで、一人暮らしをしていた東京の部屋にも人形が溢れておりまして。大体は貰っていただいたり、オークションサイトに出したりしたのですが。

着物姿の一体だけが残っていた。

――娘の一番のお気に入りでしたし、手元においていたのですが、目に留まるたびに泣けてきますので。

一周忌を区切りに、供養に出すことにしたのだという。

「娘さん――ミサコさんというのだが、彼女は生前川西という男と結婚の約束を交わしていた。結婚後に住むマンションを買うためにずっと貯めてきた金を川西に預けたのだが」

川西は金と一緒に、ふっつり姿を消してしまった。

携帯電話も繋がらず、連絡先も分からない。典型的な結婚詐欺の手口である。

騙されたと分かったミサコさんは川西の行方を捜したが、写真嫌いだといって、携帯写真一つ撮らせなかった川西だ。手がかりもなく見つけることは叶わなかった。彼女は不眠症に陥って痩せ細り、ある日睡眠薬の過剰摂取であっけなく逝ってしまった。

「A寺の住職は、川西という結婚詐欺師は自分の息子だと確信したそうだ」

史朗は、騙した女が己のせいで死んだらしいと知り、慌てて詐欺師を廃業したのだろう。しかし、頭の中に夢の中に、彼女が人形となって追いかけてくる。

だから、寺に逃げ帰ったのだ。半年経ったいまも、ぶるぶる震えながら人形供養をやっている。

だが、改心などしていない。

息子は、自分の行いを悔いて人形と一緒にミサコさんを供養しているわけではない。人形供養に見せかけて、自分を脅かす人形を調伏し、己を護ろうとしているだけ。

そこへ、現実でも彼女の人形が史朗を追いかけてきた――

「A寺の住職は、人形供養に長けた寺での修行を口実に、史朗をうちに預けて寄越してきた。証拠もないし、息子を警察に突きだすこともできないが、せめてとことん怖がらせ震え上がらせて、悔い改めさせてくださいとな」

うちの寺には色々出るという噂もあるし、人相の悪い住職もいてちょうどよいと思われたのだろう。宗貞和尚はさばさばという。

「そういう訳で、じわりじわりとだな」

手を変え品を変え、史朗を脅かし震え上がらせてきたのだが。

しかし、変わらず人形にぶるぶるしてはいるものの、史朗にはまったく改悛の兆しがない。心を入れ替えるどころか、休日になるとかつらを被ってナンパに出かける始末。罪の意識が薄れ、人形供養からも逃げだしたくてうずうずしているようにさえ見える。

「ほとぼりが冷めないうちに、一度、ガツンとやっておかねばと考えていたとき、ちょうど雛菊さんからセルネルのことを聞いた」

路地に出来たフランス人形だらけの喫茶店。人形の家のようだという噂話は大体琥珀さんが想像したとおりだったが、お喋りには続きがあったそうだ。

——凄いことにな、お人形みいんなべべ着てんねんで。

着物好きの和尚に語るのだから当然の流れだろうが。

「これは、と私は思った」

しかも、とへの字の口元をにんまりさせる。

「都合よく、雛菊さんは史朗の前で口を滑らせたのだ」

——それにしてもあの旧暦屋。どんな難題でもしれっとした顔で応じよってからに。つづらの中の人間国宝の品がなくなりでもしたら、ちょっとは慌てふためくんかな。

「史朗は後で呟いていたよ」

——人間国宝の着物というのは高いんでしょうねぇ。

盗んでネットで売り払えば金になりそうだ、という内心の声が、拡声器でがなっているごとく和尚には聞こえたそうである。

「買い手がつくと安直に考えたのだろう。さもしい男なのだ」

金さえ出来れば、こんな寺すぐにオサラバ――

「浅ましすぎて涙が出るわ」と宗貞和尚は牙をむくブルドッグのような顔になったが、

「ま、そういうわけでだ」

ひょいと真顔に戻って話をまとめにかかった。

「私は旧暦屋とセルネルの様子を窺っていた。史朗をはめるのにぴったりでも、店主が堅物では企みに乗ってはくれないだろうからな」

本当は勘違いで八重たちが討ち入りに来たときに、その場で事情を打ち明けてしまいたかったが、史朗が聞き耳を立てているかもしれない所でおいそれと本当のことは口にできず、架空の話をでっち上げるしかなかったそうだ。

けれど、琥珀さんは〈蟷螂和尚〉の一言で全部見通した。秘密裏に和尚に連絡を取り、水面下で動いていた。

ほわぁ、と八重は感嘆ともつかないため息をついてしまった。

「だから、ファッションショーなんてことになったわけですね」

宗貞和尚がこっくりする。

「普段は店の奥深くに仕舞われている品が表に出てくるわけだから、盗むには打ってつけ。ショーのために準備されたものを横から掠め取ればいいなどと、史朗でなくても考えつきそうな手だろう？」

さりげなく史朗にファッションショーのことを話しておき、当日に休みを与えて解き放つ。

「路地の様子を窺ってうろうろしているところを雛菊さんに見つかってお遣いを頼まれたときには、なにをやっているんだと叫びそうになったが」

「僕も、舞台が台無しになるのでは、とひやりとしましたよ」

おお、そうだ、と宗貞和尚が思いだしたように手を打った。「来てみたらもう舞台装置が出来上がっていたんで驚いたぞ」

「会が始まる直前に、祭文に整えてもらったんです。けれど一人で人形全部を四畳半に移動させるのが骨だったようで」

疲れていましたねぇ、と琥珀さんが笑う。

「結局」八重はどちらにともなくたずねた。

「私が見たあの巨大フランス人形は誰だったんですか？」

「あれは栄秀さんです」

「能楽師の？」

「ええ。水干姿で踊るとなれば、着替えの場所として旧暦屋を使うことになるでしょう？　人の出入りがあれば旧暦屋の入口が開きっぱなしでも、不自然には見えませんし、栄秀さんもさりげなく旧暦屋に潜むことができます」

一石二鳥だ。種を明かされれば、おいでおいでと袖をふっているようにしか見えないが。

まんまと史朗は罠に誘い込まれ、心胆を奪われた。

「実は、栄秀さんも僧なんです」

「僧?」ってことは男の人?

びっくり眼になっていると、「そうそう」と駄洒落のようにいってブル和尚が八重を見た。

「栄秀から伝言を頼まれていたんだった」

――また、会いましょう。

八重の記憶の中でアンティークドールがにっこり微笑んだ――が。

「また?」

にやっとブル和尚が不敵な感じに口の端を捻り上げる。

それから和尚は琥珀さんに向き直り、深々と頭を垂れた。

「色々と世話になりました」

このお礼はいずれまた、と慇懃に謝辞を述べる。

「あ、それについてはもう考えてあります」

いっそお調子者の口ぶりで琥珀さんが返した。

「晴れて、デイジー着物レンタル店がオープンの運びとなりましたので、和尚さんには店のホームページを作っていただこうかと思っています」

ホームページ? と和尚がぎょっと犬歯を見せる。

「存じてますよ。東京ではホームページ作成会社にお勤めだったんですよね」

実はですね、と琥珀さんは明るく続けた。「クリック一つで選んだ生地の柄が着物の形になって、仕立て上がりの雰囲気が確認できる呉服屋のページがあるんです」

それをちょちょっと真似して作ってはいただけないかと。

にこにことお礼を要求する琥珀さんに、宗貞和尚はぽかんと口を開けたまま言い返せないでいる。

まさか――

八重は（恐らく和尚も）考えていた。

最初からブル和尚に、そのとっても面倒臭そうなページを作らせようという腹だった？

だから今回の件に進んで手を貸した？

琥珀さんなら二百パーセントあり得る。

「あり得ん……」

そんなもん作るの一週間はかかるぞ、と宗貞和尚が唸った。ぎぎぎと膝の後ろで椅子を押して立ち上がりかけ、しかし思い直したふうに中腰で動きを止めた。

「まあ、でも、きっちり礼はしておかねばな」

テーブルに手をつき、ぐいっと琥珀さんのほうに身を乗りだして、ぎらりと銀歯を光らせながら笑う。

「今後ともこの店は贔屓にさせてもらうつもりなのでな」

「仕立てのご用命でしたらいつでもどうぞ」

琥珀さんはしれっと応じてにっこり。

「今後ともご贔屓に」

ふん、と鼻息一つでブル和尚は席を立ち、どすどす床を鳴らして帰ってしまった。

狐とブルドッグの駆け引きに、八重はしばし毒気に当てられたようになっていたが、
じゃなくて！

慌てて立ち上がり、和尚を追いかけた。一日中着物で働き詰めで足がもつれそうになったけれど、なんとか路地から出る前に宗貞和尚を捕まえた。

「私じゃなくて！」

八重の声に和尚がふり返る。

「ちゃんと彼女のご両親に見届けてもらったほうがよかったんじゃないですか！」

史朗が泡を食い、恐怖に慄き、そして——

——すまない、ミサコ。

騙した彼女に謝るその様を。

面識がない八重ではなく、彼女の死を悼んでいる人たちに。詐欺師を恨んでいる人たちに。

胸のつかえが降りるとは思えない。でも、それでも。

言葉にはしなかったが、通じたようだった。和尚は微苦笑しながら答えた。

「私も勧めてはみたのだがな」

その必要はないと断られたという。

「代わりといってはなんだが、人形たちの中に彼女のお気に入りを交ぜておいた。その子がちゃんと見届けた」

「そう、なんですか……」

尻すぼみ気味に八重は返した。そういう事の収め方もありかと納得する一方で、それでいいのかと疑問に思わないでもない。

すっきりしない顔つきの八重を、宗貞和尚はしばし無言で見つめていたが、

「覚えておけばいいのではないかな」

やがて静かな声音でそういった。

「いまはまだ、ミサコさんのご両親は悲しみの嵐の中。どんな慰めの言葉も届かない。だが、十年経てば少しは嵐も弱まって、史朗の無様な様子を聞いてみたいと思うようになるかもしれん。そのときまで今日の光景を胸に仕舞っておいて、求めがあれば話してあげればよいのではないかな」

十年経てば――

八重は三十手前。

はっと瞬いた。自分が目撃者として選ばれた理由がようやく理解できた。

成人前の娘と、ミサコさんと同じ年頃の女性。どちらの口から語られたほうが慰めになるかは明らかだ。

「――わかりました。心に仕舞っておきます」

強くうなずくと、和尚は一つ微笑み、ではな、と踵を返して路地から出ていった。

店に戻ると、琥珀さんがレジカウンターを背に待っていた。

「――お疲れ様」

まったくです……。

八重は無言で前を通り過ぎ、鞄を取ってきた。帰ります、と短く告げて出口に向かうと、後ろから琥珀さんがとことこついてくる。

「明日の日曜日はごろ寝かい？」

八重は歩を緩めて首をねじった。

「琥珀さんはお仕事ですか？」

「そうだよ」

「いつまで休みなしで突っ走るつもりですか？」

「とりあえずは一年かな」

「過労が取り沙汰されているこのご時世に年中無休？」

「元旦に針を持つかどうかは考え中だけれど、店は開けるつもりだ」

「倒れても知りませんから」

「大丈夫。時々、八重さんでチャージするし」

琥珀さんがすり寄ってきたので、八重はするりと自分の髪から簪を引き抜いて鼻先に突きつけた。

「私、ちゃんと〈蜜〉の問題を解きましたから。いつでも好きなときに辞めさせてもらいますからね」

琥珀さんが簪を指先で押し戻す。

「半分しか解けなかったから駄目だよ」

「半分は、雛菊さんへのメッセージだったんでしょう？」

「いいや、君への問題」

もう、いい加減なことばっかり。昨日は辞めてもいいっていったくせに。

「お疲れ様でした」話を打ち切って琥珀さんに背を向ける。

外へ出ると、さっきはまだ山際に残っていた光が消えて、路地は蒼い夕闇に包まれ始めていた。

「やっと日が暮れてきたか」

懲りずに八重の後ろをついて出てきた琥珀さんが、うーんと路地の真ん中で伸びをする。

彼は旧暦屋の建物を仰ぎ見ながら、つと動きを止めた。

「……僕が高校生のとき、ここは借家だった」

常とは違う声音に、八重はふっと息を詰めた。

琥珀さんがふり返って細道の奥を見やる。

「この路地の土地と建物はすべて、東雲《しののめ》という資産家の夫人の持物だった。それがいつの間にか、路地まるごと祖母の名義になっていた。生前分与の形で夫人から譲られたらしい」

そして現在、彼の持物になっているわけだが。

「どうして祖母がこの路地を贈られたのかがわからないんだ」

琥珀さんは他聞をはばかるように低くいった。

「祖母と東雲夫人。調べてみても店子と大家の接点しか出てこない」

どうして祖母だけ？　他にも店子はいたのに――と雛菊さんの家をちらりと見やる。

「実はね」琥珀さんは囁き声のまま続けた。「今日ファッションショーで使った品も、祖母から受け継いだものだ。でも、祖母は絶対人間国宝の作品なんて持っていなかった。仕立てで生計を立てていた人間に、買う余裕などあるはずがない」

着物もこの路地と一緒に東雲夫人から譲られたものだろうと琥珀さんはいう。

「そういう理由もあって、僕は遺品の中に人間国宝の品があったことを、祭文以外の誰にも話していなかった」

なのに、雛菊さんは旧暦屋にあることを知っていた。

「絶対、あの人はなにか事情を知っているはず」

おいおい聞きだすよ。

薄っすら、琥珀さんが目を細め、ほとんど呼気の音で八重の耳に囁いた。

「ああいう女性は最近の話はいくらでもするけれど昔のこととなると貝の口だから――」

深入り。

逃れるように八重は半歩後ずさった。

これは間違いなく旧暦屋の枢機だ。いつの間にか聞かされてしまった。

今更ながらざわざわ背中が粟立つ。

琥珀さんはそんな八重をふっと笑って、いつもの調子に戻った。

「そうだ、それと一つ面白いことがわかりました。くゆりさんが頼まれたのは、襦袢一枚と長着二枚だけで、帯はないそうです」

「帯？」

「くゆりさんが紅花染めの長着のときに締めていた帯、覚えていませんか」

「確か……」八重は眉根を寄せて記憶をまさぐった。確かあのとき締めていたのはターコイズブルーの、

「インク壺と羽ペン柄のアンティークふう半幅帯……？」

「今後が期待できそうですねえ」

にこにこしながら琥珀さんは路地の細長い空を見上げた。彼は帯の柄をもってして未来に瑞兆を見出したらしいが、同じように判じるには八重にはまだまだ修行が足りない。ただ、夕暮れの瑞風をさやさやと感じながら、一緒に明るさの残る空を見上げるだけである。

「あ、ほら、一番星ですよ」

琥珀さんが旧暦屋の屋根の端を指さした。

夜の色が濃くなってきた空に現れた小さな輝きを見て、八重はようやく、一年で一番陽が長い一週間の終わりを実感したのだった。

エピローグ

昨晩はすべてを放置して帰ったので、翌朝祭文は早めに出勤した。

内暖簾をめくると、いつも通り琥珀の奴は縫物を始めていた。

「おい、人形運びのおかげで筋肉痛だぞ」

呼びかけても生返事だったが、

「それと、おまえが八重どんじゃなきゃ、という理由がようやくわかった」

彼女の名には顔を上げた。そしてにやりと笑った。

「いいだろう？」

「ああ。驚いた」

というより、ぞぞっとした。

いくら着物は日本人の民族衣装だといっても、似合う似合わないはあるものだ。

八重どんの場合、似合いすぎて怖いくらいだった。

琥珀の奴が審美眼を駆使して柄を選び、彼女にぴたりと合うように心を込めて縫い上げ、着付けまでしたのだから似合っていて当然だ。しかしそれにしても。

「おまえの常連が、揃いも揃ってぎょっと目をむいてたぞ」

御召程度——しかもすっぴんであの威力ならば、紅を差して振袖なんぞ着せたらどうなることか。

ていうか、
やっぱり琥珀は面食いならぬ着姿食い。祭文は少々八重どんが気の毒になってきた。だが、面食いの男に「美人はやめておけ」といっても聞かないように、こいつに「八重どんはやめておけ」といっても無意味である。

無駄話はやめにして、祭文は昨日の片付けにかかった。

一仕事終えれば次が待っている。風呂敷抱えて行商だ。

暖簾の外へ出ると、昨日とは打って変わり、路地から見える空は青く澄んでいた。まだ雨の季節が終わったわけではないので、梅雨の晴れ間である。

「これがほんとの皐月晴れぇ」

今日の出先は車で行けない場所だから助かる、と空を仰いだところで向かいの引戸が開いて、箒を手にした雛菊さんが出てきた。

「あ、おはようございます。昨日はお疲れ様でした」

一揖すると、相棒のほうは礼儀正しいな、と雛菊さんが鼻白んだようにいう。難しいバアサンだなと祭文はちらと笑ってそのまま出かけようとしたが、

「そうだ、一つおたずねしたいことが」

二歩三歩、後ろ向きにバックして雛菊さんに問うた。

「今回の試験内容、全部雛菊さんが考えられたんですか？　最初の俳句絡みの三猿だけ、違う方の発案だったのでは？」

これは琥珀の考えである。

起源に諸説ある三猿だが、よく挙げられる『論語』の一節には〈見ざる聞かざる言わざる〉に加えて〈行わざる〉の教えがあるらしい。四猿目のそれが〈せざる〉（しざる）に転じて、浮気をしないという戒めになり、外国では前を押さえている猿の像もあるとかないとか。

琥珀はあの人形の意匠に、シザルの意味が込められていると受け取った。

しかし自分は八重さん一筋だし、そもそも雛菊さんはまだ己と八重さんの関係を知らないはず――

それで琥珀は、彼女以外の誰か――八重さん大事の誰かが、「浮気すんなよ」と釘を刺して寄越したのではと疑ったわけである。

うがちすぎだろ。

祭文自身はそう考えている。だからあえて四猿のことには言及せずにさらりと問うたのに、意外にも雛菊さんはきゅっと眉間にしわを寄せた。

「それ、くんのこがいうたんかいな」

あれ？　奴の読みが当たったか？

本当に別の方の発案だったんですかと聞き直そうとしたが、雛菊さんはしかめっ面のままざかざかざかと箒を動かし、埃だけ舞い上げて家の中に引っ込んでしまった。

ふむ。

つまり、雛菊さんの後ろにも誰かが隠れているわけか。

琥珀といると退屈しねぇなあ、と感心しながら、祭文は風呂敷包みを抱え直した。途端に、昨日の人形運びで使いすぎた腰がずきりと痛む。

退屈しねぇが、調子こいてると腰をやっちまいそうだ。

用心せねばと腰をさすって、祭文は駅へと向かった。

蒼穹の都路をJRに乗って北上する。その日は珍しく商談がすんなり終わって、午前の内に隣の線路を逆向きに戻ってきた。

昼飯はなんにするかと思案しつつ、電車の窓から空の青を見ていてふと思いだした。この前は、同じ列車の中から泣きだした天を睨んでいたっけな。

カーブにさしかかり、減速したところで記憶がさらにめくられる。

そういや、この辺りに墓が――

ガラスの向こうを覗き込んだ瞬間、目の前をあの墓が過った。

慌てて首をねじって風景を追いかける。

うららかな陽気にまどろむ墓に、寄りそう人形の姿は見えなかった。

ただ、墓石に立てかけられた濃紫の花色が祭文の心をほの明るく照らして、墓は速やかに遠ざかっていった。

第6回アガサ・クリスティー賞受賞作

花を追え

仕立屋・琥珀と着物の迷宮

仙台の夏の夕暮れ。篠笛教室に通う着物が苦手な女子高生・八重は着流し姿の美青年・宝《とも》紀《のり》琥《こ》珀《はく》と出会った。そして仕立屋という職業柄か着物に詳しい琥珀と共に着物にまつわる様々な謎に挑むことに。ドロボウになる祝い着や、端切れのシュシュの呪い、そして幻の古裂「辻が花」……やがて浮かぶ琥珀の過去と、徐々に近づく二人の距離は——？　謎のイケメン仕立て屋が活躍する和ミステリ登場

春坂咲月

ハヤカワ文庫

著者略歴　1968年兵庫県神戸市生，宮城県在住，作家　2016年に『花を追え』で第6回アガサ・クリスティー賞優秀賞を受賞

HM=Hayakawa Mystery
SF=Science Fiction
JA=Japanese Author
NV=Novel
NF=Nonfiction
FT=Fantasy

旧暦屋《きゆうれきや》、始《はじ》めました

仕立屋・琥珀と着物の迷宮２

〈JA1293〉

二〇一七年九月　二十日　印刷
二〇一七年九月二十五日　発行
（定価はカバーに表示してあります）

著者　春《はる》坂《さか》咲《さ》月《つき》
発行者　早川浩
印刷者　西村文孝
発行所　株式会社 早川書房
郵便番号　一〇一 - 〇〇四六
東京都千代田区神田多町二ノ二
電話　〇三 - 三二五二 - 三一一一（大代表）
振替　〇〇一六〇 - 三 - 四七七九九
http://www.hayakawa-online.co.jp

乱丁・落丁本は小社制作部宛お送り下さい。
送料小社負担にてお取りかえいたします。

印刷・精文堂印刷株式会社　製本・株式会社フォーネット社

ISBN978-4-15-031293-0 C0193

本書は活字が大きく読みやすい〈トールサイズ〉です。